KB073834

본질은
현상 너머에 있건만……

본질은
현상 너머에 있건만……

정현석 지음

WESEN

좋은땅

지은이의 말

사람은 대개 드러나는 현상에 반응을 나타냅니다. 그리고 그러한 것에 당연함을 부여하고 때론 의미를 넣어 주기까지 합니다. 세상이 복잡다단해지고 온갖 정보와 소식들이 넘쳐나는 이 시대는 아이러니하게도 어떠한 사안이나 사건들에 대하여 그 전후의 인과 관계 또는 본질적 의미를 보거나 찾기보다는 아예, 전후를 없애 버린 채 자극적이며 그저 시선을 끌 만한 이슈만이 드러난 현상을 가지고 대세의 흐름으로 만들어 버립니다.

그리고 그것을 양산하는 개인이나 집단은 늘 그렇듯이 그런 식으로 나름 승승장구합니다.

구시대적인 언론이야 주된 목적이나 사업이 드러나는 현상을 세상에 알리는 것이 태생적 생존적인 목적이라고 해도 지금의 21세기 새로운 형태의 매체들은 그보다 훨씬 심화된 현상주의 현실로 세상을 뒤집어 버리고 있습니다. 그렇다 보니 조금이라도 숙고하며 깊이의 본질을 다룬 소식을 올리면 가차 없이 손절당하기 일쑤입니다. 그것이 반복되면서 하나의 당연하게 되는 구조로 고착화됩니다.

　또한 사람은 지극히 이기적입니다. 개인과 집단이 자신들만의 중심적 사고의 틀을 더더욱 공고히 구축합니다. 한때 우리 사회의 자성의 목소리를 내고자 고 김수환 추기경의 '내 탓이오.' 하는 자기반성의 사회 운동은 그야말로 헛웃음이 나오는 안타까운 현실이 지금 우리 사회를 짓누르고 있지요. 자신 또는 가족들 그리고 내가 속한 끼리끼리 모임이나, 단체 집단에 대해서는 온갖 이유와 명분으로 어떠한 것에도 당위성과 정당성을 부여하고 명명백백하게 드러난 죄성에도 어쩔 수 없다는 극단적 이기심들이 자리 잡았습니다. 그리고 우리는 그것을 깊게 인지하지 못합니다. 도리어 그런 것을 지지하고 그리고 어처구니없게도 열광하기까지 합니다.

　'내로남불'은 이제 그 언어 자체도 미약하기 그지없고 그저 웃어넘기는 정도가 되어 버린 지 몇 해···. 자기 자신의 반성과 그리고 사회적 성찰은 찾기 힘들고 상대와 진영에 대한 반박, 증오, 경멸의 수준 한계를 넘어서고 있는 것이 지금 우리나라 정치의 현실입니다. 사회는 이러한 자양분과 씨앗 속에서 자라나서 이제는 우리 사회가 당연한 듯한 이기적이고 자신들만의 집단적 광기가 사회 전체에 가득합니다.

　모두 우리들의 잘못, 우리들의 선택 그리고 우리가 만든 결과입니다. 이것은 현재 진행형이고 앞으로 훨씬 더 많은 쓰디쓴 대가를 치를 지도 모릅니다. 겉으로 드러난 것, 현상으로만 나타난 것 그리고 나, 내가 속한 것에 대한 이기적인 행동과 집착들이, 얼마나 어리석고 무서운 것인지를 모르고 사는 우리들…. 세상의 모든 것에는 인과 관계가 있을진데 그것 중에 자신들이 원하는 것만, 가지만 보고 나무를 보지 않고 나머지는 애써 외면 또는 욕되게 보는 것이 바뀌지 않는 한 결국 우리는 그 대가를 반드시 치르게 될 것입니다.

지금 우리 사회는 빈 들의 마른풀과 같다는 생각입니다. 규제와 통치의 압력보다는 그래도 사회의 질서이자 미풍양속의 근간이 되어 오던 우리의 정신적, 문화적, 가치관 관습은 평등 인권의 허울을 씌운 채 법적 규제 그리고 온갖 명분론으로 위장한 가짜 민주주의자들이 만들어 가는 해괴한 통제 등으로 전통의 대한민국 정체성도 흔들리고 있는 시대입니다.

대다수의 민중은 참과 거짓을 구별하지 못하고 선을 향한 정의 실현을 가장한 독치주의, 일방주의 그리고 상대에게는 온갖 프레임을 씌워 갈라치기를 일삼고 있으며 한편으로는 그야말로 헛똑똑한 국민들을 양산하고 있습니다.

해수면 위로 떠도는 빙산의 모습만을 보고 느끼는 온갖 단편적 현상이 사회 모든 계층을 짓누른 지 여러 해…. 이제는 그것들이 고착화 단계로 그것 나름의 명분으로 뿌리를 내려 버렸습니다.

지독한 편 가르기 그리고 이념주의 그리고 이기주의를 무섭게 퍼뜨리고 심어 놓아 이제는 그 열매를 거둬들이고 있으며 그들끼리는 커다란 쾌재를 부르고 있습니다.

사회가 성찰하고 사람이 사색하며 드러나는 현상보다는 그 본질이 무엇인지는 서로서로 느끼고 알아내는 구조와 분위기는 이제 멀리 떠나가서 퇴색되어 버린 지 한참….

이제는 조금이라도 진지하거나 본질의 의미를 새겨 보자면 아예 온갖 비난의 대상이 되기 일쑤입니다. 깊이 있고 진솔한 사람은 설 자리가 점점 없어지고 끼리끼리 이기적으로 담합에 배타적이며 지독한 정리로 국민들이 찢겨져 있습니다.

사람들은 점점 강퍅해져 가고 마음은 빈 들의 마른풀 같아졌습니다.

물질적 풍요가 있음에도 더한 사람과의 비교로 스스로 불행하며 무한 경쟁 속에서 늘 허덕입니다.

이 글이 비판과 부정의 의미가 아닌 빈 들의 마른풀에 생명이 되는 물줄기가 되어 세상의 새움이 되는 작은 계기가 되길 바랍니다.

"계절은 다시 돌아오는데 떠나간 그 사람은 어디에……."

가수 김광석의 노래 〈서른 즈음에〉를 자주 듣고 했습니다.

노래방에 가서도 감성을 가득 담아 애절하게 부르기도 했지요. 그 노래를 듣거나 그리고 부를 때마다 늘 "계절은 다시 돌아오는데 떠나간 그 사람은 어디에⋯⋯." 이 부분에서 늘 목이 메었습니다. 계절은 다시 돌아오는데⋯ 그 계절에 있어야 될 사람은 떠나고 없는 것이지요. 그런데 이 아련한 노래를 생각하면서 한편 엉뚱하게도 계절이 돌아온다는데 그 계절이 과연 예전 계절과 같을까?라는 생각이 자주 들었습니다.

4월 중순이 되니 봄의 화려한 서막을 알렸던 벚꽃, 진달래, 개나리들이 순식간에 사라지고 산하에 옅은 연초록의 새순들이 수채화 물감을 뿌려 놓은 듯이 주변의 풍경을 바꾸어 놓고 있습니다. 3박 4일간의 일본 출장을 마치고 나흘 만에 돌아와 보니 회사 주변 나무들 그리고 자그마한 둔덕들 앞산의 산 풍경들이 많이 바뀌어 있습니다.

사나흘의 짧은 시간에도 봄날은 새삼 많은 것을 변화시켜 주는 것 같습니다.

매년 계절은 돌고 돌아서 봄이 오건만 우리는 봄이 돌아와 다시 날씨가 따뜻해지고 꽃이 피고 신록이 우거져 가면 같은 봄을 언제나 만나는 것처럼 느낍니다.

허나, 오늘 만난 이 봄은 정작 한 번도 오지 않았던 봄입니다. 단지 예전의 그 봄날과 조금 비슷할 뿐이지 똑같지는 않습니다.

계절이나 우리가 자주 만나는 고만고만한 현상들은 언제나 새로운 것입니다. 또한 인생은 늘 새로운 것입니다. 단지 우리는 그것이 과거의 어느 한 시간들과 비슷한 공간들과 느낌으로 그리고 경험적으로 비슷한 것을 같은 것으로 인지할 뿐입니다.

자연이나 삶이나 나아가 어떤 인생이라도 어느 한순간 똑같은 경우는 없습니다.

올해가 내년 같은 오늘이 어제 같고 내일이 오늘 같은…. 올해가 작년 같고 내년이 올해 같은 그런 시간과 공간 그리고 삶은 없습니다. 그나마 비슷하게 느끼는 것일 뿐…….

모든 것은 늘 다릅니다. 늘 변화합니다. 그리고 흘러가고 흘러옵니다. 삶이란 시간을 뒤로 보내고 앞을 맞이하면서 현재 지금을 사는 것입니다. 현실은 지금입니다. 지금 내가 변화의 인지를 느끼면서 미래를 맞이하면 나는 더욱더 변화됩니다. 그래서 인생이란 연습이 없다고 합니다. 두 번이 없는 것이지요.

누구나 한 번 주어지고 한 번 사는 삶일 뿐입니다. 이 단순하기 그지없는 명제를 우리는 어처구니없게도 놓고 사는 경우가 허다합니다. 욕망에 정욕에 그리고 무지에 사로잡혀 헛된 미래를 꿈꾸고 부질없는 현실을 소비합니다. 너무나 단순한 이치를 그리고 정확하고 명쾌한 진리를 내동댕이친 채 허공에 삽질하는 무의미한 공(호)의 가치를 쫓아다닙니다.

하염없는 곳에 의미를 두고 강제하면서 유한하기 그지없는 인생을 무한정의 가치를 두고 처절하게 복종하고 투쟁하듯 살아갑니다.

정치와 종교 그리고 나아가 지금 우리 사회의 혼란은 인간이 사회성을 가지면서부터 함께한, 어찌 보면 숙명적인 함수 관계라고나 할까요?

그러나 그런 숱한 오류와 반복의 깨달음이 없었음에도 그리고 무한의 세월이 지나갔음에도 지금 더한 괴물의 모습으로 진화되어 이 시대를 짓누르고 있습니다.

그 욕망은 끝이 없어 마치 한계 영역인 알파와 오메가를 향해 가듯이 보여집니다.

상식적 임계점을 넘어서 이성과 감정이 죽어 버린 무지스러움은 그 경계 그 한계를 지나면 만물의 영장이 아닌 신계의 욕망만을 뒤집어 쓴 채 파충류 전두엽보다 못한 욕망의 통찰력만으로 세상으로 독버섯처럼 퍼져 나갑니다.

우리 사회가 점점 상식적 임계점을 넘어서 이제는 어느 경계에 들어선 느낌입니다.

사선에 서서 평면을 주장하는 위태로움이 사회 곳곳에 독버섯처럼 자라고 있습니다.

세상의 변화, 만물의 공존 그리고 우리들 인생의 흐름은 정욕의 강건함과 사회 정의의 말로에서 버티어 가야 됩니다.

"계절은 다시 돌아오는데 떠나간 그 사람은 어디에……."

있더라도 지금 이 자리에는 내가 그리고 우리가 견디고 지키고 살아갑니다.

나에게는 가족이 있고 그리고 사회가 있고 우리의 나라가 있는 것입니다.

이 글을 쓴 저 자신은 겸손이 아니라 사회적으로 평소 딱히 존경받을 만한 것이 없고 실제 주위로부터 큰 신뢰와 존경을 받고 있지 않습니다.

그렇다 보니 이 책의 글로 누구를 가르치고 영향을 끼치고 싶은 의도는 1도 없습니다. 그러나 이 글을 읽어 주고 격한 공감은 아니어도 그저 가끔 고개 끄덕이며 약간의 공감 정도 해 준다면 만족하렵니다.

2024년 서산 개심사에 겹벗꽃이 흐드러지게 핀 봄날에…
정현석

목차

사이비 종교·정치는
가정과 사회 혼란의 주범

어느 시대나 사회가 혼란스러우면 그 틈새를 노려 사람의 마음을 미혹시키고 흔드는 세력들이 나타났지요. 잘못된 종교 교리나 정치 이념 등으로 대중을 현혹시켜 결국 자신들의 이익을 추구했지요. 특히나 이들이 나쁜 것은 사람들을 속이고 사람들에게 그릇된 이론이나 헛된 믿음을 심어 주어 결국에는 개인과 사회, 나아가 국가를 파멸에 이르게 했다는 것입니다. 이를 흔히 혹세무민(惑世誣民)이라고 하지요. 사전적으로 '세상 사람들을 속여 정신을 홀리고 세상을 어지럽힌다.'는 뜻입니다. 이 단어는 이미 중국 명나라 말기 유약우가 쓴 『작중지』에서 언급되었는데, 지금까지 통용되는 것으로 미루어 볼 때 사람이 사는 사회는 예나 지금이나 문화적 차이는 존재하겠지만 별반 다르지 않은 것 같습니다.

현재 우리가 살고 있는 대한민국은 경제 발전뿐만 아니라 국민들의 지식, 학력, 사회적 위상이 예전에 비할 바 없이 세계적으로 상당히 높은 수준에 이르렀음은 누구나 아는 사실입니다. 더욱이 최근에는 많은 부분에서 문화적 성과를 이루어 K-POP, K-Culture라는 이름으로 한국 음식, 한국인의 생활 방식에 대해서도 세계인들이 부러워하고 있습니다. 경제적 성과는 더욱더 눈부신 발전을 이루어 세계 최고 수준의 제조기업들이 즐비할 뿐만 아니라 경제 규모 또한 세계적 수준에 이르고 있습니다.

하지만 이렇듯 겉으로 드러나는 통계와 사회적 여건에도 불구하고, 현재 대한민국은 내적으로 갈등이 심화되고 행복지수가 떨어졌으며 급기야 출산율 0.79명이라는 전 세계 어느 나라에서도 듣고 보도 못한 지경에 이르렀습니다. 최근에는 이러한 사회 분위기 탓인지 각종 사이비 종교 집단들이 유례없이 사회 곳곳에서 세력을 확장하고, 별 해괴망측한 사이비 교주들이 활개 치며 수많은 사람들의 인생을 망가뜨리고 멀쩡한 가정을 송두리째 무너트리는 사례들이 비일비재합니다.

예전에는 사회적 분위기 탓인지 사회 한구석에서 제한적으로 포교 활동을 해 오던 분위기가 이제는 유튜브 등 SNS를 활용한 노골적이고 적극적인 포교 활동으로 전환되어 아예 드러내 놓고 그 정당성을 부르짖고 수많은 사람들을 끌어모으고 있습니다. 그야말로 혹세무민의 결정판을 보는 듯합니다. 더구나 사이비 종교 집단의 행태는 상식적으로 도저히 이해되지 않을 정도로 공개적으로 활약하고 있어 가히 충격적이라고 할 수 있습니다. 더구나 이해가 가지 않는 점은 일반적 가치관으로서는 도저히 받아들일 수 없는 터무니없는 그 교리와 종교적 활동에 멀쩡한 가정, 환경, 사회적 위치에 있는 수많은 사람들이 그것에 동조하며 깊이 빠져들고 있다는 것입니다.

어느 괴상망측한 사이비 교주는 나이 70이 되도록 수십 년간 교주의 자리에 있으면서 자기 주위에 늘 젊은 여성 신도들을 두고 있고, 영생주, 즉 하나님 행세를 하고 있다 합니다. 더 가관인 것은 그러한 인간 말종의 모습들과 범죄 행위들이 명명백백 드러났는데도 도리어 그 신도들은 그에 대한 사회적 비난이나 법적 제재에 대해 외부에서 가해진 '영광의 고난', '핍박'이라고 해석하며 어느 한 가지도 순순히 수용하지 않고 사이비 종교를 더욱더 신봉한다는 점입니다.

멀쩡한 가정, 직장을 버리기도 하고 가지고 있는 재산을 전부 헌납하고 그 종교에 빠져 집단생활을 하며 노동으로 희생되고 자신의 딸이나 아내가 교주의 잠자리 대상이 되어도 축복으로 여기고 있습니다. 또한 철저한 조직력과 사전 학습을 통해 기성 종교 교단의 교인이나 교회 등을 무너뜨리는 행위를 자행하는 사이비 종교 집단도 있습니다. 누가 봐도 거짓되고 말도 안 되는 짓거리를 하는데도 그것을 분간하지 못하고 그 사이비 집단에 빠져 가족, 직장, 그리고 자신의 모든 것을 버리고 광적으로 추종하는 멀쩡한 사람들을 도대체 어떻게 이해해야 할까요?

수많은 사이비 종교 교주들에게는 희한하게도 비슷한 공통점이 있습니다.

첫째, 교주 대부분이 신격화되어 있다는 것입니다. 즉 '재림 예수', '미륵불' 또는 '선택받은 선지자'라는 것이지요. 다시 말해 사람이 아닌 '신'이라는 것입니다. 그러나 결국 그들이 절대 신이 아닐뿐더러 사람들 중에서도 별 볼 일 없는 인간일 뿐이라는 사실은 교주 본인이 너무나 잘 알고 있을 것입니다.

둘째, 돈, 즉 재물을 바쳐야 합니다. 사이비 집단의 교리는 대개 비슷합니다. 사이비 교주, 즉 신격화되어 있는 사이비 교주에게 절대적 믿음을 갖도록 강요하고, 교주가 인간 세상에서 우리가 겪고 있는 경제적 갈등, 고민, 사회적 어려움, 더 나아가 죽음 후의 영생까지도 전부 이루어지게 해 준다고 주장합니다. 따라서 통념적인 사회적 가치들을 다 부질없다고 여기고, 신도들에게 그러한 것들을 전부 그 종교집단에 내어놓고 오직 신앙생활, 믿음 생활에 모든 것을 걸도록 강권합니다. 심지어 이들이 내세우는 교리는 가족까지 버리라는 것이라서, 신도의 신앙 활동을 피눈물로 막아서는 그의 가족들을 원수로 규정하며 심지어 고발하고 증오하게까지 만들고 있습니다.

이러한 교리는 그 실체를 깊이 들여다볼 것도 없이 그 자체만으로도 얼마나 허무맹랑한 엉터리인지 알 수 있습니다. 교주 자신이 절대자이고 신의 아들이며 자신의 신앙을 가지게 되면 돈도 가족도 다 필요없다고 혹세무민합니다. 교주나 주요 직분자들이 최고의 목표를 돈과 여자에 두고 신도들의 재산을 갈취하고 성을 착취하고 있는 모습은 사이비 종교의 결정적 증거들입니다.

　세상 최고의 교리와 명분이 있는 그 어떤 종교라도 가정을 깨트리고 사람 사는 세상의 가장 기본이자 천륜인 가족 관계를 버리고 자신의 종교만을 최고라고 하는 순간, 그 종교는 곧바로 사이비 종교가 됩니다. 종교나 이념이나 그 어떤 신념도 궁극적으로는 가정이 우선이어야 합니다. 성경 십계명에서도 "네 부모를 공경하라. 그리하면 너희 하나님 여호와가 네게 준 땅에서 네 생명이 길리라."라고 강조해 부모나 형제간의 공경, 즉 가족 사랑의 중요성을 아예 계명으로 지키도록 했습니다. 불교에서도 "부모, 형제 공경은 곧 하늘 공경이다."라고 했습니다. 결국 정상적인 종교는 가족 간의 사랑, 그리고 가정의 행복을 큰 신앙적 가르침으로 삼고 있습니다.

　이는 종교에만 국한된 것이 아닙니다. 정치적 이념 또한 마찬가지입니다. 대한민국은 1945년 8월 15일, 광복 이후 남과 북의 극심한 이념적 갈등으로 한국전쟁이라는 동족상잔의 엄청난 비극을 겪으며 수많은 사람들이 희생되었고, 그 갈등의 상처는 2024년 현재까지도 치유되지 않은 채 긴 세월을 지내오고 있습니다. 남과 북의 이데올로기적 갈등뿐만 아니라 대한민국 내에서도 이러한 이념적 갈등이 사회 곳곳에서 심각한 지경으로 독순처럼 자라나 지난 수십 년에 걸쳐 피눈물 흘리며 일궈 놓은 수많은 성과들이 그야말로 무너지기 일보 직전입니다.

우리 사회가 내부적으로 얼마나 분열되고 계층 간, 집단 간 갈등이 심화되었는지 모릅니다. 무조건 서로 물어뜯고 싸웁니다. 어느 나라에서나 정치인들이 그다지 존경받지는 않지만 오늘날 한국처럼 정치인에 대해 거의 혐오 수준인 국가가 얼마나 될까요? 늘 죽기 살기로 싸웁니다. 이러한 우리나라의 극단적 갈등이 최근 몇 년 사이에 급속히 심화되어 이제는 그 상처가 너무나 깊어 '화합'이라는 치료약이 과연 효능을 발휘할 수 있을까 의구심이 듭니다.

그렇다면 최근 몇 년 사이에 우리나라 정치, 사회가 이렇듯 극단적 갈등, 분열을 초래하게 된 그 근본적 이유에 대해 묻지 않을 수가 없습니다. 여기에는 실로 다양한 원인과 이유가 존재할 것입니다. 그러나 제 개인적으로 그 이유를 꼽자면 우선 정치의 사이비화입니다. 사이비 종교가 가지고 있는 심각한 문제점에 대해 앞에서 기술한 것과 마찬가지로, 정치적 이념도 사이비화되면 사이비 종교와 너무나 많은 유사한 점을 가지게 됩니다.

유사점을 간략하게 두 가지만 추려 보면 다음과 같습니다.

첫째, 절대주의입니다. 즉 나만 있고 상대는 없다는 것입니다. 우리 편 말고 상대는 다른 편이 아니라 적으로 간주합니다. 척결의 대상, 즉 죽임의 대상입니다. 다름이 있음은 인정되지 않고 절대적으로 틀림만 존재합니다. 그래서 '투쟁', '대동단결', '척결' 등의 섬뜩한 구호를 외칩니다. 그리고 죽음을 불사합니다.

둘째, 죽음에 순교자적·사명적 의미를 부여합니다. 죽음을 숭고한 희생으로 몰아갑니다. 일찍이 이러한 것은 이념을 절대시했던 왜곡된 역사의 현장에서 적나라하게 드러났습니다. 대표적으로 일본 왕을 신격화해 천황을 위해 목숨을 바치게 만든 가미카제 자살 특공대가 그 대표적인 사례입니다. "천황 폐하 만세!"를 외친 후 전투기를 미군 함정을 향해 돌진해 자신의 목숨을 바치는, 그처럼 이념에 함몰된 죽음을 숭고한 것으로 왜곡시켰습니다.

대한민국에서는 이러한 사이비 이념적 반국가 세력이 최근 몇 년간 득세하면서 지난 수십 년간 유지되어 왔던 나름의 질서와 자유민주주의 시장경제 체제의 버팀목들이 곳곳에서 균열이 생기고 혼란이 야기되고 있습니다. 반국가 세력은 하향 평준화를 목표로 합니다. 선동가 레닌은 "노력함에도 불구하고 계층 상승이 불가능한 사회를 만들라." 고 했습니다. "중산층을 과도한 세금으로 으깨는 반면, 다수의 빈민층이 가진 자를 혐오하게 만들라."고도 했습니다.

우리 사회에 이러한 레닌 추종자들, 즉 절대적 이념주의자들이 최근 기득권층에 많이 진입해 그들이 행동에 나서면서 우리 사회의 기존 질서는 더욱 혼란스러워졌습니다. 하향 평준화를 더욱 가속화하고 사회 계층 간 혐오를 확산시키며 빈곤층이 감소하면 집권에 방해된다는

· 시대착오적 이념에 사로잡힌 세력이지요. 이들은 '부자 감세', '재벌 특혜' 프레임을 내걸고 편을 가르고 계층 갈등을 부추기며 성장의 파이를 키우는 대신 파이 나누어 먹는 포퓰리즘 정치와 정책에 혈안이 되어 있습니다.

그들은 기회와 평등이 아니라 결과의 평등을 지향하는데, 그 결과는 다 함께 못 사는 하향 평준화입니다. 사이비 종교가 혹세무민하듯 정치적 사이비 이념주의자들도 혹세무민 괴담을 사회에 독버섯처럼 퍼트립니다. 그러면서도 죄의식을 전혀 느끼지 않습니다. 과학과 팩트, 그리고 국민은 애당초 뒷전입니다. 미래 세대의 약탈 세력이 되어 국가 채무를 급증시키고 나라를 빚더미에 올려놓습니다. 이념으로 무장된 더러운 평화 세력입니다.

절대적 이념에 물들면 가정도 그 목적의 희생물에 불과합니다. 저들은 가정을 버리고 때론 척살하는 것을 숭고한 평등의 길이라고 미화하기도 합니다. 대한민국은 현재 그 혼란의 중심에 있습니다. 사회 곳곳에 가정과 사회를 파괴하는 광분한 사이비 종교가 넘쳐나고 일부 극단적 정치 세력은 기득권층이 되어 수많은 국민들을 분열과 갈등, 파괴의 현장으로 몰아가고 있습니다. 이에 우리는 분별하고 자각해야 합니다. 플라톤은 "정치를 외면한 가장 큰 대가는 가장 저질스러운 인간들에게 지배당하는 것."이라고 역설했습니다.

2015. 04. 25. 낙안

현상보다는 문제의 본질 파악이 핵심

아내와 한 10여 년 만에 대판 싸웠습니다. 그것도 2024년 새해 첫날에요. 전날 밤 교회에서 거행된 송구영신 예배를 마치고 집으로 돌아오는 승용차 안에서부터 싸움이 시작되었지요.

조수석에 앉아 있는 아내에게 넌지시 건넸습니다.

"여보! 올해부터는 당신도 교회를 다니려면 제대로 다녀 보지. 성가대에 참여해 보면 어때?"

평소 집에서 늘 성경을 읽으며 매주 교회에 참석하는 아내는 지난 수십 년 동안 교회를 다니면서도 여느 교인들처럼 교회 내 각종 활동이나 행사에는 거의 참여하지 않고 신앙생활을 해 왔습니다. 비슷한 연령의 여신도 몇몇과 어울리며 수시로 만나고 거의 매일 연락하며 가깝게 지내는데, 교회 내의 크고 작은 여러 모임이나 조직 활동에는 거의 참여하지 않았던 것이지요.

예를 들어 교회 내의 성가대, 각종 교육 프로그램, 안내 또는 봉사 등 활동할 거리들이 다양하게 있는데, 그런 정기적인 활동에는 거의 참여하지 않고 일요일 오전 주일 예배 참석이 거의 전부였습니다. 그러니 옆에서 지켜보는 남편 입장에서는 기왕지사 교회에 다니는 거라면 예배뿐만 아니라 교회 내 여러 활동에 적극적으로 참여해 자신의 생활 범위도 넓히고 교회 내의 분위기를 파악하는 것이 현명하겠다는 생각이 오래전부터 들어 새해 첫날 그동안 마음속에 품고 있는 생각을 아내에게 털어놓은 것이지요.

"당신이 성가대에 참여하게 되면 나도 올해부터는 교회를 잘 다녀 볼 생각이야. 아니, 부부가 함께 성가대에 참여하는 것도 좋을 것 같네."

저 역시 큰 결심을 하며 아내에게 의중을 물었습니다.

"아! 나는 악보를 볼 줄 몰라서 성가대 할 줄 몰라요."

아내의 대답이 참 황당했습니다.

"아니, 누구는 악보 볼 줄 알아서 성가대 하나? 노래라는 것은 배우다 보면 하게 되는 거지."

벌써 제 목소리는 크고 화가 난 투로 바뀌었습니다.

"새해에는 좀 무엇인가 새로운 마음으로 가정생활에 변화를 줘 보자는 것이지 꼭 성가대가 목적이 아니란 말이야!"

이제 제 목소리는 다그치듯 아내를 몰아붙이고 있었지요.

실은 제가 아내에게 꺼낸 말의 속뜻은 새해부터는 아내와 함께 교회 성가대도 하고, 좀 더 가까이, 그리고 다정히 지내보고 싶어서 꺼낸 권면이었는데, 아내는 그 뜻을 헤아리기는커녕 빈정대는 투로 건성으로 답한다는 생각이 퍼뜩 들었습니다. 결국 저 혼자 성질내고 큰 소리를 치며 싸움이 시작되고 말았습니다.

집으로 돌아온 후 오전 10시쯤인가 아내가 조카와 함께 주섬주섬 짐을 챙기며 외출 준비를 하는 것이 보였습니다.

"여보! 11시에 세종에 전셋집 보러 갈 건데, 당신 어디 나가?"

지난밤의 좋지 않은 감정이 아직 고스란히 남아 있는 상태라서 제 말이 좋게 나올 리가 없었지요.

"청주에 목욕 갔다 오려고요. 연말연시 대중탕에 사람이 많아서 미리 세신 예약을 해 놓았어요."
"아니, 그럼 미리 말을 좀 해 주지. 나는 좀 있다가 당신하고 세종에 가려고 약속했는데."

다정다감한 목소리는 어디로 사라지고 계속 퉁명스럽게 쏘아붙였습니다.

그러다 좀 지나서 화장실 다녀오고 어쩌고저쩌고 시간이 좀 흘러서 거실에 나와 보니 조용한 겁니다. '어? 왜 이리 조용하지?' 하고 작은 방에 가 보니 아내와 조카가 보이지 않았습니다. 그새 밖으로 나가 버린 것이지요.

'아니, 간다면 간다고 인사는 하고 가야지. 정초부터 사람 기분 나쁘게 왜 그러는 거야, 정말!'

저는 속에서 열불이 났습니다. '사람을 무시하는 것도 유분수지, 나가면 다녀온다고 말을 하고 가야지 말이야!'

결국 그날 오후에 아내와 다시 만난 저는 제대로 한판 붙었습니다. 제 생각에는 '새해 첫날에 가장이 "올해에도 가족들이 서로 화목하게 잘 지내자."라는 글을 단톡방에 올렸으면 응원 댓글도 달아 주고 자신들의 소망도 올리고 해야지. 도대체 아내이자 엄마라는 사람이 꿩 먹은 벙어리이고, 거기에다 남편이 교회 생활 함께 잘해 보자고 하면 '웬일이야?' 하면서 감사 기도를 해도 모자랄 텐데, 되지도 않는 변명으로 못 하겠다는 소리나 하고. 더구나 어딜 나가면 갔다 오겠다고 인사는 해야지. 이거 사람을 무시하는 것도 정도가 있지.'

마음속에서 온갖 서운하고 섭섭한 생각들이 불꽃처럼 맹렬하게 타올랐습니다.

'도저히 이해가 안 돼. 어쩌면 그렇게 생각이 없을 수가 있느냐 말이야.'

밤새 혼자 자려니 자다 깨다 하면서 울화가 치밀었습니다. 결국 새벽 4시쯤 일어나 아내가 자는 방으로 쳐들어갔습니다.

"당신, 얘기 좀 합시다. 도대체 나는 당신이 이해가 안 돼. 내가 그렇게 당신에게 무시당할 사람이야, 어! 어?"

저는 이미 마음속으로 아내에 대한 미움과 답답함을 가득 담고 몰아붙이고 있었습니다.

그렇게 다시 시작된 2라운드 싸움에서 아내는 급기야 1년 전, 심지어 10년 전의 제 치부까지도 들춰냈고, 저는 "지금 그것이 여기서 왜 나오냐 말이야!" 하면서 더 열을 냈고…. 결국 10여 년 만에 우리 가정에 큰 전쟁이 한바탕 휘몰아쳤습니다.

그 싸움 과정에서 제일 답답했던 것, 그리고 지금도 저에게 이해되지 않는 것은 아내가 제 마음은 조금이라도 헤아려 주지 못했다는 것이었습니다. '왜 그렇게 자기 입장에서밖에 말을 못할까?' 하는 답답함이었지요. '내가 말하고 원하는 그 본질을 왜 모를까?' 하는 그 답답함에 목소리가 점점 커지고 화를 냈던 것입니다.

대판 싸우고 나서 혼자서 며칠을 지내면서 오만 가지 생각이 들더군요. 결국 '이것은 이번에도 해결 못 하는 문제구나. 아내와 남편, 나아가 나와 타인의 관계에서 결국은 그 누구도 나의 마음 본질을 알지 못하는구나.' 하는 결론을 내렸습니다. 그리고 아내에게 사과했습니다. 물론 아내는 사과를 고스란히 받아 주지 않더군요. 결국 잘못은 남편인 제가 떠안게 되더군요.

우리 부부의 싸움은 꼭 남편인 제가 잘못한 것으로 결론 나는 것의 반복입니다. 결혼 생활 33년째의 긴 세월 동안에도 고치지 못한 부분이었는데, 새해 첫날부터 괜스레 감정이 격해져 서운해하고 답답해하고 대판 싸웠을까 후회만 남더군요.

고칠 것이라면 진즉에 고쳤겠지요. 결국 바뀌지 않는다는 것이 결론입니다. 그러니 제가 바뀌든지, 아니면 참고 살아가든지 해야 하는가봅니다. 싸우고 일주일 정도 지나 우리 가정은 예전의 일상으로 돌아간 듯했습니다. 그러나 제 마음 한구석은 짠하기도 하고 슬프기도 했습니다. 그리도 화를 냈던 대상이 싱크대에 서서 식사 준비를 하고 있는 뒷모습을 보니 측은하기 그지없었습니다.

'세상 살아가는 데 있어서 본질은 무엇인가?'라는 생각이 듭니다. 아내와의 부부 싸움에서 제가 가장 서운해하고 종국에는 화까지 내고 만 것도 따지고 보면 제가 아내에게 전하고 싶은 그 본질을 전혀 간파하지 못한 채 그저 겉으로 보인 아내의 반응에만 한정해 자기중심적으로 판단하고 이기적으로 생각해서 비롯된 것이 아니었나 싶습니다.

살면서 모든 현상과 행태에서 본질을 잘 파악한다는 것, 그것이 얼마나 힘든 일인지 새삼 깨달은 한 주였습니다.

골프장 비용, 왜 이러나?

코로나19가 끝난 지 1년이 되어 갑니다. 2019년 11월에 처음 발생해 3년 가까이 우리의 일상을 송두리째 뒤흔들어 놓았지요. 평상시에 아무 제약 없이 늘 일상으로 대했던 우리의 많은 삶의 패턴들이 자의 반 타의 반 크게 변했습니다. 특히 수많은 일상 중에서 개인의 취미, 여가 생활에서도 큰 변화가 있었지요. 많은 스포츠 활동이 크게 위축되었고, 심지어 중단되는 경우도 허다했습니다.

그런데 이러한 코로나 팬데믹의 대혼란기에 급작스럽게 크게 부각되어 그야말로 블루오션, 뜨거운 강자로 떠오른 스포츠 활동이 무엇인지 아시나요? 바로 골프입니다. 코로나19 대유행에 따른 방역 수칙이 강화되면서 골프 산업의 상황은 완전히 바뀌었습니다. 소수의 인원이 넓은 야외에서 활동하는 골프 종목의 고유한 특성과 해외 골프 여행 단절의 장기화로 인한 국내 수요 증대, 특히 20~30대 MZ세대와 여성이 주축이 된 이른바 '골린이(골프와 어린이를 조합하는 신조어로 골프 초보자 혹은 입문자를 일컫는 말)'의 증가 등에 힘입어 공급자인 골프 업계는 현재 유례없는 특수를 누리고 있습니다. 수요자(골프

내장객)가 늘어나자 공급자(골프장) 입장에서는 만세를 부르고 있는 것이지요.

한국골프장경영협회가 발표한 자료를 보면 최근 3년간 골프장 이용자가 확연히 증가한 것을 알 수 있습니다. 2018년 3,796만 명에서 2019년 4,000만 명을 돌파했고 2020년 4,763만 명, 2021년 5,000만 명을 넘어섰으며 2022년에는 최고 기록을 거듭 경신했습니다. 사정이 바뀌자 골프장들은 이용료(그린피)를 몇 번에 걸쳐 지속적으로 올리고 캐디 팁, 심지어 카트 이용료 등도 보란 듯이 인상해 그야말로 코로나 팬데믹을 틈탄 골프장들의 돈벌이는 하늘을 뚫을 기세였지요. 골프장 수는 한정되어 있고 골프장 이용을 원하는 골퍼들은 폭발적으로 늘어나니 가장 기본적인 경제 원리인 수요와 공급 시장이 비정상적으로 요동치며 골프장(공급자) 측이 갑 중의 갑이 되어 버렸지요.

이 기간에 전국의 골프장 이용료는 천정부지로 치솟았습니다. 대중제 골프장의 그린피 인상률을 보더라도 2010년부터 2020년까지 10년간 인상률이 주중 32.4%, 주말 21.09% 정도였던 것이 불과 최근 2년 사이에 지난 10년간 인상률을 대부분 넘어서거나 심지어 두 배에 이르렀습니다. 회원제 골프장도 상황은 거의 비슷합니다. 그린피뿐만 아니라 캐디피, 카트 이용료까지도 동반 상승해 주중에 4인 1팀이 수도권 소재 대중제 골프장을 이용할 경우 총 비용이 100만 원을 넘습니다. 물론 주말에는 더 비싸지요.

골프장 이용자 입장에서는 불과 1~2년 사이에 폭등한 골프장 이용료에 대해 불만도 함께 폭증한 상황입니다. 더구나 전반적으로 요금이 오른 만큼 다른 서비스나 골프장 이용 편의성 등이 개선되거나 증대된 것이 아니라 코로나 팬데믹이라는 어쩔 수 없는 상황에서 요금만 인상되다 보니 이용자들은 서비스 개선에는 나 몰라라 하는 골프장 측에 분통을 터뜨리기도 합니다.

누가 보아도 한국의 골프장들이 지나친 것은 틀림없습니다. 코로나19라는 특별한 시기, 즉 모든 국민들이 고통받고 그 고통을 서로 감내하며 이겨 나가는 시기에 교묘하고 추악하게 별의별 수단과 방법으로 골프장 이용료, 카트 이용료 등을 올려 자신들의 배만 불리고 이용자들을 봉으로 생각하고 있으니 말입니다.

하지만 골프장들의 이 같은 횡포에 대항해 이를 해결하는 방법은 실로 간단합니다. 즉 골프장에 가지 않으면 되는 것입니다. 코로나19로 인해 공급에 비해 수요가 넘쳐나 기고만장해진 골프장의 콧대를 꺾는 방법은 골프장을 이용하지 않는 것입니다. 심지어 대한민국의 전체 골프장 이용자들이 한 달간 아무도 예약하지 않고 가지 않으면 지금의 골프장 제 비용은 아마도 현재의 1/3 수준으로 인하될 것입니다.

골프장 비용이 비싸다, 너무한다고 불평하면서도 너나없이 골프장으로 몰려가기 때문에 계속 비용이 비싸지는 겁니다. 그냥 잠시만 참고 가지 않으면 됩니다. 비싸고 너무한다고 불평하면서도 예전과 다름없이 예약하고 즐기며, 심지어는 더 자주 갑니다. 그렇다면 비싸다, 너무한다는 말은 공허한 넋두리에 그치고 맙니다. 그렇게 해서는 골프장 측은 눈도 끔벅하지 않습니다. 하지만 전국의 골퍼들이 단 한 달만 골프를 끊고 골프장 출입을 금해 보십시오. 아마도 모든 골프장들이 회원님, 고객님 하면서 비용도 내리고 서비스도 훨씬 좋아질 것입니다. '비싸도 나는 계속 갈 테니 당신들이나 그만 가시오.' 하는 이기심과 배타심 때문에 결국 모든 골퍼들이 호구가 되는 것이지요. 나 자신 먼저 움직이고 실천하면 바뀌는 것입니다.

저는 사업을 한답시고 골프를 시작한 지 20년이 넘었습니다. 평소 운동량이 많고 활동성 있는 것을 좋아하는 사람이다 보니 골프가 운동이 된다느니, 건강에 좋다느니 하는 것에는 크게 공감이 되지 않았습니다. 실제로 골프장에서 걷는 것은 얼마 안 되고 대부분 카트를 타고 이동하다 보니 골프가 운동이라기보다는 그냥 레저 혹은 취미에 가깝다는 생각이 들기도 했습니다. 그렇지만 어쨌든 탁 트인 너른 잔디밭에서 제대로 맞추어 쭉 뻗어 나가는 공을 바라보노라면 큰 즐거움을 얻기도 합니다.

그런데 언젠가부터 골프를 치고 이것저것 비용을 지불하며 생각해 보니 그 비용이 만만치 않았습니다. 주중 8~9만 원 정도라서 자주 이용하던 집 근처 대중제 골프장의 그린피가 12~13만 원으로 오르더니 급기야는 13~14만 원, 이제는 주중 15~16만 원, 주말 20만 원대에 이르렀습니다. 게다가 회사가 가지고 있는 27홀 회원제 골프장 이용료 역시 회원 2인 비용이 거의 50% 인상되고 동반 비회원 주중 그린피가 13~15만 원에서 20만 원까지 치솟았습니다. 그리고 늘 예약이 꽉 차서 바짝 서두르지 않으면 예약도 쉽지 않았습니다.

'이거 해도 해도 너무하는구먼. 내가 뭐라고. 골프가 뭐 좋다고 비싼 내 돈 내고 대접도 못 받으며 이런 호구 짓을 하고 있나?' 하는 생각이 들어 회원제 골프 회원권은 서둘러 팔아 버리고 2년 가까이 골프장 근처도 가지 않았습니다. '아! 내가 맘에 들지 않으면 내가 안 사고 안 가면 되는 거지! 골프 안 친다고 죽는 것도 아니고.' 하는 생각에 싹 정리한 것이지요.

골프장 비용이 비싸고 서비스가 좋네, 안 좋네 하면서도 계속 가고 밀려드니 종국에는 계속 그런 모양새가 지속되는 겁니다. 한편 다행스러운 소식은 2023년 코로나 팬데믹이 종식되면서 제주도를 비롯해 일부 지방 골프장들이 이용객 감소로 인해 비용을 다소 내리고 있다는 것입니다. 그러나 여전히 터무니없이 비싼 금액입니다. 더구나 우리나라보다 물가와 소득 수준이 높은 미국, 일본과 비교해서도 터무니없이 비싼 상황입니다. 물론 골프 비용의 적정선이 어디까지냐는 질문에 답변하기 애매한 부분이 있기는 합니다. 그러나 상식선은 분명 존재합니다. 골프장이 가지고 있는 그만의 모르는 고민들도 있겠지만, 현재 대한민국의 골프장 이용료는 분명 상식적이지 않습니다. 이러한 비상식을 바로잡을 수 있는 유일무이한 방법은 대한민국 골퍼들이 일정 기간 "아듀! 골프장." 하는 것입니다. 그러면 비상식이 간단히 해결됩니다.

호강에 겨운 대한민국이 아닌지요

그렇습니다. 아무리 생각해도 지금 대한민국은 호강에 겨워 있습니다. 다만 아쉬운 것은 우리나라 사람 대부분이 그것을 모르고 있다는 점입니다. 설사 알더라도 그냥 어설피 아는 정도입니다. 정말 한국은 지나치게 호강에 겨워 있습니다. 어찌 보면 그 호강이 지나쳐서 지금 한국이 혼란스러운 게 아닌가 싶습니다. 그리고 섬뜩한 것은 호강에 겨워 제 몫을 다 버리고 밥그릇을 내동댕이치고 있다는 점입니다. 호강에 겨운 한국은 남녀노소, 지역, 계층 간을 불문하고 광범위하게 불치병에 걸린 것처럼 보입니다. 복을 복인 줄 모르고, 호강하고 있어도 호강하는 줄 모르고 사는 한국 사람들….

코로나 팬데믹으로 인해 골프장이 사람들로 미어터지고 골프장 이용료가 치솟아 불만을 토로하면서도 주중, 주말 가릴 것 없이 전국 골프장은 골퍼들로 넘쳐납니다. 2023년 한 해 동안 일본 여행을 떠난 한국인이 1천만 명을 넘어섰다고 합니다. 일본 주요 공항뿐만 아니라 주먹만 한 일본 지방 공항의 이용자 절반 이상이 한국인입니다. 직장인들은 주말을 이용해 일본 라멘을 먹겠다고 후쿠오카에 다녀오기도 합니다. 도대체 그 라멘이 뭐길래 일본에까지 가서 먹고 오는 건지….

　동남아 주요 관광지 곳곳에는 한국인 여행객이 넘쳐납니다. 여름철에는 몽골, 유럽, 남미, 아메리카, 호주 등 전 세계 주요 관광지에 한국인 여행객이 없는 곳이 없습니다. 스페인 산티아고 순례길 여행자 상당수가 한국인입니다. 먹고 마시고 여행하고…. 한국인들이 넘쳐나지요. 인천공항은 이제 성수기, 비수기가 따로 없습니다. 한국은 인구 대비 해외여행률 세계 1위를 찍은 지 오래전입니다.

　전국의 주요 롤렉스 매장은 이제는 사전 예약도 어렵습니다. 신세계, 롯데, 서울 매장은 2023년 사상 최고 매출을 달성했지요. 한 끼에 얼마 되지 않을 식사가 오마카세를 붙여 내놓으면 몇 배 껑충 뛰고 예약 자리가 없습니다. 최고급 첨단 신형 외제차들은 수개월에서 1년 가까이 예약이 밀렸습니다. 3~4년 탄 승용차가 싫증 난다며 총 주행 거리 10만km도 채 안 된 차를 새 차로 바꿉니다. 자동차 왕국, 일본 국민 35%는 경차를 탑니다. 한국은 전체 등록 자동차 대비 경차 비율이 10%도 되지 않습니다. 2022년도 1인당 명품 구입액은 한국이 세계 1위입니다.

　해외 수많은 나라 국민들은 한국어를 배우고 싶어 하고 한국에 여행 오고 싶어 합니다. 중앙아시아, 동남아 국민들에게 한국은 선망을 넘어서 평생에 가 보아야 할 나라, 동경의 대상이 된 지 오래입니다.

K-POP은 전 세계에 엄청난 영향력을 끼치고 있습니다. 한때 '아시아 문화' 하면 일본, 중국이 주류였지만 이제는 한류라는 트렌드 덕분에 한국이 일본, 중국보다 더 대접받게 되었습니다.

미국에서도 이제 한국 문화, 한국 음식은 당당한 대접을 받고 있습니다. 한때 한국인들에게 동경의 대상이었던 미국은 거리에 노숙자들이 넘쳐나고 대마초가 합법화된 지역이 여러 주에 걸쳐 있고 거리도 지저분하고 밤늦게 안전하게 돌아다니는 것이 불가능할 정도가 되었습니다. 많은 미국인들이 한국의 치안과 깨끗한 환경을 부러워할 정도입니다. 편리함이나 풍족함, 안전과 청결 면에서 이제는 한국이 미국보다 못할 것이 없습니다. 국민 의식도 선진화되어 있고 글로벌화되어 있습니다. 경제 지표도 세계 경제 여건과 견주어 상대적으로 괜찮고 기부 문화도 자리 잡고 있습니다.

우리 회사에서 근무하던 우즈베키스탄인 근로자가 5년간의 기간을 마치고 고국으로 귀국했습니다. 그런데 한 1년 정도 지난 후에 저한테 이메일을 보냈습니다. 이제는 도저히 자기 나라에서 못 살겠다고 푸념하며 한국으로 오고 싶다고 간청했습니다.

"왜 한국에 오고 싶은 거지?"

제 물음에 그는 불평을 쏟아냈습니다.

"한국에서 5년 살다가 우즈베키스탄에 돌아가 한 1년 살다 보니 모든 것이 너무 답답했어요. 인터넷도 너무 느리고, 심지어 안 되고요. 도로 사정이 너무 나빠서 어디를 다니려면 시간이 오래 걸리고, 어디서 일을 해도 월 30만 원 벌기도 힘들어요. 한국이 정말 좋다는 것을 알게 되었어요."

전 세계의 많은 사람들이 삼성에서 만든 갤럭시 스마트폰을 사용합니다. 세계 최고의 선박 제조 기술로 무장한 한국의 조선업은 주문 물량이 밀려 일손 부족으로 애를 태울 지경입니다. 전 세계 많은 사람들이 한국을 부러워합니다. 그러나 그들은 잘 모릅니다. 지금 한국 사회가 호강에 겨워 얼마나 내부적으로 분열되어 있고 계층 간, 집단 간 갈등이 심화되어 있는지를. 호강에 겨워 얼마나 서로 물고 뜯고 싸우는지를요.

수십 년간 뼈를 깎는 노력으로 개발해 세계적인 수준의 기술로 올라선 한국형 원자로. 그 찬란한 열매를 대체 에너지, 친환경 정책이라는 해괴망측한 논리로 말살시켜 수십조 원, 수백조 원의 수출 기회를 놓쳐 버렸습니다. 그 허무맹랑한 호강에 겨운 정치적 발상들. 수십, 수백만의 성실한 국민들의 피땀 어린 노력과 월남에서 수많은 한국 젊은이들의 피 값으로 이루어놓은 대한민국의 민주주의와 시장경제 체제를 허무맹랑한 사회주의적 이상주의로 하향 평준화하려는 호강에 겨운 정치 세력들.

출산율이 1%도 아닌 0.79%라는 경이적인 세계 최저 기록을 연일 갱신하고 있는 한국의 현실. 이제는 근면 성실하게 일하는 것이 사회 분위기상 한심한 것이 되어 가고, '워라밸', '힐링', '저녁이 있는 삶' 등 그럴싸한 언어의 유희적 포장이 SNS, 유튜브 등에 넘쳐나 잘 입고, 잘 마시고, 잘 놀고, 오로지 즐기고 소비하는 풍조가 온 나라, 온 국민에 만연되어 있습니다. 2023년 국내총생산 대비 가계부채 비중은 105.6%로 전 세계 주요국들과 비교할 때 거의 최고 수준입니다.

불과 10여 년 전과는 너무나도 많은 것이 변해 버렸습니다. 수많은 장점과 세계에 내어놓아도 빠지지 않는 근면성실함이 자랑이었던 우리였지만 너무나도 빨리 우리의 본모습을 놓쳐 버린 채 호강에 겨워 분수에 맞지 않는 삶을 살고 있는 것입니다. 쌓아 온 세월은 길었지만 무너지는 것은 한순간이지요. 다음 세대에게 남겨 주지는 못할망정 무슨 원망을 들으려고 우리는 우리의 장점을 스스로 깎아 먹고 있는 건지 그저 안타까울 뿐입니다. 안보, 경제 등의 분야에서 위험지수가 높아지고 있는 지금 정말 각성해야 한다는 생각이 듭니다. 우리 한국은 지금 너무 호강에 겨워 너무 많은 것을 놓치고 잃고 있지 않나 싶네요.

2017. 09. 25. 용아장성

소(小)를 위해 대(大)를 저버리는 사회

개인, 단체, 집단의 지독한 이기주의가 극에 달하고 있습니다. 며칠 전 집으로 배달된 《매일경제》 신문에 게재된 기사를 보고 나름 큰 충격에 빠졌습니다. "'우리 애 사진 왜 이래요'…민원과 싸우는 군(軍)'이라는 제목으로 최근 우리 군대의 실상을 다루었지요. 그 내용이 하도 기가 막혀 '설마 그럴 수가 있을까?' 하는 의구심이 들어 인터넷으로 최근 우리 군의 상황을 검색해 보니 많은 전역자들의 진술이 올라와 있었습니다. 그 내용을 읽다 보니 어이가 없기도 하거니와 어쩌다 대한민국 군대, 나아가 우리 사회가 이 지경이 되었는가 싶어 극도의 안타까움과 분노가 치밀었습니다.

기사 내용을 일부 들여다보면 장성한 아들들이 입대한 후에도 '헬리콥터 맘(자녀를 과보호하는 엄마)'들이 '헬기바람'을 일으키고 있는데, 각종 비상식적인 민원을 제기하며 군 간부들을 괴롭히기 일쑤라고 합니다. 군 관계자들은 부대 관리나 훈련조차 제대로 되지 않을 지경이라고 하소연하고 있다는 겁니다. 어느 군 간부는 "자기 자식밖에 모르는 극성 부모들이 온갖 민원을 넣으며 간부들을 괴롭히며, 심지어 '힘

있는 집단이다.', '우리 집 돈 많다.', '변호사 샀다.'는 식으로 협박을 하기도 한다."며 고충을 토로했습니다.

특히 부모들이 걱정이 많은 시기는 아들을 훈련소에 막 보냈을 때입니다. 육군은 2018년 3월 '더 캠프'라는 애플리케이션을 배포했습니다. 이 앱에서는 신병 자대 배치, 신병 교육 훈련 안내, 병과 특기 소개, 전역 및 진급일 안내, 커뮤니티 등 다양한 병영 생활 정보를 서비스하고 있습니다. 아들을 군대에 보낸 부모의 근심 걱정을 해소해 주기 위한 군의 적극적인 배려라고 할 수 있습니다. 이에 따라 훈련소 간부 등은 훈련병들이 훈련하는 모습 등을 촬영해 '더 캠프' 앱에 올립니다. 그런데 그러한 적극적인 서비스에도 불구하고 훈련소 간부들은 부모의 불평불만 섞인 민원에 대응하느라 진땀을 빼고 있다는 겁니다. 훈련소의 소대장 출신 간부는 "사진을 찍어 올리면 엄마들이 '왜 우리 아이 모습은 보이지 않느냐?'며 항의해 훈련병 한 명 한 명의 얼굴이 다 보이도록 찍어 올려야 한다."며 "훈련이 아니라 마치 유치원 학예회를 촬영하는 것 같았다."고 고충을 토로했습니다.

심지어 일부 부모들은 소대장과 중대장의 개인 전화로 "우리 아이는 훈련에서 빼달라.", "우리 아이는 몸이 약한데 밥을 잘 챙겨 먹이고 있느냐?"는 내용으로 연락해 오는 사례도 부지기수라고 합니다. 한 육군 중대장은 "어머니들이 훈련에서 빼달라는 병사들이 서너 명 있었는데, 병사들만 부대에 남겨 둘 수 없어 간부들까지 남기면 훈련 때 병적

손실이 크므로 내가 훈련 내내 이 병사들을 데리고 다니며 케어했다."
며 "당연히 훈련이 잘되지 않았고, 군대가 아니라 마치 병영 체험 캠프
같았다."고 고백했습니다.

　민원을 들어주지 않으면 부모들이 국민신문고나 국방부로 민원을
넣어 버리고, 간부들은 진급에 문제가 생길까 봐 '책임 회피성 민원 응
하기'를 하고 있다는 지적이 나오기까지 합니다. 최근에는 병사들이
군 생활을 하기 싫어 현역 부적합 판정을 받게 해 달라고 하면 부대에
서 민원을 피하기 위해 전역을 시켜 주는 추세라고 합니다. 가히 충격
적인 내용들입니다.

　학교 일선에서 일어나는 이기적인 행태도 군대 상황 못지않습니다.
학부모들의 자녀 과보호로 자기 자녀에 대한 이기주의가 극에 달하고
있는 것이 현실이거니와 공교육이 무너지고 세계 최고의 사교육 열풍
이 쓰나미처럼 덮치면서 황제회원 교육, 선행학습, 자기 자녀만 잘되
길 바라는 학부모들이 줄어들지 않고 있습니다. 툭하면 소송으로 번
지고, 학교폭력예방법 시행령에 따라 학폭위가 법적으로 접근해 모든
것을 법으로 나누어 놓는 바람에 결국 뭐든지 소송으로 해결하려고
하는 게 현실입니다.

　2023년에는 급기야 이기적인 학부모 갑질을 견디지 못한 현직 초등
학교 교사가 자살하는 사건이 발생해 사회적으로 큰 파장을 불러일으

컸지요. 학생의 인권을 높이기 위해 만든 '학생인권조례'가 도리어 교권을 훼손하고 극단적 권리를 주장하게 하는 구실로 변모되었으며, 의무는 등한시하고 권리만 주장하는, 이기주의로 변질된 학생 인권의 절정판을 보여 주었지요.

지난 수십 년간 눈부신 성장을 일궈 온 대한민국은 최근 몇 년 사이 다양한 위기에 직면해 있습니다. 그중에서도 마약, 물질만능주의, 그리고 이기주의는 우리 사회의 근간을 무너뜨리고 정신적 피폐화를 초래하는 큰 요인들입니다. 이기주의는 수십 년 잘 쌓아 온 사회적 질서를 훼손시키고 우리의 삶을 고립과 절망, 나아가서는 결국 적대감으로 채우고 있습니다. 이처럼 이기주의는 서로 배려하고 소통하며 이해하는 상생의 사회 구조를 그대로 무너뜨리고 사회를 회복 불능의 상태로 만드는 정신적 암과 같은 존재입니다. 또한 개인과 사회의 관계를 파괴하고 끼리끼리 문화를 조장하며 개인의 이익만을 추구하게 합니다. 이기주의가 최근 우리 사회에 만연하면서 대한민국은 급속히 분열되고 있으며, 개인 간, 집단 간 여러 갈등이 증폭되고 있습니다.

또한 한국 사회는 최근 몇 년 사이에 급속하게 개인주의 사회로 변하고 있습니다. 실제로 문화심리학자 홉스테드 교수의 IBM 직원을 대상으로 한 세계 40개국의 정체성 조사 연구자료에 따르면 한국인의 정체성이 개인주의 성향으로 바뀌고 있습니다. 심지어 한국이 미국보다 더 개인주의 성향을 보이고 있습니다.

1970년대 각국의 정체성을 조사했을 때 미국은 개인주의 성향이 100점 만점에 91점인 반면 한국은 18점이었다고 합니다. 불과 수십 년 사이에 한국의 개인주의적 성향이 무섭게 높아진 것을 알 수 있습니다. 그런데 원래 개인주의는 이기적인 가치관이 아닌 주체적인 가치관이라고 합니다. 개인주의란 '나'의 이익만 중요시한다는 것이 아닌 '내'가 책임을 지고 '나'의 독자성과 자율성을 중요시하는 가치관을 의미합니다. 즉 권리를 주장하고 지니는 동시에 의무를 다하는 것을 말하지요. 그런데 이러한 개인주의적 사고가 최근 우리 사회에서는 개인의 책임을 중요시하는 것이 아닌 개인의 이기주의적 성향, 개인의 자율성만 추구, 무질서함, 공동선에 대한 무관심, 민주주의 쇠퇴의 부정적인 이미지로 굳어지고 있습니다.

수많은 사건·사고, 그리고 사회적 문제점들은 바로 이런 왜곡되고 책임 없는 이기주의의 확산 결과라고 볼 수 있지요. 최근 들어 우리 사회는 다른 사람의 어려움을 도와주지도 않고 관여하지도 않으려 합니다. 세대 간 갈등, 빈부 격차, 소외 계층, 독거노인, 노인 빈곤의 약화 모두 우리의 잘못된 개인주의로부터 파생된 문제라고 할 수 있습니다.

공동체의 이익만 중요하다고 볼 수는 없습니다. 그러나 진정한 개인주의는 나만 잘되고 나 혼자만 이익을 보는 것이 아닌 공동체의 일원으로서 자율성을 가지면서도 그에 따른 책임도 함께 지며 개개인이 존중받고 서로 존중해 주는 것을 의미하지요. 이것이 진정한 의미의 개인주의라고 할 수 있습니다.

최근에는 특히나 개인 이기주의뿐만 아니라 집단 이기주의가 대한민국 사회를 송두리째 흔들고 있습니다. 집단 이기주의는 대한민국 나라의 근간을 흔들어 국가 존폐까지 염려할 정도로 심각합니다. 집단 이기주의는 특히나 집단행동을 통해 폭력과 불법 행위를 정당화해 사회에 큰 혼란을 야기합니다. 집단 이기주의는 특정 집단이 공동체 혹은 대한민국 전체의 이익과 입장은 고려하지 않고 자기 집단만을 고집하며 행동하는 것으로 현재 대한민국 사회의 가장 큰 문제라고 할 수 있습니다. 노동조합, 농민, 의사 등과 같은 이익집단뿐만 아니라 공무원, 나아가 군인, 경찰, 검찰까지도 확대시킬 수 있으며 지역 주민들도 해당합니다. 지역 이기주의도 집단 이기주의의 한 형태인 것입니다.

집단 이기주의의 가장 큰 문제는 자신의 정당한 주장을 관철하기 위해 주변의 세력을 끌어모아 집단행동을 펼치는데, 이들은 종종 자신의 사적 이익 추구가 마치 사회의 선을 위한 것인 양 호도해 사회 혼란을 야기합니다. 현재 우리나라 사회 전반에 팽배해 있는 이러한 개인적 · 집단적 이기주의는 한편으로는 20세기 후반 세계화의 물결에 따라 가속화된 더욱 심화된 경쟁 속에서 살아남기 위한 생존 전략일 수 있습니다. 하지만 그 생존 전략이 개인으로 하여금 물질적 성공을 삶의 최고 가치로 삼으며 개인의 이해관계에만 몰입하게 함으로써 사회가 개인적이고 이기적인 경향으로 흐르게 한 부작용도 수반되었습니다.

우리는 급속한 경제 성장과 물질문명의 발전 속에서 우리 사회의 오랜 근간이 되어온 관습적 질서 등의 중요성을 간과했고, 특히 대학 입시 위주의 지나친 경쟁적 구도의 교육 시스템을 지난 수십 년간 제대로 개선하지 못했던 대가를 지금 혹독하게 치르고 있는 것입니다. 교육은 백년대계라고 합니다. 하지만 불과 몇 년 앞도 내다보지 못하는 근시안적 교육 정책으로 인해 우리 자녀들이 지식적 습득은 어느 정도 성취했으나 도덕과 사회 질서, 배려와 나눔이라는 사회 공동체적 책임감은 등한시하는 결과를 초래했습니다.

이와 더불어, 이념을 떠나 나라를 사랑하고 미래의 대한민국을 지키고 발전시킬 비전과 포부를 가지고 정책을 만들고 미래를 설계하며 지도자로서 화합과 헌신의 마음을 가져야 할 정치인들은 도리어 지독히 이기적이고 편협한 이념 정치에 사로잡혀 그들의 정략적·개인적·집단적 목적에 대한민국을 가두고 이용했습니다. 그리고 그 결과물이 지금 이 시대 대한민국 사회의 실상이라고 생각하니 가슴이 답답해집니다.

잘살고 못사는 기준이라는 것이…

대부분의 한국 사람들에게 잘사는 것과 못사는 것의 기준은 아마도 돈이 많고 적음일 것입니다. "너네 집 잘살아? 우리 집 잘사는데.", "이 나라는 잘사는데 저 나라는 못살아." 등의 기준을 돈이 많고 적음으로 정할 것입니다.

우리가 흔히 하는 말이 있지요. 필리핀, 캄보디아 등 1인당 국민소득이 한국보다 현저하게 낮은 나라를 빗대어 못사는 나라들이라고 합니다. 한국에 들어와 있는 수많은 이주 노동자들, 그리고 국제결혼을 통해 한국으로 이주해 온 몽골이나 우즈베키스탄, 또는 동남아시아 여러 나라 사람들에게 말합니다. 가난하고 못사는 나라에서 왔다고. 한국 사람들이 베트남이나 태국, 필리핀, 인도네시아, 캄보디아 등 동남아 국가에 여행을 가서 "200~300달러는 우리나라 사람에게는 큰돈이 아니지만 이 나라에서는 웬만한 사람 한 달 월급이다."라고 자랑삼아 말하지요. 더 나아가 그들보다 더 많은 월급을 받고 소득을 올리고 있는 자신뿐만 아니라 한국 사람, 한국에 대해 뭔가 우쭐한 우월감을 가지지요. 반면 일본이나 미국 또는 유럽 선진국들에 대해서는 잘사는 나라, 돈 많은 나라라고 생각하면서 그 국민들을 내심 높게 평가하고 부러워합니다. 잘살고 못사는 기준을 돈이 많고 적으냐, 경제적 능력이 있고 없느냐에 따라 결정하는 것이 대다수 한국 사람들의 관행입니다.

　그렇다면 과연 한 사람이 또는 한 나라가 잘산다는 판단 기준은 절대적으로 돈의 많고 적음이 전부일까요? 잘산다는 기준을 왜 꼭 돈으로만 평가하는 것일까요? 잘산다는 기준이 왜 꼭 돈이 많고 적음에 따라 결정되어야 하는 건가요? 만약 그렇다면 그 돈의 기준은 어느 정도일까요? 도대체 개인이나 국가가 어느 정도 돈이 있어야 잘사는 거라고 평가받을 수 있을까요? 이 애매하고도 도대체 기준도 없는 돈의 가치와 크기를 가지고서 우리들은 왜 잘살고 못사는 것을 단정 짓는 것일까요? 그리고 다른 많은 조건들과 자격들이 있을 텐데 그런 것은 도무지 생각하지 않고 일부도 아닌 대부분의 한국 사람들은 언제부터 잘사는 기준을 그 애매한 돈의 많고 적음으로 판단해 버린 것일까요?

　한편으로 생각을 해 봅니다. 돈이 많으면 잘사는 것이고 돈이 없으면 못산다는 기준. 그렇다면 돈이 필요 없이 살아가고 있는 TV 프로 〈나는 자연인이다〉의 주인공들은 다들 못사는 사람이 되는군요. 더구나 과거에 돈이 많지 않았던 대부분의 우리 선조들은 거의 대부분 못사는 사람이 됩니다.

잘산다는 기준은 매우 많습니다. 돈이 적어도 사는 것이 행복하면 얼마든지 잘사는 것이지요. 삼시세끼 진수성찬이 아니어도, 하루 두 끼를 산나물에 된장찌개로 먹어도 만족하고 행복하면 그것 또한 잘사는 것이 아닐까요? 한 나라의 1인당 국민소득이 1,000달러 정도밖에 되지 않아도 국민들이 행복해하며 삶의 행복지수가 높은 나라는 얼마든지 있습니다. 잘산다는 것은 결코 경제적 수치가 다는 아닙니다. 경제적 수치는 잘산다는 여러 기준 중 한 가지일 뿐입니다.

돈이 없어도 즐겁고 행복하게 살다가 꼭 돈이 필요할 때 정작 돈을 구하지 못하거나 돈이 없다면 그 행복감은 반감될 것입니다. 돈이 있으면 행복한 것 또한 사실입니다. 그러나 우리는 삶의 행복지수, 행복의 조건, 나아가 잘사는 것의 의미를 돈에 지나치게 많이 부여하며 살고 있습니다. 우리보다 1인당 국민소득이 한참 낮은 나라에 여행을 가면 마치 개선장군처럼 잘사는 나라 사람들 행세를 합니다. 거기에다 한술 더 떠서 그 나라 국민들에게 못사는 나라에 살면서 고생한다고 안쓰러워하며 동정을 보냅니다. 삶의 진정한 가치와 행복이 오로지 돈에 있고 그것만 비교하며 단정 짓습니다. 자신은 품격 있는 심성과 교양을 갖추고 있으며, 잘사는 사람의 표상인 듯 생각합니다. 이면에 있는 지독한 이기심은 보지를 못합니다. 심지어 제대로 상대를 보지 못하는 단편적 인성의 끝판왕입니다. 철저한 자기식 잣대와 자기 가치관 틀에 갇혀 그 나라의 참모습을 보지 못합니다. 잘사는 것이 무엇인지 그 포괄적이고 복잡 다양한 모습은 인지하지 못하고 그저 잘사는 것의 한 가지 기준에 지나지 않는 돈과 경제적인 것에만 집착해 판단할 뿐이지요.

몸이 건강하다는 것은 내가 가지고 있는 내 몸의 전체를 대상으로 합니다. 눈도 건강하고 팔다리도 건강하고 오장육부도 건강하고, 나아가서는 육체적 건강뿐만 아니라 정신적인 건강까지도 가지고 있어야 건강하다고 말할 수 있습니다. 눈과 귀는 좋은데 간이 나쁘면 건강하다고 할 수 없지요. 손발은 튼튼한데 허리가 아프다면 이 또한 몸이 건강하다고 할 수도 없습니다. 그리고 육체는 튼튼하고 아픈 곳이 없는데 정신이 피폐하고 가치관이 올바르지 못하면 그것 또한 건강한 사람이라고 할 수 없습니다.

이렇듯 개인이나 나라가 잘산다는 것은 복합적인 측면으로 가늠해야 합니다. 단순히 돈, 경제적 수치로만 잘살고 못사는 것을 판단하는 것은 육체의 한 부분만을 놓고 건강 여부를 말하는 것이나 다름없습니다. 돈이 많다고 잘사는 것은 절대 아닙니다. 눈이 좋다고 건강이 무조건 좋은 것은 아니듯이요. 그런데 잘산다는 것의 여러 복합적인 요건 중 돈이라는 한 가지에 우리는 너무 절대적 가치만을 부여하고 있습니다.

한 가지 예를 들어 보면, 한국 사람들이 생각하는 중산층의 기준이 있습니다. 그 기준은 직장인 대상 설문조사 결과를 토대로 한 것입니다.

첫째, 부채 없는 아파트 30평 이상 소유.

둘째, 월 급여 500만 원 이상.

셋째, 자동차는 2,000cc 이상 중형차 보유.

넷째, 예금액 잔고 1억 원 이상.

다섯째, 1년에 해외여행 1회 이상.

중산층 기준 다섯 가지 중 네 가지가 물질적인 것, 즉 돈에 대한 것입니다. 그리고 다섯 번째도 돈의 여유가 있어야 가능합니다. 중산층 기준이 돈으로 시작해 돈으로 끝납니다. 즉 먹고 살 만한 돈이 있고 1년에 한 번씩 해외여행을 다녀야 중산층이라는 것이지요. 그럼 다른 나라에서 말하는 중산층의 기준을 보겠습니다.

먼저 영국인이 생각하는 중산층 기준입니다. 이것은 옥스퍼드대학교가 제시한 중산층의 기준입니다.

첫째, 페어플레이를 할 것.

둘째, 자신의 주장과 신념을 가질 것.

셋째, 독선적으로 행동하지 말 것.

넷째, 약자를 두둔하고 강자에게 대응할 것.

다섯째, 불의, 불평, 불법에 의연히 대처할 것.

다음은 미국인들이 생각하는 중산층의 기준입니다. 학교에서 학생들에게 가르치는 중산층의 기준입니다.

첫째, 자신의 주장을 떳떳하게 할 것.
둘째, 사회적인 약자를 도울 것.
셋째, 부정과 불법에 저항할 것.
넷째, 정기적으로 받아 보는 비평지가 있을 것.

참으로 충격적인 내용입니다. 그리고 우리나라와 너무나 비교되는 놀라운 내용입니다. 우리는 다섯 가지 모두 오로지 돈과 노는 것에 관련되어 있습니다. 이것들은 결국 자신밖에 모르는 이기적인 중산층 기준입니다. 반면 영국인이나 미국인들이 생각하는 중산층의 기준은 사회적 책임입니다. 그야말로 품격이 다릅니다.

우리나라 사람들이 생각하는 중산층의 기준, 즉 흔히 어느 정도 잘 산다는 사람들(중산층)의 그 기준은 철저히 돈입니다. 그렇다 보니 상류층의 기준 역시 아마도 돈이 많고 적음일 것입니다. 이러한 가치관과 정체성에 함몰된 사람들이 전혀 의식 없이 잘살고 못사는 기준을 결국 돈이 많고 적음으로 단정하고 잘못된 행동을 하게 되는 것입니다. 사회가 크게 잘못된 것이지요. 그리고 이 시대 교육이 절대적으로 왜곡되어 있습니다. 그렇다 보니 자라나는 아이들은 장래 희망을 돈 많이 버는 직업을 최우선으로 꼽고, 또 부모들은 자녀들의 그러한 생각을 올바르고 기특한 것으로 여기고 있습니다. 미국인이나 영국인이 말하는 중산층의 기준을 지금 한국 사회에 언급한다면 아마도 미친 소리라고 비난할 것입니다. "너나 잘하세요. 무슨 헛소리요!" 할 것입니다.

자신의 주장에 떳떳할 것(물론 정의로움일 것입니다), 사회적 약자를 도울 것, 부정과 불법에 저항할 것, 정기적으로 받아 보는 비평지가 있을 것, 독선적으로 행동하지 말 것, 페어플레이를 할 것. 우리가 중산층으로 꿈꾸기에는 너무나 먼 나라의 이야기로 보입니다. 도대체 중산층 기준에 돈, 경제적인 것들이 한 가지도 없으니 말이지요.

그렇다면 상류층 기준은 어떨까요? 아마도 중산층보다 더 큰 사회적 책임과 실행을 담고 있을 것입니다. 우리는 상류층을 엄청난 부를 가지고 있는 사람들이라고 인식합니다. 오로지 돈이 기준이 될 것입니다.

잘사는 가정, 잘사는 나라의 기준으로서 돈이 많고 적음은 당연히 중요합니다. 그리고 돈이 상당한 영향력을 미치는 것도 사실입니다. 그러나 지금 우리 사회처럼 그것이 전부라고 인식하는 것은 참으로 위험하고 슬픈 현실입니다. 손을 가리고 하늘을 보지 못하는 것과 다름없습니다.

이러한 사태는 이 시대 대한민국의 가정 교육과 사회 시스템, 그리고 교육 현장에서 우리의 자녀들을 어른들과 우리 사회가 방치한 결과입니다. 책임 있는 어른들이 없고 건강하고 건전한 가치관을 만들어 내는 사회 시스템이 전무합니다. 가정도 학교도 교회도 방관한 결과입니다. 다들 돈이 전부인, 흔히 말하는 물질만능주의 절정의 시대를 살아가고 있습니다. 더 늦기 전에 나 자신부터 내어주며 내 주변 사람들에게 사는 것의 참된 가치, 잘산다는 것의 진정한 의미를 전하고, 때론 다그칠 필요가 분명 있습니다. 우리 사회가 물질 만능, 돈의 노예로 더 썩어 가기 전에 우리 스스로의 자정이 필요합니다. 잘살기 위해서는 돈이 필요하지만, 그보다 더 소중한 것은 결국 나 자신의 만족과 행복입니다.

돈이 준비되어 있으면 언제든지
여행 갈 수 있고, 살 수 있고 할 수도 있지요

요즘 어른들이 걱정하는 것 중에 하나가 젊은 세대들이 취미 생활이라든지 여행이라든지 먹고 쓰는 것에 대해서 미래를 두지 않고 한 달벌어서 한 달 쓰고 그리고 즐기고 싶은 거, 먹고 싶은 것 마음대로 먹고 소비하며 사는 생활 방식입니다. 그런 소비 생활이 요새 젊은이들의 사고방식이고 트렌드이자 삶의 방식이라고 걱정들을 많이 합니다. 그리고 실제로 그런 분위기가 최근 젊은 세대에 팽배해져 있는 것도 사실이지요.

흔히 욜로족이라고도 하죠. 일단 미래는 둘째 치고 우선 갖고 싶은 차 사서 끌고 다니고 먹고 싶은 거 맛집들 찾아다니면서 먹고 그런 식으로 젊은 세대들이 미래에 저축을 하지 않고 들어오는 수입을 본인들이 사고 싶은 거 먹고 싶은 거 여행 다니고 싶은 거를 다니면서 마음껏 쓰고 소비하는 하는 그런 세태를 흔히 욜로족이라고 말합니다. 그리고 많은 젊은이들이 여기에 호응을 해서 SNS에 또는 자신의 개인의 블로그에 여행 그리고 맛집 탐방, 취미 생활 또 고가의 용품 구입 등이런 것들을 올리고 자랑, 과시하면서 마치 자신이 굉장히 풍요롭고 부유한 삶을 사는 것처럼 과시하는 풍조가 실제로 만연돼 있는 거는 틀림없습니다.

그런데 이 부분에 대해서 우리가 한 번 냉정히 짚고 넘어가야 할 부분이 분명히 있습니다. 이러한 현상을 부추기는 사회 분위기, 그리고 그러한 삶을 살지 못하는 다른 부류의 사람들은 한심하게 사는 부류들처럼 흐르는 뉘앙스는… 과연 무엇인가? 하는 의문점이 들기도 합니다.

또 어떤 세력들이 이러한 사회 분위기를 혹시 조장하고 있지 않은 것은 아닌가? 하는 의구심이 들기도 합니다.

그리고 그런 부류들이 있다면 과연 정말로 그들의 말처럼 그들도 그렇게 살고 있을까요?

라는 생각이…….

남들에게 과시하면서 돈을 아끼지 않고 펑펑 쓰면서 미래에 대비하지 않고 저축하지 않고 사고 싶은 거 다 사 먹고, 다니고 싶은 데를 마음껏 다니면서 실제로 그렇게 살고 있을까요?

그리고 정말로 부자들은 다들 그렇게 살고 있는 걸까요?

그러나 결코 그렇게 살지 않습니다. 부자들, 진짜 있는 사람들은 본인들이 원하고 사고 싶고 가고 싶은 곳은 항상 경제적 여유가 있기 때문에 언제든지 할 수 있다는 그 자신감, 안정감을 최우선으로 할 뿐입니다.

과한 소비는 그저 겉으로 보기에 그런 모습으로 보이는 것뿐입니다. 또한 실제로 정말로 부자가 되고 싶어 하고 정말로 그런 삶을 살고 싶어 하는 진짜 속이 있는 사람들은 실제로 그렇게 하지 않는다는 겁니다. 그게 무슨 얘기냐면 실제로 그러한 사람들은 그 돈을 아끼고 저축하고 미래를 위해서 대비하고 그리고 부를 축적해서 부자가 되기 위해서 준비한다는 겁니다. 부자가 되기 위해서 준비하고 가는 길은 많은 사람들이 따라오면 안 됩니다. 특정한 일부 소수의 사람들만이 부자가 되는 겁니다.

그렇기 때문에 어쩌면 진짜 아는 부자들은 일반 젊은 사람들, 일반 대중들, 일반 국민들한테는 저축도 하지 말고 그 다음에 미래에 대한 생각도 하지 말고 버는 대로 소비하고 사고 싶은 건 다 사고, 먹고 싶은 건 다 먹고, 가고 싶은 데 다 가고, 고급 음식 먹고, 명품 소비하라고 부추기는 겁니다. 그리고 사회에 그런 사람들이 많이 퍼져 있고 많이 그렇게 소비하고 행동해야지 결국은 그 돈들을 일부가 가지고 부자가 되는 것입니다. 결국 부자들, 진짜 부자들, 정말 머리가 좋은 사람들은 그렇게 소비를 하지 않는다는 겁니다. 자기들 분수에 넘는 소비, 자기 능력을 넘는 소비는 정말로 하지 않는다는 겁니다. 그런데 어리석게도 부자가 아닌 사람들, 그리고 정말로 돈이 없는 사람들, 미래가 불투명한 사람들이 거기에 현혹돼 가지고 그런 꼬임에 넘어가서 사회 분위기에 흔들려서 미래에 대한 준비 없이 그렇게 소비하고 그렇게 돈을 펑펑 쓰는 겁니다. 그리고 모으지 않는 겁니다. 결국은 그 사람들은 그 맛에 또 그 악순환에 한 번 빠져들게 되면 미래의 돈을 또 갖다 쓰죠. 카드라든지 할부라든지 이런 것들이 전부 다 빚을 내서 미리 쓰는 겁니다. 그러니까 한 번 그 올가미에 딱 옭아매지게 되면 벗어나지 못하는 것이 됩니다. 그리고 그 올가미에 많은 사람들이 걸려들어야지 그 올가미를 설치한 사람들, 그 분위기를 만든 사람들은 편하게 앉아서 많은 부를 축적하는 겁니다.

이것들이 사실은 이 사회의 부의 원리 중에 하나입니다. 상당히 비밀스러운 원리죠. 쉽게 아는 것 같아도 아무것도 아닌 것 같아도 일반인들은 대부분 모르는 원리입니다. 자신이 올가미에 걸린 줄도 모르고 자신들이 소비하고 자신들이 과소비하고 자기들이 즐기고 하는 여행을 마치 대단한 자기만족, 대단한 자기 합리화로 자랑하고 그리고 그거 만족하고 흐뭇해하고 더더구나 행복해합니다. 그저 순간의 만족으로 결국은 부자가 되지 못하고 영원히 결국 가난하게 처절하게 살 수밖에 없는 그런 올가미에 빠져들어 가고 있는 자신은 보지 못하고 정말 어리석게도 자신이 대단하게 행복하게 사는 줄로 착각한다는 겁니다.

부(富)라는 것, 부자라는 것은, 돈이라는 것은 모으고 투자하고 불리지 않으면 내가 벌지 않으면 절대로 부자가 될 수 없습니다. 그리고 그 돈이라는 것은 결국 남에 있는 주머니의 돈을 내게 가져오는 겁니다. 남에게 물건을 판다든지 남에게 어떤 아이템을 제공한다든지 그러면 상대는 거기에 대한 대가를 지불합니다. 그것이 나에게 들어오게 되면 그리고 쌓이게 되면 내가 부자가 되는 것이지요. 투자는 없는 데서 돈이 들어오는 게 아니라 내가 다른 사람 주머니를 내 주머니를 옮겨서 내 주머니를 채웠을 때 부자가 되는 겁니다. 그러니까 다른 사람들이 돈을 펑펑 쓰고 욜로족이 되고 하루하루 많은 소비하며 살고 과시하고 이것저것 과소비하고 하면 할수록 그것에 상대적인 일부 계층들은 나날이 돈이 쌓이고 부자가 되는 이 원리를 이 사회에 젊은 사람들 대다수 사람들이 모르고 마치 자신들이 상당한 행복감에 소비하는 것에 그 맛에 빠져가지고 착각 속에 살아가는 게 대한민국의 현실입니다.

불쌍한 현실입니다. 그리고 너무나 안타까운 것입니다. 부(富)라는 것, 돈이라는 것은 결국은 내 주머니에 내 것을 내가 갖고 보존하고 늘리고 남에게 안 들어가게 하는 건데 그것을 착각하는 겁니다. 미래를 저당 잡혀 사는 이 시대 젊은이들, 그럴싸한 말로 소비를 포장하고 그럴싸한 명분으로 아무리 포장한들 미래에 다가오는 빈털터리 신세는 피할 수 없습니다. 그 올가미에 걸려서 선 소비를 하고 빚을 내서 소비하는 형태는 벗어나기 힘듭니다.

그러면 이 부분에서 말할 것입니다.

"사람이 어떻게 돈만 벌고 사느냐. 소비도 하고 여행도 다니고 해야 지."

당연한 것입니다.

그런데 그 소비가 과연 내 능력의 범위 내의 것인지 아닌지를 구분하면서 해야 된다는 것입니다.

나의 한계를 벗어난 소비, 특히 할부 등으로 미래의 소득을 당겨 소비하는 소비의 빚은 그야말로 최악입니다.

소비는 내가 아무리 지금 만족해도 시간이 지나게 되면 그 만족감은 점점 엷어져 갑니다. 그리고 더 큰 소비 만족을 찾게 돼 있습니다. 그것은 마약 중독, 도박 중독과 같은 도파민 중독 같은 거지요. 쾌감의 중독 아니겠습니까? 결국은 쾌감이라는 거는 현재 내가 100으로 만족하더라도 그게 두세 번 반복되게 되면 110을 찾고, 120을 찾고, 150을 찾는 게 쾌감입니다. 그래서 중독이 되는 거고 그리고 빠지는 거예요. 소비 중독도 마찬가지입니다. 소비의 맛에 한 번 빠지게 되면 점점 더 강한 소비, 더 많은 돈을 쓰는 맛, 여기에 빠져 버리게 되는 것이죠. 이 것이 무서운 것이지요. 그리고 이 함정에 빠져들어서 한 번 들어가게 되면 헤어 나오질 못합니다. 더군다나 큰 수입도 없는 젊은 세대들이 마치 소비가 젊은 세대의 특권인 양 행동하는 것이 너무나 무지스러움입니다.

그것이 사회 분위기나 하나의 문화인 것처럼 퍼져 있는 대한민국의 현상에 대해서 우리가 한 번 생각해 봐야 될 심각한 문제입니다. 그리고 젊은이들이 그걸 깨우치지 못한다는 게 너무나 안타까울 뿐입니다. 이것은 학력과 학벌하고 상관이 없습니다. 그리고 아무리 똑똑해도 모르면 모르는 겁니다.

그런데 이것을 아는 젊은이들, 학벌하고 상관없이 이것을 알면서 실행하는 젊은이들은 5년 뒤나 10년 뒤나 확연히 바뀌어 있는 겁니다. 능력이 되지 않으면서도 고급차를 타고 다니고 자가용을 끌고 다니면서 소비를 하고 그러면서 뒤돌아서 몇 년 뒤에 피눈물 흘리는 그런 모습이 우리 시대의 현실입니다. 본인이 처해 있는 그리고 이 본질을 정확하게 좀 알고 소비의 본질, 그다음에 현실의 본질을 정확하게 알고 그런 걸 깨우쳐서 지금 현재는 다소 힘들지만 그리고 돈을 모아야 합니다.

소비를 안 한다는 것이 사실은 힘들지 않습니다. 왜냐하면 좋은 음식 먹는 것이나 좋은 여행 다니는 것의 즐거움은 잠시 잠깐일 뿐입니다.

또한 옛말에 이런 말이 있습니다. "음식은 머슴처럼 먹고 술은 정승처럼 마신다." 마찬가지로 고급지고 기름진 음식, 산해진미를 먹은들 좋은 건 잠깐뿐이고 건강에도 좋지 않습니다. 투박하고 거칠고 그런 음식들이 건강에도 좋고 돈도 아끼고 그렇습니다. 아무리 오마카세니 무슨 특급 정식이니 그런 음식을 먹는다고 한들 잠시 잠깐이고 배부르면 다 똑같습니다. 똥 싸면 다 똑같은 똥일 뿐입니다. 그릇되고 헛된 욕망에 휩싸여 인스타에서 다른 사람한테 보이기 위한, 잘난 척 하기 위한, 허영심에 가득 물든 젊은이들의 소비 행태들은, 그리고 그것이 인정받는 듯한 사회 분위기 이상한 용어로 욜로족이니, 저녁 있는 삶이니, 그런 말도 안 되는 그런 논리를 갓다 붙여서 합리화시키고 정당화시키는 그런 사회 분위기가 하루속히 사라지고 성실하게 일하고 열심히 노력하고 돈 모으고 그리고 미래를 저축하고 그런 사회 분위기가 돼서 많은 젊은이들이 나이가 들어감에 따라서 부도 축적하고 경제적인 자유를 얻기를 바랍니다.

경제적인 자유가 있게 되면, 돈을 많을 많이 가지게 되면, 하고 싶은 거, 쓰고 싶은 거, 가고 싶은 것은 언제든지 할 수 있고 또한 갈 수 있습니다. 그런데 왜 몇십 개월 할부를 끊어서 해외여행을 다니고 자기 분수에 맞지 않는 할부로 수십 개월 고급차를 타고 몇십만 원씩 하는 오마카세니 뭐니 하는 괴상망측한 용어를 데려다가 음식을 먹고 그런 행태를 왜 합니까?

먹고 나서 싸고 나면 다 똑같은 똥인데…. 분위기가 밥 먹여 줍니까? 분위기가 도대체 뭐라고…. 분위기 좋은 가게에 가면, 돼지고기가 한우로 바뀌는 건지요? 그런 거에 연연하지 말고 정신 좀 차리고 차근차근 돌다리를 하나하나 건너가고 계단 하나 올라가듯이 쌓아 갔으면 좋겠습니다. 그게 부끄러운 게 아니고 그게 늦는 게 아니거든요. 그런 분위기가 사회에 좀 가득했으면 좋겠습니다.

2박 3일 일본으로 라면 먹으러 간다. 초밥 먹으러 간다. 그런 미친 짓 좀 하지 맙시다. 그냥 라면 먹고 싶으면 삼양라면 사다가 집에서 끓여 먹으면 되지 무슨 일본 라면이 뭐라고 거기까지 먹으러 갔다 오고, 올 때 그냥 옵니까? 그 달디단 몸에 좋지도 않은 포장만 다섯 겹, 여섯 겹으로 되어서 뜯어 먹기도 힘든, 뭐 하나 뜯어 먹으려면 한참 걸리는 그런 일본 과자들, 기념품들 양손에 그냥 가득 사 오고 그게 도대체 무슨 의미인지…. 실은 일본 과자 기념품 아무것도 아닙니다.

대부분 굉장히 달기만 합니다.

그리고 양이 적고 가격이 무지 비쌉니다. 어찌보면 그거 다 속임이 잖아요.

우리 회사에 두어 달에 한 번씩 일본 손님들이 정기적으로 오십니다. 그때마다 일본 손님들이 늘 선물을 사 왔는데, 어느 날 그 선물(실은 일본 손님 선물은 대개가 일본 과자 종류) 포장지를 뜯는데 제일 먼저 쇼핑 봉투, 그 안에 박스 포장이 돼 있습니다. 그걸 뜯으니까 또 작은 박스가 나오더라고요. 그 박스를 뜯으니까 또 이렇게 낱개 포장을 박스로 했더라고요. 그걸 뜯어 보니까 그 안에 비닐로 포장을 또 했고, 또 그거 뜯으니까 여섯 번째 과자가 나왔는데, 그 포장만 6단계로 된 선물이 우리 시장에서 1만 원이면 바가지로 두 바가지씩 주는 '산베이'라는 과자더라고요. 먹어 보니 달기만 달아가지고 먹고 나도 양치질 바로 했습니다. 일본 과자 달기만 무진장 답니다. 그리고 포장을 6겹, 7겹을 해 가지고 정말로 사람을 완전히 짜증 나게 만듭니다. 성질 급한 한국 사람들 포장지 뜯다가 미칠 지경입니다. 그게 상술이고 사기잖아요. 그런데 그걸 뭘 좋다고 우리나라 젊은 사람들, 특히 수많은 여성분들이 일본으로 몰려갑니다.

2023년 1년 동안 1,000만 명 가까운 한국 관광객이 일본으로 몰려갔습니다. 그리고 일본의 과자 기념품, 그런 거 양손에 가득가득 들고 옵니다. 부끄러운 줄 알아야죠. 우리나라 과자도 많지 않습니까? 그렇게 일본 가서 기분 내고 일본에 다니면 세상이 좋아집니까? 열심히 일했으니까. '열심히 일한 당신 떠나라?' 그거는요. 카드 팔아먹고 마케팅으로 돈을 많이 벌기 위한 회사의 마케팅 상술입니다. 정신들 똑바로 차리고 제발 좀 현실을 직시해야 할 문제입니다. 가치는 그런 데 있는 게 아닙니다. 그런 거에 대한 가치는 헛가치입니다. 허영심의 가치지요. 그런 것들이 마음에 가득하게 되면 끝없이 채워야 됩니다. 공허하거든요. 그것이 인간의 욕망이에요. 세상의 모든 것으로 채워도 채울 수 없는 게 인간의 욕망이고 욕심이라고 그러잖아요.

그런 헛된 욕망 품지 말고 우리 자녀들 또 주변 사람들이 그런 욕망에 빠지지 않게끔 우리가 노력하면서 우리들, 좀 젊은 사람들 정신 차리고 참가치가 뭔지를 생각하며 사는 게 좋겠다는 생각입니다.

2017. 06. 04. 카라쥰 초원

요즘 세대의 로망이라는 것이……

우리는 '로망'이라는 말을 듣게 되면 늘 가슴이 설레게 되지요. 영어로 'Roman'이지요. '억제되지 않은 열정' 또는 '현대인들의 이상 추구'를 뜻합니다. 이처럼 현대를 사는 우리는 각자 로망이라는 것을 마음속에 품고 하루하루를 살아가고 있습니다. 그리고 자신의 로망을 주위 사람들에게 말하기도 하고 다른 사람의 로망을 듣기도 하며 자신의 로망을 실현하고자 노력합니다.

로망과 비슷한 의미의 버킷 리스트(bucket list)라는 말도 많이 씁니다. 버킷 리스트는 중세 시대에 자살할 때 목에 밧줄을 감고 양동이를 걷어차는 행위에서 유래된 말로, 죽기 전에 꼭 해야 할 일이나 하고 싶은 일들에 대한 리스트를 의미하며, 로망과 비슷한 의미인 듯하면서도 약간 다릅니다.

어쨌든 우리는 많은 로망을 꿈꾸며 이 세상을 살아갑니다. 그런데 그 로망이라는 것이 따지고 보면 대부분 놀고먹는 것에 관한 것들입니다. 바다 위에 요트나 보트를 띄워 놓고 유유자적 낚시나 하면서 여생을 보내고 싶어 한다거나, 경치 좋은 바닷가에 멋진 별장을 지어 놓고 의자에 앉아 바다 경치를 바라보면서 차 한 잔을 마시는 것을 꿈꾸기도 합니다. 추울 때 따뜻한 남쪽 나라에 가서 골프를 치며 시간을 보내는 것을 꿈꾸기도 하고 실제 행동으로 옮기기도 합니다. 해외여행을 여기저기 다니며 삶의 여유를 누려 보기도 하지요. 다니던 직장을 그만두고 세계 여행을 다니고 싶어 하기도 하고, 자기가 좋아하는 일을 하며 살고 싶어 하기도 하지요. 이처럼 많은 사람들이 다양한 로망을 꿈꿉니다.

그런데 많은 로망 중에서 외국으로 이민 가는 것과 복지 선진국에서의 삶을 로망으로 삼는 사람들도 있습니다. 그들은 대한민국에서의 생활과 삶을 부정적인 시각으로 바라보거나 혐오하는 발언을 통해 자신들의 로망에 당위성을 부여하려 합니다. 그리고 마침내 그 로망을 실현해 한국에서의 삶을 등지고 해외로 나가기도 합니다. 그러나 참으로 안타까운 것은 내가 태어나 지금까지 살아왔고, 또 내가 부대껴 온 이 땅, 즉 나의 원천을 부정하거나 탈출구로 삼는 로망은 대부분 많은 어려움이 따를 수밖에 없다는 점입니다. 특히 한국에서의 생활이 힘들고 적응이 어려운 사람들 대부분은 해외에서의 이민과 생활 역시 힘들어하고 어려워합니다. "늑대를 피하자 호랑이가 나타난다."는 속담처럼 삶이란 장소와 때에 따라 모든 것이 결정되는 것이 결코 아니라, 나 자신의 삶에 대한 태도, 그리고 쌓여 온 결과물이기 때문입니다.

20~30대 많은 젊은이들이 해외 생활의 로망을 꿈꿉니다. 캐나다, 호주 등의 워킹홀리데이 프로그램 지원자 수는 해마다 늘어나고 있습니다. 워킹홀리데이란 원래는 해외여행 중인 청소년들이 방문한 국가에서 일할 수 있도록 특별히 허가하는 제도를 말합니다. 그런데 최근에는 청소년뿐만 아니라 20~30대까지 워킹홀리데이에 참여한다고 합니다. 특히 우리나라와 워킹홀리데이 프로그램이 체결되어 있는 국가는 호주, 캐나다, 뉴질랜드, 영국, 아일랜드, 프랑스, 덴마크, 스웨덴, 이탈리아, 헝가리, 벨기에 등 대부분 백인 중심의 나라들입니다. 우리나라 사람들이 여행이나 현지에서의 삶을 한두 번 꿈꾸어 봄직한 나라들입니다.

워킹홀리데이는 국가 간 상호 조약이기 때문에 우리나라 국민이 해외로 나가기도 하지만, 반대로 우리나라 역시 조약 체결 당사국의 젊은이들을 받아들일 수 있습니다. 그런데 어이가 없는 것은 우리나라에서 해외로 나가는 젊은이들은 매년 그 수가 상당한 반면, 우리나라로 들어오는 상대국들의 젊은이 수는 1/10도 안 된다는 것입니다. 과연 우리나라 젊은이들은 워킹홀리데이 프로그램 본연의 의미나 목적을 마음에 새기고 해외로 떠나고 있는 것일까요? 아니면 단순히 해외 생활이라는 로망만을 가지고 떠나는 것은 아닐까요?

워킹홀리데이 프로그램에 대해 흔히들 말합니다. 젊은이들만을 위한 해외여행, 해외에서 일하며 즐기기, 젊었을 때 해외에서의 색다른 경험 쌓기 등등. 그러나 현실은 반드시 그렇지만도 않은 것 같습니다. 호주 워킹홀리데이의 예를 들면 대부분 참가자들은 농장에서 일하거나 식당 서빙, 숙박업소 객실 청소 등 밑바닥 생활을 하며 지냅니다. 더구나 현지 백인들은 거들떠보지도 않는 업종에서 동남아, 남미 등의 이주 노동자들과 별 다름없는 험하고 힘든 업종에서 일하고 있는 경우가 대부분입니다.

워킹홀리데이 본래의 목적, 즉 젊은이들에게 경험을 통한 기회와 비전을 심어 주는 것이 아닌, 어찌 보면 노동력 보충 기능으로 진행되는 사례가 비일비재합니다. 로망과는 점차 멀어지고 비참한 현실만 남게 되는 것입니다. 더군다나 한국 젊은이들이 가장 많이 선호하고 제1의 로망 목적지로 삼는 호주의 경우 워킹홀리데이 관련 사고가 연간 100여 건 발생하고 있으며, 2022년에는 농장에서 일을 마치고 귀가하던 참가자 일행이 교통사고로 현장에서 4명이 사망하기도 했습니다.

최근에는 호주 워킹홀리데이에 참가하는 우리나라 젊은이들이 연간 2만여 명이라고 합니다. 한국의 젊은이들이 도대체 호주까지 가서 무엇을 배우고 경험하겠다고 농장이나 식당, 숙박업소에서 그 귀중하고 소중한 젊음을 바치고 시간을 죽여 가며 생활하고 있는 걸까요? 영어를 배우기 위해서일까요? 다른 세상의 비전을 꿈꾸고 경험하기 위해서일까요? 아니면 자신만의 무엇인가 뚜렷하고 확고한 목표와 의지가 있기 때문일까요?

대학 졸업 후 군대를 갓 제대한 조카가 몇 개월 전에 캐나다로 워킹 홀리데이를 간다고 인사차 저를 찾아왔습니다.

"너, 캐나다 워킹홀리데이는 무슨 목적으로 가는 거니?"

제 물음에 조카는 이렇게 대답했습니다.

"삼촌, 한국은 아무래도 취업하기 쉽지 않잖아요? 캐나다에서 한 2년 정도 워킹홀리데이 하면서 영어도 배우고 색다른 경험도 하며 무엇인가 할 수 있는 길을 찾고 싶어요."

아마도 현재 수만 명씩 나가 있는 한국의 20대 워킹홀리데이 참가자들 대부분이 약간의 차이는 있지만 그 동기가 제 조카와 비슷할 거라고 봅니다. 물론 한편으로 그 뜻에 충분히 이해가 가기도 합니다. 그러나 참으로 안타까운 것은 아마도 많은 워킹홀리데이 참가자들이 자신의 확고하고 뚜렷한 목표 의식을 가지고 있는 것보다는 그저 외국 생활, 특히 캐나다, 호주 등에서의 생활에 대한 막연한 로망이 훨씬 깊게 담겨 있을 것이라는 점입니다.

현재 한국에서의 취업난에 따른 주변 사람들로부터의 부담스러운 시선 등을 피하기 위한 탈출구로서 워킹홀리데이보다 더 그럴싸한 명분과 위안은 없을 것입니다. 하지만 오히려 그것이 젊음의 소중한 시간만을 갉아먹는 꼴이 될 수도 있습니다. 중요한 것은 한국에서의 어려움과 역경 등에 도전도 극복도 해 보지 않았다면 세상 어느 나라를 가더라도 그곳은 한국보다 더 힘들면 힘들었지 결코 수월하지는 않다는 점입니다.

귀하디귀한 시간을, 심하게 말하면 고귀하기까지 한 청춘을 여차하면 그냥 허비해 버릴 수 있습니다. 그리고 그 대가는 반드시 치르게 되어 있습니다. 1~2년의 워킹홀리데이 기간 동안 그야말로 뼈를 깎는 자기 절제와 의지가 없으면 영어 습득도 쉽지 않을뿐더러 그곳에서 무엇인가 비전을 찾기란 보통 어려울 일이 아닐 것입니다. 더구나 호주, 캐나다 등 워킹홀리데이 선호국들은 첨단산업, 즉 IT, BIO, 나아가서는 AI 산업에서 우리나라보다 나은 것도 없으며 그 틈새가 보이지도 않습니다. 결국에는 농장 일이나 허접한 밑바닥 일이나 하고 주말에는 술과 오락 등으로 시간을 보내며 젊음의 열정을 헛곳에 쏟아 버리고 마는 것입니다. 물론 상당수의 젊은이들이 그 어려움과 역경 속에서도 최선을 다하고 성공적인 미래를 꿈꾸며 건실하게 워킹홀리데이에 참가하고 있다고 믿고 싶습니다.

현재 우리나라 젊은이들은 조금이라도 힘든 일, 특히 농사일 등은 전혀 하지 않으려고 합니다. 급기야 농촌 인력의 상당 부분을 외국인 노동자들이 점유하고 있으며, 앞으로는 숙박업소에 필리핀 등 동남아 노동자들을 배치해 국내 일손 부족을 메울 계획이라고 합니다. 이런 상황에서 한국의 20대들은 호주나 캐나다의 농장, 숙박업소, 식당에서 그 젊은 노동력을 소비하고 있으니 참으로 무엇이 옳은 건지 헷갈립니다.

로망은 양면성이 있습니다. 로망을 실현하기 위해 사람들은 꿈을 품고 하루하루를 열심히 살아갑니다. 그러나 한편으로 그 로망을 이루고 싶어 하는 것이 따지고 보면 사람의 욕망이기도 합니다. 대한민국의 젊은이들이 헛되고 잘못된 로망으로 인해 단 한 번뿐인 인생을 잘못 살아가고 있는 것은 아닌지, 사리 판단을 잘못하고 있는 것은 아닌지 그저 입안이 씁쓸하기만 하네요.

기업의 직원 복지라는 것이…

매년 새해가 되면 한 기업의 대표로서 여건이 허락하는 범위 안에서 직원들에게 해 줄 수 있는 것이 무엇인지 생각하게 됩니다. 업무적으로나 경제적으로나 직원들에게 도움이 되고 직원들이 행복해질 수 있는 것이 무엇인가를 많이 고민합니다. 어쩌면 직원이 고작 수십 명이기 때문에 저의 고민이 더욱 진지해지는 것 같습니다. 아마도 직원이 수백, 수천 명이 된다면 작은 시간이라도 비용이나 수익과 직결되기 때문에 그런 고민을 장시간 하기란 쉽지 않을 것입니다. 하지만 제가 경영하는 회사는 직원이 많지 않다 보니 직원 개개인의 삶의 모습이 늘 눈에 들어오고 신경이 쓰이는 것도 사실입니다.

회사를 경영하면서 가지고 있는 목표이자 꿈이 몇 가지 있지만 그중 한 가지는 회사에 근무 중인 직원들이 우리 회사를 통해 행복감을 느끼도록 만들어 보는 것입니다. 회사를 통해 인생의 보람과 기쁨, 그리고 가정의 안정과 행복을 꼭 만들어 주고 싶은 것이 제가 사업하는 목표 중 하나입니다. 물론 사업의 가장 큰 목적은 돈을 버는 것이지만요.

저는 돈을 벌기 위해 사업을 시작했습니다. 그것은 처음부터 끝까지 변치 않는 목적이지요. 세상 대부분 기업의 존재 목적은 돈을 버는 것입니다. 그것이 바로 기업의 태생적 목적입니다. 그런데 그러한 회사의 태생적 목적 못지않게 또 다른 부수적이며 책임 있는 목적이 바로 거기에 속해 있는 직원들에 대한 사회적 책임입니다. 직원 수십 명 정도 크기의 회사에서 거창한 사회적 책임을 논한다는 게 사실 낯간지러운 부분이 있어 그동안 드러내 놓고 말하기가 늘 겸연쩍었지만 우리 직원들의 삶의 질, 가정, 사회적 목표가 중요하다는 점은 늘 인지해 왔지요.

현재 우리나라의 지방 소재 중소기업, 특히 직원 50인 미만의 소기업에 근무 중인 이들이 사회적으로 크게 각광받기는커녕 늘 소외되는 듯한 분위기에 젖어 있다는 것은 부인할 수 없는 현실입니다. 수도권 중심, 대기업·공기업 직원 중심의 대한민국 현실에서 지방 소재 소기업 직원들의 현실은 참으로 열악합니다. 이 같은 현실에서 작은 기업의 대표인 저로서는 우리 직원들의 삶의 질을 더욱 깊이 살피고 그 입장을 대변해야 할 또 다른 사업적 과제가 있다고 늘 생각해 왔습니다.

회사 직원들에게 근로계약서상 정해진 급료와 합리적인 근무조건, 각종 지원을 제공하는 것을 모두 통틀어 우리는 복지라고 부르지요. 다시 말하면 복지란 직원들이 회사로부터 받는 것들입니다. 직원들은 자신의 노동력과 시간을 회사에 제공하고 그 대가로 복지 혜택을 받는 것입니다. 그런데 우리나라 사람들은 복지, 즉 복지 혜택이라는 것이 근로자의 입장에서 가급적 노동력과 시간은 적게 제공하고 반대로 복지 혜택은 많이 받는 것(돈이나 물질, 특혜 등)으로 잘못 인식하고 있습니다.

극단적으로 말해 근무는 적게 하고, 즉 쉬는 날이 많고 돈도 많이 받으면 복지가 좋다고 말합니다. 주 5일 근무를 넘어 주 4일 근무, 각종 휴가, 학자금, 보너스, 직원 전용 휴가시설, 해외여행 등 다양한 지원 혜택이 많으면 많을수록 복지가 좋은 회사라고 합니다. 그리고 많은 사람들이 부러워하지요. 복지가 좋은 회사에 다닌다고. 더 나아가 한 기업의 복지 혜택의 수준은 철저하게 타 기업과 비교되고 있습니다. 그런 비교가 당연하다고요? 그리고 그것이 바로 복지라고요? 그래야 우리나라 기업들의 직원 복지 수준이 높아진다고요?

직원 50인 이하 기업에는 아직 법적 구속력이 없던, 지금으로부터 15년 전에 우리 회사는 이미 주 5일 근무를 시행했습니다. 그 이유는 주말을 가족과 함께 보내고, 나아가 시간적 여유가 있는 생활을 직원들에게 제공하고 싶어서였습니다. 그러다 보니 당시 우리 회사 직원들은 "다른 회사는 주 5일 근무를 아직 시행하지 않는데 우리는 하고 있으니 우리 회사의 복지가 더 좋다."며 좋아했습니다. 그 후 시간이 흘러 대부분의 회사들이 주 5일 근무를 하게 되자, 우리 회사의 주 5일 근무는 더 이상 우리 회사만의 복지 혜택이 될 수 없게 되었지요.

그렇다면 사람들이 요즘 가끔 언급하는 것처럼 이제는 주 4일 근무를 해야 할까요? 아마도 15년 전에 우리 회사가 선도적으로 주 5일 근무를 시행했을 때 직원들이 좋아했던 것처럼, 현재 주 4일 근무를 시행하면 우리 직원들은 한동안 좋아하며 "우리 회사는 복지가 좋다."고 말할 것입니다. 그리고 또 어느 정도 세월이 지나 대부분의 회사들이 주 4일 근무를 하게 되면 우리 회사의 선도적인 주 4일 근무 시행은 더 이상 우리 회사만의 복지 혜택이 아닌 게 되고 말 것입니다. 그렇다면 그때는 주 3일 근무를 시행해 다른 회사보다 더 복지가 좋은 말을 듣는 회사가 되어야 할까요?

각종 수당과 지원 혜택, 더 나아가 급료도 마찬가지입니다. 다른 회사에서 제공하는 혜택과 비슷한 조건으로 현재 자신이 속해 있는 회사에서 받고 있다면, 별다른 복지를 누리고 있다고 생각하지 않습니다. 타 회사와 비교해 한 가지라도 더 받는 대신 덜 일해야 더 많은 복지 혜택이 있는 좋은 직장이라고 생각합니다.

그렇다면 그 결말은 무엇일까요? 인간의 욕심은 끝이 없습니다. 특히 타인 또는 다른 대상과의 비교에 따른 탐욕은 인간이 가지고 있는 추한 본성 중 하나입니다. 언젠가부터 이기적이고 탐욕스러운 본능들이 한국 사회 곳곳에 독버섯처럼 자라나 사회의 정상적인 질서와 가치관, 나아가서는 사회적 이념까지 송두리째 흔들고 있습니다. 성실하고 근면하게 일하는 것이 무능력하고 형편없는 것으로 인식되어 갑니다. 특히 육체를 사용하는 업종에 대한 사회적 분위기가 무능력, 기피 대상, 사회적 가치 결여 직종으로 바뀌는 바람에 젊은이들뿐만 아니라 대부분의 국민들이 육체노동을 하려 들지 않습니다. 근면함의 귀함과 성실함의 가치는 우리 사회에서 한쪽 구석으로 처박힌 지가 언제인지 모릅니다. 겉으로는 선진화되고 그럴싸하게 포장되어 있는 우리 사회가 속으로는 수많은 집단적 이기심과 탐욕으로 얼룩져 있고 계층 간, 집단 간 갈등이 심화되고 있습니다.

기업은 직원들에게 무한 복지를 베푸는 곳이 아닙니다. 기업은 근본적으로 사람들이 일을 하는 곳입니다. 그리고 돈을 버는 곳입니다. 그러한 기업의 존립 목적은 그 어떤 미사여구와 그럴싸한 사회적 명분을 들이대어 미화시키고 포장해도 바뀌지 않습니다. 그리고 기업은 소속된 직원들에게 무한한 휴무와 돈을 제공할 수 없습니다. 다시 말하면 기업이 제공할 수 있는 능력에는 한계가 있다는 것입니다. 무엇보다도 중요한 것은 직원들이 자신의 능력에 맞는 합당한 대가를 받는 것을 온당하게 생각해야 한다는 것이지요. 따라서 그 정확하고 분명한 원칙과 질서를 무시하는 대응과 행동, 특히 수많은 집단행동은 결국은 탐욕일 뿐입니다. 그리고 탐욕의 끝은 파멸일 뿐이지요. 그것도 함께 망하는 공멸일 뿐입니다.

회사는 직원들의 삶의 질을 조금이라도 더 높여 주기 위해 늘 최선을 다하고 책임 있는 경영을 해야 하며, 직원들은 회사 측의 유한한 혜택을 무한함으로 인식해서는 안 되며, 기대 이상의 지나친 요구를 회사 측에 하지 말아야 합니다. 도리어 자신의 능력을 무한히 발휘하려는 마음가짐이 결국은 기업과 자신이 살아나갈 수 있는 길임을 명심해야 할 것입니다.

세상의 이치는 대부분 단순합니다. 이기적이고 내 입장만 고집하며 탐욕으로 일관하면 결국 자기 자신이 무너질 뿐이지요. 단지 그 시기가 지금 당장이 아니기에 그렇지 않다고 착각할 뿐입니다. 이는 지금까지의 인류 역사에서 수없이 반복된 만고불변의 진리입니다.

꿈을 꾼다는 것의 기쁨

나이아가라 폭포는 풍광이 엄청납니다. 캐나다와 미국의 국경에 접하고 있고 세계 3대 폭포 중 하나로 엄청난 유명세를 떨치고 있지요. 그 웅장한 크기와 멋진 경치는 처음 보는 사람들에게 경외감마저 줍니다. 많은 사람들이 꼭 한 번 가 보고 싶어 하는 멋진 절경이지요. 그런데 저는 가끔 이런 생각을 해 봅니다.

'그렇게 멋진 감동과 엄청난 감격을 주는 천하제일의 절경인 나이아가라 폭포 주변에 사는 사람들, 즉 평생을 매일같이 나이아가라 폭포를 보고 또 보는 사람들은 과연 어떤 생각이 들까? 그들에게도 처음 보는 사람들 같은 경외심과 감동이 과연 있을까?'

분명한 것은 그 감동과 경외심은 그곳을 처음 찾은 사람들과는 큰 차이가 있을 것이라는 점입니다.

늘 일상으로 접하거나 대하는 것에 특별한 감동이 이는 것은 참 드문 경우지요. 일상은 어찌 보면 당연함으로 다가오기 때문입니다. 당연한 것에 익숙한 탓인지 몰라도 특별함이 뒤따르지 않습니다. 오죽하면 "배려가 익숙해지면 당연해진다."라는 말까지 생겼겠어요?

전 세계의 많은 유명 관광지들도 마찬가지일 것입니다. 처음 보았을 때의 느낌은 두 번째, 세 번째 보았을 때와 분명 차이가 있을 것입니다. 대부분의 여행자들은 어떤 관광지에 갔을 때 가이드가 안내하기 시작할 때 가장 기대감이 큽니다. 그런데 시간이 지나고 그곳을 떠날 때쯤이 되면 첫 기대와 감동은 많이 사그라듭니다. 그 짧은 순간인데도 마음속에서는 익숙함이라는 것이 작용해 감동의 느낌을 지워 가는 것이지요. 이러한 심리 상태는 눈으로 보고 겪는 것뿐만 아니라 우리가 소유하는 물질에서는 더더욱 뚜렷이 나타납니다.

평소 잘 알고 지내는 어느 부부의 평생소원은 내 집 마련이었습니다. 이 부부는 내 집만 마련하면 더 이상 소원이 없겠다고 늘 입버릇처럼 말하곤 했지요. 결국 결혼 20년 만에 부부가 그리도 꿈에 그리던 30평형 아파트를 약간의 대출을 끼고 장만했습니다. 집들이에 초대되어 갔을 때 지인의 아내분이 벅차오르는 감격에 눈물까지 글썽이며 했던 말을 지금도 잊을 수 없습니다.

"저는 이제 죽어도 여한이 없어요. 평생의 꿈인 내 집을 장만하다니 지금도 믿어지지가 않아요."

그 지인의 아내는 다행히도 죽지 않고 지금까지 잘 살고 있습니다.

그런데 아무런 여한이 없을 것 같았던 그 친구 아내는 언젠가부터 마음이 달라지기 시작했습니다.

"애들이 다 크니 집이 좀 좁다는 생각이 들어요. 또 교통이 불편하고 위층에서 가끔 쿵쿵거리는 통에 짜증이 나서 이사를 가든지 해야겠어요."

'내 집을 장만해 죽어도 여한이 없다고 공개적으로 말한 분이 불과 몇 년도 되지 않아 왜 저리 빨리 생각이 바뀌었지? 처음에는 행복에 겨워서 어쩔 줄 모르더니….'

저는 혼자서 이런 생각을 해 보았습니다.

어찌 보면 당연한 것이지요. 물질에 대한 사람의 욕심은 잠시 잠깐 뿐입니다. 그리고 어찌 보면 갖고 싶은 욕망이 크면 클수록 그 기쁨도 빨리 사그라들지요. 최고의 기쁨은 소유한 그 순간 잠시 잠깐이 아닌가 싶습니다. 실은 소유한 그때보다 소유하고 싶은 목표가 있을 때가 가장 기쁜 순간이 아닌가 싶네요. 인생의 버킷 리스트라는 것도 결국은 그 꿈을 꾸고 있을 때 버킷 리스트가 되는 것이지, 이루고 보면 결국 별것 아닌 것이 허다합니다.

저는 어린 시절 가정 형편이 참으로 어려웠습니다. 한국전쟁 때 반공 포로로 붙잡히신 후 휴전 협정과 동시에 남한에 남으신 아버지는 이북에 두고 온 가족을 가슴에 담고 나머지 인생을 남한 땅에 사시면서 슬하에 6남매를 두셨습니다. 하지만 늘 육신의 껍데기만을 쓰신 채 마음을 두지 못하고 평생을 외로움과 함께하시다가 돌아가시고 말았지요. 짊어진 짐이 너무나 크셨기에 결국 남한 땅에 사시면서도 북녘 땅에 두고 온 가족을 가슴에 담은 채 강건한 뿌리를 내리지 못하셨습니다. 그런 이유로 우리 집은 늘 가난에 찌들어 있었습니다. 그나마 어진 성품과 강인한 생활력을 가지신 어머니의 헌신 덕분에 형제들은 비교적 화목하게 잘 자랐습니다.

그러나 늘 돈이 부족하고 삶이 궁핍했습니다. 저는 중학교 시절부터 신문 배달을 하고 아르바이트로 생활비를 벌었습니다. 그러다 보니 어른이 되면 반드시 돈 많은 부자가 되고 싶었습니다. 어찌 보면 당시에 평생의 꿈, 즉 인생의 버킷 리스트를 몇 가지 정했는데, 그중 한 가지가 빌딩을 가져 보는 것이었습니다. 즉 건물주가 되는 것이었지요. 건물의 규모는 불문하고요.

버킷 리스트라는 것이 일반적으로 해 보고 싶은 어떤 경험 같은 것을 주로 말하는데, 저는 오히려 건물주, 즉 빌딩 주인이 되는 것을 버킷리스트로 생각하며 꿈꾸었습니다. 그리하여 결국 한 10여 년 전에 좀 무리해서 대전광역시 유성구에 소재한 지하 1층, 지상 6층 건물을 매입했습니다. 제 인생의 버킷 리스트 한 가지를 이룬 것이지요. 평생 가난에 한이 맺혀 있던 저의 꿈을 실현한 것입니다.

그런데 막상 꿈꾸었던 목표이자 소망을 이루었는데도 별로 기쁘지 않았습니다. 생각보다 감동과 감격이 적었습니다. 그것을 이루기 위해 꿈꾸고 늘 소망했습니다. 건물을 계약하기 전에는 가슴이 두근거리고 하루에도 두어 번씩 가서 건물을 둘러보고 '이것이 내 것이 되는구나.' 생각하며 감격했는데 말이지요. 게다가 막상 건물주가 되어 보니 이것저것 몰랐던 골치 아픈 일들이 한두 가지가 아니더군요. 세입자들이 제대로 월세를 안 내기 일쑤이고, 건물 여기저기 수리해야 할 일이 생기고, 게다가 전혀 생각지 못한 세금도 나오고⋯. 멀리서 바라볼 때에는 푸르름이 넘치고 아름다운 숲이지만, 그 안으로 들어가 보면 푸르기만 한 것이 아니고 이것저것 좋지 않은 것들도 다양하게 존재하고 있는 것처럼 말이지요.

아무튼 제 인생의 버킷 리스트 소망을 이룬 그 건물에 대해 한 달, 두 달, 그리고 1년, 2년 지나고 나니 '아, 내가 왜 사서 고생하고 신경을 쓰고 있지?' 하는 생각이 자주 들었습니다. 그로부터 1년쯤 지나서 급기야 그 건물을 힘들게 처분하고 말았지요. 세월이 지나서 생각해 보니 그 건물을 구입하고 제 소유가 되었을 때의 기쁨보다는 그것을 소유하고 싶은 꿈을 꾸며 열심히 살았던 때가 저의 삶이 훨씬 기뻤고 풍요로웠다는 것을 깨달았습니다.

우리는 끊임없이 무엇인가를 가지고 싶어 하고 또 이루려고 합니다. 아마도 인간의 그러한 소망 또는 희망 때문에 한편으로는 개인이나 사회가 발전하고 무엇인가가 이루어지기도 하겠지요. 만약 사람이 소망이나 희망이 없다면 아마도 대부분 사람들의 삶은 훨씬 더 무료했을 것입니다.

살아가면서 욕심과 꿈꾸는 희망을 분별하기가 참 어렵습니다. 그것의 모호함 때문에 많은 사람들이 자신의 지나친 욕심을 희망이라고 합리화시키기도 합니다. 그러다가 시간이 흘러 돌이켜 보면 지나친 욕심으로 인해 자신뿐만 아니라 가족, 나아기 사회에 큰 상처를 입혔다는 것을 깨닫고 후회합니다. 아무리 멋진 풍경도 처음 볼 때가 최고이고, 아무리 맛 좋은 음식이라도 두 번, 세 번 먹다 보면 그 맛이 처음 같지 않은 것이 사람 심리입니다. 인생의 커다란 목적과 꿈을 이루는 것도 중요하지만, 그것을 이루기 위해 노력하고 있는 그 순간이 어찌보면 훨씬 기쁨이 크지 않을까 싶습니다.

그렇지만 어떤 목표 또는 계획은 결과가 있어야 합니다. 결과 없는 걸음, 결과물이 없는 과정은 목적 없이 헤매는 정처 없는 발걸음일 뿐입니다. 내가 이루고자 하는 것이 욕심인지, 더구나 과욕은 아닌지 늘 경계하고 중심을 잘 잡은 채 갈 길을 걸어가는 생활과 인생은 매우 중요합니다. 현재 우리 사회는 이런 것이 점점 결여되어 가는 반면, 욕심, 특히 과욕이 더더욱 기승을 부리고 있는 상황인 것 같네요.

지독히도 변하지 않는 투쟁 일변도의
극한 이기심은 아닐는지

　혹시 CES를 아시나요? The International Consumer Electronics Show의 머리글자이지요. 미국소비자기술협회(CTA: Consumer Technology Association)가 주관해 매년 1월 미국 라스베이거스에서 열리는 세계 최대 규모의 가전제품 등 관련 기술 박람회입니다. 국제전자제품박람회쯤 되겠죠. 1967년 뉴욕에서 처음 개최된 이후 지금까지 이어지면서 세계 가전업계의 흐름을 한눈에 알 수 있는 세계 최고의 권위 있는 전시회로 자리매김했지요. CES는 2000년대 초반까지만 해도 IT(정보통신) 전반을 다루는 컴덱스와는 달리 가전제품 위주의 전시회로 진행되었으나 가전제품과 정보통신의 결합으로 사실상 그 경계가 허물어지고 지금은 제품과 기술뿐만 아니라 IT(정보기술) 등 복합적인 기술 전시회가 되어 있습니다.

　제가 CES를 언급하는 이유는 1년에 한 번 개최되는 CES가 그냥 단순한 한 분야의 전시회를 넘어서 현재 인류 문명사회 삶의 여러 요소, 심지어 대부분 생활과 밀접한 혁명적 기술들과 제품들이 매년 놀랍도록 발전·진화하면서 전시회에 선보이고 있다는 점 때문입니다.

예를 들어 현대 사회의 기본적인 삶의 큰 기술적 진보와 변화를 주던 VCR(1970년), CD 플레이어(1981년), DVD(1996년), 포켓PC(2000년), IoT(사물인터넷), HDTV, 드론(2015년), 디지털 헬스케어(2016년), 자율주행, 증강현실, 5G, LTE 등 4차 산업혁명 기술(2020년), 우주테크, AI(인공지능), 로봇, 메타버스(2022년), XR(확장현실), 모빌리티, AI와 반도체(2023년) 등 인류의 문명 자체를 뒤바꾸는 첨단 기술과 혁신적 변화 등이 매년 새롭게 전시됩니다. 매년 그 기술적 진보가 실로 어마어마하다고 할 수 있지요.

오늘의 신기술은 금세 뒤처지게 될 뿐만 아니라 계속 새로운 것들이 쏟아지고 있습니다. CES는 그야말로 전 세계 수많은 기업들의 기술 각축전, 기술 전쟁터라고 할 수 있습니다. 다른 나라, 다른 기업보다 더 변화된, 그리고 새로운 기술을 개발해 선도적 역할을 하기 위한 처절한 생존 경쟁의 현장이라고 할 수 있는 것입니다.

우리나라의 상당수 기업들도 매년 CES에 참가하고 있습니다. 세계 유수의 기업인 삼성전자를 비롯해 한국을 대표하는 기업들이 나름의 신기술을 전시하며 생존을 위한 각축을 벌이고 있습니다. 그야말로 변화하지 않으면 도태되고 마는 가상현실적인 시장이라고 할 수 있습니다. 살아남기 위한 새로운 변화, 그리고 보다 나은 미래로 나가기 위한 극강의 생존 전략이 생생하게 살아 숨 쉬고 있는 현장입니다.

살아남기 위해 변화하는 것입니다. 과거에 매몰되어 머무르게 되면 돌아오는 것은 죽음뿐입니다. 살아남기 위해 끊임없이 새로운 신기술에 도전하고 그것을 내 것으로 만들며 미래 먹거리를 해결해 나가야 합니다. 생존의 지름길은 곧 변화입니다. 그것만이 기업이 살아남는 비결이고 발전의 원동력입니다.

CES 2024의 키워드는 '인공지능(AI)과 기술의 융합'입니다. 즉 우리가 막연히 꿈꾸고 먼 미래의 공상과학으로 생각했던 것들이 큰 변화와 더불어 지금 우리 삶 가까이에 들어오고 있는 것입니다. 지금 우리 삶의 일상들은 우리의 의지와는 상관없이 큰 변화의 물결 속에 들어와 있습니다. 이미 우리는 지난 한 세기에 걸쳐 일어났던 변화를 수십 년의 짧은 기간 동안에 빠르게 적응하며 살아가고 있습니다. 상당수의 사람들은 그 변화 속도를 미처 따라오지 못하고 있습니다. 이렇듯 우리 삶과 인류 문명은 원하든 원하지 않든 엄청난 변화의 소용돌이에 휩쓸려들고 있습니다. 이러한 현실 속에서 우리가 직시할 것은 그 변화의 물결에 의연하게 대처해야 한다는 것입니다.

그것이 어찌 보면 이 시대의 기본적 삶의 방식이기 때문이지요. 사람은 누구나 새로운 변화에 대해 불편해합니다. 익숙한 것이 편리하고, 새로운 것은 익숙하지 않기에 불편함을 느낍니다. 특히 고령 세대일수록 그 불편감이 크게 다가옵니다. 변화라는 것이 전부 옳거나 대세가 될 수는 없습니다. 때로는 변화보다는 전통적 가치가 훨씬 더 소중한 경우도 있습니다. 무엇이든지 새로운 것을 도입하고 뜯어고칠 수는 없습니다. 그리고 옛것을 터부시하고 새로운 것을 경외하는 것이 결코 전부일 수는 없습니다. 그렇기 때문에 무조건 변화를 추종할 수는 없는 노릇이지요. 더욱이 대세에 떠밀려 전통적 가치를 훼손할 수도 없습니다.

우리 사회는 한편으로는 너무나 빠른 변화를 대세로 여기며 지난 것들을 너무 많이 지워 버리지 않았나 싶습니다. 결국은 정확한 분별력과 우리 사회의 정체성 확립이 중요하지요. 적절히 올바르게 분별할 수 있는 정체성이 잘 확립되어 있어야 쉽게 흔들리지 않고, 또한 변화를 받아들이며 조화롭게 발전시켜 나갈 수 있는 것입니다.

며칠 전 기관지 천식이 심해 오송 제2생명과학단지 내 새로 생긴 이비인후과를 찾았습니다. 아직 신도시라서 여기저기 공사가 많이 진행 중이라서 주변이 어수선합니다. 병원 근처에 주차를 하고 차에서 내리는데 근처 도로변에서 군 행진가 같은 노랫소리와 함께 중간중간 소리 높여 투쟁하고 진군하자는 등의 선동 구호를 외치는 확성기 소리가 귀청을 따갑게 울렸습니다. 주변을 두리번거리며 그 진원지를 찾아보니 4차선 도로변에 승합차가 세워 있었습니다. 승합차 끝에는 10여 미터 정도 되는 긴 쇠막대가 꽂혀 있었고, 그 끝에 확성기 2대를 연결해 사방으로 소리가 울려 퍼지도록 해 놓았습니다. '도대체 이 백주 대낮에 넓은 4차선 도로에서 이게 뭔 짓인가?' 짜증스럽게 생각하며 병원 건물로 들어갔습니다. 엘리베이터로 향하는 건물 내에서도 작게나마 그 소리가 들렸습니다.

약 40분 정도의 진료가 끝난 후 제 차가 주차되어 있는 곳으로 가려고 병원 건물 밖으로 나왔는데 그때까지도 쩌렁쩌렁한 소리는 계속 이어졌습니다. 북한 김일성 부자를 찬양하는 내용의 멘트가 담긴 혁명가 같은 노래들이 확성기를 통해 사방팔방으로 울려 퍼지고 있었습니다. 주변은 최근 분양된 신규 아파트들로 둘러싸여 있고 주로 젊은 세대들이 많습니다. 또한 오후 시간대라서 아이들을 실은 학원 차들이 수시로 지나다니고 있습니다.

그런데 승합차 외부에는 주먹을 불끈 쥐고 팔을 위로 뻗은 채 이마에 붉은 띠를 두른 투사의 모습을 그린 현수막이 달려 있었고, 그 띠에는 '단결 투쟁하여 척결하자'라는 붉은색 글씨가 쓰여 있었습니다. 그림과 더불어 '대동단결, 투쟁만이 살 길이다. 단결하여 박살내자'라는 시뻘건 글씨도 쓰여 있었습니다. 도대체 누구에게, 그리고 왜, 무엇을 투쟁하고 단결해 박살내자는 것인지 모르겠더군요.

어린 시절 영화에서 보았던, 그리고 한국전쟁 전후 우리 사회가 겪었던 이데올로기의 갈등 속에서 깃발을 휘두르며 이마에 선동 구호가 적힌 띠를 두르고 투쟁가, 혁명가를 부르고 고함치며 대중 선동을 하던 자극적인 모습 그대로였습니다. 그림 속 사람의 눈에는 광기가 서려 있으며 그 표정은 죽음을 불사하겠다는 불굴의 의지가 표현되어 있었습니다.

하도 귀가 아프고, 한편으로 이런 짓을 하는 당사자들의 얼굴이 궁금해 세워진 승합차 안을 들여다보는데 사람이 아무도 없었습니다. 빈 차를 세워 놓고 외부 확성기를 통해 일정 시간 반복적으로 불특정 다수를 향해 자신들의 메시지를 전달하는 것이었습니다. 계속 승합차 안을 들여다보고 기웃거리는데 잠시 후 건장한 남자 두 명이 나를 향해 다가오더니 퉁명스럽게 물었습니다.

"당신 누구요? 왜 남의 차를 들여다보는 거요?"
"아, 이 차 주인 되세요?"
"예, 우리 건데요. 왜요?"

역시나 말투가 도전적이었습니다.

"아니, 왜 차를 길가에 세워 놓고 확성기를 종일 틀어 놓고 온 동네가 시끄럽게 하고 계시는 거예요?"
"당신 누군데? 남이야 길가에 차를 세워 놓든지 노래를 듣든지 뭔 상관이요?"
"아! 나는 여기 사는 주민인데 근처 병원에 왔다가 하도 시끄럽길래 와 본 겁니다. 아니, 여기 애들도 많이 살고 주변이 다 아파트인데, 도대체 뭘 투쟁하고 단결하고 척결한다는 겁니까?"

"아니, 이 양반이 곱게 가던 길이나 갈 것이지 지금 우리한테 시비 거는 거요?"

두 남자는 나한테 다가와 나를 밀쳤습니다. 결국 2 대 1로 한바탕 몸싸움이 벌어졌습니다. 저는 112에 신고했고 관계기관에 민원을 넣었습니다. 경찰 순찰차가 출동했습니다. 두 남자는 말이 통하지도 않았고, 경찰이 출동했는데도 법대로 하라며 고함을 치는 등 안하무인, 무소불위였습니다. 저는 한 시간 정도 그 현장에 있다가 회사로 돌아왔습니다.

주말이면 서울 광화문 일대는 그런 부류의 사람들로 무법천지입니다. 섬뜩한 구호가 가득 적힌 깃발이 펄럭입니다. 마치 조선 시대 큰 어른이 죽은 뒤 장사 때 들고 가는 수많은 만장처럼요. 이마에 붉은 띠를 두르고 큰 소리로 구호를 외쳐댑니다. 수십 년째 거의 비슷한 모습이 계속되고 있습니다. 투쟁 일변도, 강경 일변도, 그리고 끝없는 적대감, 모두 그대로입니다.

세상의 참 많은 것이 하루가 다르게 변해 가는데, 사람들의 마음과 행동은 변하는 것이 그리도 어렵고 힘든가 봅니다. 아마 앞으로도 계속 그렇겠지요. 자신의 욕망과 탐욕 앞에서는 그 어떤 변화도 거부할 것입니다. 지금의 탐욕이 채워지면 또 다른 더 큰 탐욕을 채우기 위해 끝없이 부르짖을 뿐입니다. 그러나 분명한 점은 무엇이든지 끝이 있다는 것입니다. 특히나 그러한 이기적이고 지나친 탐욕은 언젠가는 파멸이라는 결과를 가져올 뿐입니다.

공(功)과 과(過)를 정확히…
그것이 공정함이지요

요즘 유튜브나 SNS 등에는 개인이나 단체의 의견이 많이 올라옵니다. 특히 요즘 들어 진영 논리가 참으로 극심합니다. 어떤 사안에 대해서 극명하게 나뉘어져서 각각의 진영 논리로 대응하고 상대편에 대해서는 입에 담을 수 없는 욕설과 증오와 저주를 퍼붓습니다. 이런 진영 논리를 보고 있으면 우리 사회에 정말로 답답하고 안타까운 실상들이 너무나 많다는 것을 실감합니다.

그런데 이 진영 논리에 자기주장을 가장 강렬하게 펼치는 사람들의 특징은 어떤 인물에 대해서 평가할 때 그 인물의 '과(過)', 즉 부정적인 측면에 대해서만 부각시키고 그것을 극렬하게 저주의 대상, 아니면 반대의 대상으로 삼아서 여론을 선동하고 자신의 주장을 쏟아낸다는 것입니다.

우리 사회에서 그런 짓을 가장 많이 하는 사람들은 아마도 정치인이 아닌가 싶습니다. 특정 인물의 어떤 결정적인 문제점에 너무 집착하고 아주 강하게 비난을 퍼붓습니다. 이승만 대통령의 경우를 예로 들어 보겠습니다. 한국전쟁 때 이승만 대통령이 대전으로 피난했는데, 대전으로 내려간 것을 두고 아주 잘못되었고 문제가 많은 대통령, 정말로 가장 나쁜 사람으로 평가합니다. 박정희 대통령의 경우도 그렇습니다. 독재 정치에 대해서 굉장히 신랄하게 비판하고 아예 몹쓸 대통령, 문제가 많은 대통령으로 치부합니다.

두 분을 옹호하는 것은 아닙니다. 하지만 그들이 대한민국에 공헌했던 부분들도 정말 많습니다. 그러나 지독한 이념주의자들 또는 진영논리주의자들은 '공(功)'은 일단 내려놓고 그저 '과'만 집요하게 부각시켜서 끊임없이 논쟁을 일삼고 국민들을 이간질합니다. 어찌 보면 너무나 이기적인 논리이고 발상입니다. 사람은 누구나 공과 과가 있습니다. 우리가 살아가면서 부부 싸움할 때도 아주 많이 다투는 것 중 하나는 바로 상대방의 문제점, 즉 '과'를 놓고 끊임없이 지적질하는 겁니다.

사람이 어떻게 잘하기만 하고, 상대방한테 좋은 모습, 잘하는 모습만 보이며 살 수 있을까요? 그 어느 누구도 모든 것을 완벽하게 갖추어서 많은 사람들한테 완벽한 존경과 사랑, 위대함을 부여받는 사람은 아무도 없습니다. 그 누구도 인간은 완벽하지 않기 때문입니다. 분명히 잘못한 점도 있을 수 있습니다. 그러나 보통 사람들보다 더 훌륭하고 위대했던 장점들로 그분의 다소의 흠이나 문제점을 덮어 주고, 그분을 우리가 살아가는 데 있어서 위대한 인물, 존경하는 인물로 삼는 것이 한 나라의 국민 의식 수준이자 한 나라의 역사의 근간이 되는 것입니다.

그런데 현재 우리 대한민국은 예전의 소중한 인물들, 아니면 현재 우리 이웃의 지도자들까지도 어떻게 해서라도 흠을 내고 그 분들의 과를 끄집어내어 결국 좋지 않은 사람으로 만들어 버리고, 그 과를 주변에 퍼뜨리는 등 어찌 보면 진영 논리, 이념 논리에 빠져 있습니다. 우리 사회가 이토록 분열되고 서로가 서로의 좋지 않은 점만 끄집어내어 끊임없이 공격하는 모습의 결과는 과거 역사를 되돌아보면 불을 보듯 뻔합니다. 왕조가 무너지고 사회의 근간도 무너져 내리지 않았습니까?

어떠한 조직이라도, 하물며 가정이라도 서로가 불신하고 서로가 미워하고 서로가 상대방의 잘못된 점만 끄집어내고 끊임없이 분열할 때 잘될 수가 있겠습니까? 결국 그것은 공멸만 자초할 뿐입니다.

우리 사회는 지금 너무나 안타깝습니다. 자신의 생각과 맞지 않으면 상대방을 극렬히 저주하고 상대방을 아예 투쟁의 대상으로 삼는 사회 풍조가 너무나 만연해 있습니다. 이는 우리 사회의 일부 정치인들, 자기의 이익만을 추구하기 위해 거짓으로 포장한 위정자들이 이 사회를 현혹시켜 만들어 낸 결과입니다. 우리가 그것들을 분별할 수 있는 눈을 갖지 못하고 거짓 정치인들, 거짓 위정자들을 뽑고 그들에게 힘을 실어 줌으로써 우리 사회가 점점 더 그 늪에 빠져들게 되었고 지금으로서는 돌이킬 수 없는 지경까지 이르게 된 것입니다.

한편으로는 우리들의 어리석음 탓이기도 합니다. 대한민국 국민들은 세계적으로 학력도 높고 전 세계에 유례없는 훌륭한 민주주의를 이뤄 냈습니다. 아무것도 갖고 있지 않던 폐허의 나라에서 세계 인류의 경제 대국으로 성장하고 많은 것을 가지게 되었지요. 하지만 한편으로는 사리를 분별하고 현명하게 대처하고 사람을 알아볼 수 있는 그런 능력이 너무나 부족합니다. 그로 인해 헛되고 거짓되고 망상된 지도자를 뽑았고, 그 결과 그들의 교묘한 논리와 위선적인 행동들을 믿고 따르고 또 그들의 선동질에 놀아났습니다. 결론적으로 너무나 많은 분열과 너무나 많은 아집, 그리고 사회 곳곳에서 결국 자신들의 이익만을 추구하고 분란을 일으키고 투쟁히는 이런 사회로 전락했다는 생각이 듭니다.

살다 보니 부부간에도 남편의, 아내의 과만 끊임없이 끄집어내어 공격하면 결국 그 부부는 아무런 믿음과 사랑이 존재하지 않고 일반인보다도 못한 정말로 원수 같은 관계로 돌아서고, 결국은 서로를 증오하고 신뢰하지 못하다가 찢어지고 헤어져서 가정이 파탄 나는 경우를 너무나 많이 보았습니다.

왜 자꾸 과를 끄집어내고 그런 것들을 없애고 부수자는 극단적인 진영 논리로 삼는지 반성해야 합니다. 세상의 극단주의자들은 사이비 종교주의자들과 극심한 진영 논리에 함몰되어 있는 이념주의자들입니다. 이들에게는 가족도 없고 우정도 사랑도 없습니다. 오직 자신들의 종교 관념에 어긋나면 부모, 형제도 죽입니다. 또한 그들의 이념에서 벗어나게 되면 언제든지 부모 형제에게 칼을 들이밀고 총칼을 들이밉니다. 우리는 그것을 너무나 많이 지켜보아 왔습니다. 그들은 어떤 특별한 이념, 특별한 교주의 신념을 무조건 신봉하면서 그들과 배척되는 생각과 행동을 하는 사람들을 원수 취급하고 심지어 죽임의 대상으로 삼고 있습니다. 따라서 사이비적 종교의 신념과 이념주의적 사고는 무서운 결과를 초래합니다. 포용과 사랑이 절대 존재하지 않습니다.

정통 종교가 사람들에게 던지는 화두는 사랑입니다. 불교는 자비의 실천을 주목적으로 하고, 기독교는 하나님의 사랑이 가장 주된 교리입니다. 내 이웃을 내 몸처럼 사랑하라. 예수님이 이 땅에 던져 준 생명의 말씀은 바로 사랑입니다. 불교의 가장 큰 목적도 결국 자비를 통한 성불입니다. 그런데 그런 정통 종교가 아닌 사이비 종교에서는 나와 다른 모든 종교에 대해 적대적인 감정을 가지도록 교육하며, 신도들을 잘못된 교리로 물들이고 세뇌시킵니다.

정치도 마찬가지입니다. 우리가 수십 년 동안 사회주의적 사고, 북한의 김일성 주체사상과 그들의 사고방식, 주민들의 비참한 생활 모습을 너무나 잘 보아 왔습니다. 김일성 일가를 우상화시켜서 그들에 대해 절대성을 부여하고, 그들의 사진만 보고 있어도 손가락질 못 하게 하는 등 우리 국민들로서는 도저히 상상할 수 없는 그런 이념적 절대성으로 주민들을 몰아붙여서 그들과 다른 모든 대상을 결국은 죽임의 대상으로 삼도록 합니다. 그런데 그런 사상에 물든 많은 세력들이 대한민국 내에서 우리 사회를 그들과 비슷한 상황으로 몰아붙이면서 그들과 맞지 않는 사람들을 절대적 배척의 대상, 투쟁의 대상으로 삼아서 대한민국의 근간을 흔들고 있습니다.

이에 우리는 그들을 분별해 내는 현명한 눈을 가져야 합니다. 그들이 겉으로 포장한 거짓된 선, 거짓된 사상에 물들어서도 안 됩니다. 우리들은 과연 지금 무엇을 하고 있는지 깊이 생각해 볼 문제입니다.

아무리 생각해도 기업만이 살 길이다

'기업만이 살 길이다.' 아무리 생각해도 결국 답은 이것뿐입니다. 우리나라가 살 길은 결국 이것 한 가지입니다. 한 나라가 존속하는 데에는 여러 가지 조건들이 있습니다. 더군다나 강대국으로, 그리고 지속적으로 존속하는 데에는 다양한 요건들이 존재합니다. 그리고 나라마다 처해 있는 조건이나 입장은 각각 다릅니다. 그러나 지금 대한민국이 처해 있는 현실을 보면 결국에는 기업만이 지금의 대한민국의 기반을 만들었고, 향후에도 국가 경영을 가능하게 할 것입니다.

다들 아시다시피 대한민국은 세계 유일의 분단국가로서 지금도 지정학적으로 세계 그 어느 나라보다도 어려운 조건에 처해 있습니다. 또한 특별한 자원 하나 없이 좁은 국토에 많은 사람들이 살고 있으며 남북이 긴장 상태로 대치하고 있습니다. 이러한 여러 악조건에도 불구하고 대한민국은 지난 수십 년간 나름대로 눈부신 발전을 이루며 세계적 경제력을 갖춘 나라로 발돋움했지요. 지금의 우리가 누리고 있는 국가 경쟁력의 원동력은 그 밑바탕에 불굴의 기업가 정신이 이루어 낸 기업 경쟁력이 있음은 누구나 인정할 것입니다. 국가 경쟁력은 주어진 국제 환경 속에서 그 나라의 경제 주체인 기업, 정부, 개인이 다른 나라의 경제 주체와 경쟁해서 이길 수 있는 총체적인 능력을 의미하지요. 따라서 한 나라의 국가 경쟁력은 기업 경쟁력, 정부 경쟁력, 개인 경쟁력으로 구성됩니다.

그렇다면 우리나라의 국가 경쟁력은 도대체 어느 정도라고 생각하시는지요? 며칠 전 '한국의 여권(旅券) 파워'라는 기사를 읽었습니다. 놀라운 내용은 한국의 여권 파워가 전 세계 199개 국가 중 당당히 2위에 올랐으며 무비자로 입국 가능한 나라가 무려 193개국에 이른다는 것입니다. 한국 여권으로 사전 비자 발급 없이 193개국을 방문할 수 있다는 것이지요. 더군다나 세계 1위에 해당하는 나라의 무비자 입국이 194개국이라고 하니 우리나라와 한 개국밖에 차이가 안 납니다. 어찌 보면 세계 최고 수준이라고 해도 무방하지요. 그 덕분에 수많은 한국인들이 전 세계 수많은 나라에 자유롭게 여행을 다니고 있습니다. 이것 또한 국가 경쟁력의 한 단면이라고 할 수 있습니다.

국가 경쟁력은 그 요소 중에서 정부의 경쟁력도 중요한 요소입니다. 정부는 기업이 효율적으로 경쟁할 수 있도록 사회·경제적 제도를 정비하고 합리적인 규칙을 마련해야 합니다. 즉, 세계 경쟁이 촉진될 수 있도록 제도를 정비해야 합니다. 또한 도로, 항만, 정보통신망과 같은 사회 간접자본을 확충해 산업 전반에 걸쳐 경쟁력을 높이기 위해 힘써야 하지요.

이러한 정부 경쟁력과 함께 개인 경쟁력 또한 필요합니다. 개인 경쟁력이란 개인이 주어진 국제 경제 환경 속에서 적응하고 이길 수 있는 지식과 기술로 표현되는 능력을 말합니다. 이러한 개인 경쟁력은 끊임없는 자기 혁신 노력, 재투자, 교육을 통해 향상될 수 있으며, 결국 개인의 경쟁력은 기업 경쟁력과 국가 경쟁력의 밑바탕이 되지요. 기업의 혁신 지향적인 정신이나 소비자들의 건전한 소비 문화와 저축 정신 등이 사회 전반에 건전하게 형성되었을 때 결국에는 우리 산업의 생산 능력이 향상되고 투자가 용이해져 우리나라의 국가 경쟁력 강화로 이어지는 것입니다. 그러나 이러한 정부 경쟁력, 특히 현재 한국의 정치적 현실과 개인 경쟁력은 지난 시절의 상황과는 꽤 큰 괴리가 있습니다.

기업 경쟁력은 정부 경쟁력과 개인 경쟁력이 확보된 토대 위에서 이루어집니다. 국가 경쟁력을 구성하는 요소, 그리고 국가의 미래를 결정짓는 가장 중요한 것이 바로 기업 경쟁력입니다. 특히 우리나라가 처한 여건상 세계 그 어느 나라보다도 더 기업 경쟁력이 중요합니다. 심하게 말하자면 대한민국의 미래는 바로 기업 경쟁력에 의해 좌지우지될 수밖에 없다는 것입니다.

기업은 오늘날 국가 간 벌어지는 치열한 경쟁과 무역 전쟁에서 최일선을 담당하고 있는 경제 주체입니다. 또한 나라 경제에서 수많은 재화를 창출하고 일자리를 만들어 내며, 그것으로 국내 경제 활성화를 주도합니다. 세계 수많은 나라들이 많은 자원과 넓은 국토 면적을 가지고도 자국의 변변한 산업이 존재하지 않아 쇠퇴하고 심각한 경제 위기로 국민들이 크나큰 고통을 겪고 있는 것이 현실입니다. 광활한 국토 면적과 많은 지원이 존재하는 아르헨티나, 세계 최고의 원유 생산을 자랑하는 베네수엘라 등이 대표적이지요.

기업 경쟁력은 기업이 품질 좋은 상품을 얼마나 값싸게 생산하고 판매하느냐, 그리고 다른 기업, 다른 나라가 하지 못하는 새로운 기술을 개발하느냐에 따라 결정됩니다. 기업 경쟁력은 기업의 재무구조 개선, 연구개발 투자 및 확대, 그리고 기술 개발과 경영 혁신을 통한 원가 절감 및 연관 효과가 큰 산업의 집중 투자, 그리고 업종의 전문화, 나아가서는 경영의 투명성과 기업 윤리의 확립, 생산적 노사 관계 등을 통해 강화됩니다. 따라서 국가 산업 전반에 걸쳐 막중한 책임을 맡고 있는 기업의 발전을 위해서는 정부 경쟁력(정치)과 개인 경쟁력이 뒷받침되어야 합니다.

그러나 지금의 우리나라 현실은 그렇지 않은 것 같습니다. 국정감사 시즌이 되면 수많은 기업인이 국정감사장에 불려나오고 돼먹지 않은 일부 국회의원들이 기업인을 막장 권위의 놀림감으로 취급합니다. 또한 수십 년째 군건하게 변하지 않는 투쟁 일변도의 강경 부르주아 노조 집단의 탐욕적 대상이 되어 있습니다. 물론 일부 기업, 기업인이 혁신적 기업가 정신, 경영의 투명성과는 거리가 먼 소수 계층의 탐욕적인 부를 쌓아 가는 행태로 인해 사회적 반감을 부르고 국민들의 소외감을 증가시키기도 합니다. 그러나 많은 대한민국의 기업인들은 각자 나름의 기업가 정신을 가지고 기업 경쟁력을 일구어 나가고 있습니다.

인류 역사는 기업가 정신의 역사입니다. 실크로드를 오간 무명의 상인으로부터 아이폰을 출시해 모바일 혁명으로 현대 인류 문명을 송두리째 흔들어버린 스티브 잡스에 이르기까지 세계 경제를 번영시키고 인류에게 풍요와 행복을 안겨 준 근원은 끊임없는 혁신과 도전의 기업가 정신이었습니다. 그중에서도 특별히 우리나라는 1인당 국민 소득이 1953년 한국전쟁 직후 67달러로 세계 최빈국에서 70년 후인 2022년에는 3만 2,886달러로 490배 이상이 늘었습니다. 우리나라의 GDP가 세계 13위의 반열에 올라섰습니다. 이것은 국민들이 잘살아 보자는 의지와 더불어 혁신과 창의의 기업가 정신이 있었기에 가능했습니다.

다른 나라에서는 한 세기에 한 명도 나오기 힘든 위대한 기업가들이 동시에 쏟아져 나와 불굴의 의지로 기업을 일구고 부국강병의 꿈을 이뤄 냈습니다. 이병철, 정주영, 김우중, 박태준, 그리고 이건희 회장 같은 기업인들의 도전 의지와 역발상은 바로 우리나라 기업가 정신의 대표적인 사례들입니다. 이러한 특유의 기업가 정신이 반도체, 철강, 조선, 자동차, 정유화학 등 국가 주력 산업을 키워 냈고 제조 강국으로 자리매김하는 데 크게 기여했습니다. 이러한 제조업 중심의 기업가 정신, 역발상적이며 창의적인 정신이 일궈 놓은 저력과 밑바탕 덕분에 최근에는 K-POP, K-CULTURE, 그리고 다양한 한국의 문화적 요소들이 하나의 경쟁력으로 자리매김해 세계 시장에서 눈부신 성장을 하고 있습니다.

도전적이고 창의적이며 혁신적인 수많은 기업인들의 도전이 한국을 지금의 선진국 반열에 끌어올렸습니다. 한국전쟁 직후 한국을 방문한 적이 있었던 '현대 경영학의 아버지' 피터 드러커는 1996년 펴낸 저서 『넥스트 소사이어티』에서 "40년 전만 해도 한국에는 기업이 없었다. 제대로 교육을 받은 사람도 없었다. 그러나 오늘날 한국은 24개 산업에서 세계 일류가 됐다."며 "기업가 정신의 최고 실천 국가는 의심할 바 없이 한국."이라며 경의를 표했습니다.

과거에 주로 산업보국의 영역에서 발휘되던 기업 경쟁력, 기업가 정신은 이제 ESG(환경, 사회, 지배구조) 경영, 지역 상생, 문화 발전 같은 사회적 가치 창출로 영역을 넓혀 가고 있습니다. 지난 시절의 기업 경쟁력은 주로 대기업 위주의 정책이고 기업 문화였습니다. 그러나 지금 우리나라의 현실은 전체 기업의 99%가 중소기업입니다. 2021년 조사된 국내 중소기업은 771만 개로 전체 기업의 99%에 이르고 종사자는 1,849만 명으로 전체 기업 종사자의 81%를 차지합니다.

그러나 현재 대다수의 중소기업은 일손이 모자라 심각한 구인난에 처해 있으며, 여기서 발생하는 문제점들은 단순히 중소기업의 생산력이 하락하는 것을 넘어 대한민국의 국가 경쟁력을 약화시키는 원인이 되고 있습니다. 우리나라는 주로 고부가가치 상품을 생산해 수출로 먹고사는 수출 주도형 경제구조인데, 중소기업은 외면당하고 대부분의 청년들은 공무원, 공공기업, 대기업 위주로 취업을 원하거나 자발적인 백수 또는 아르바이트직에 근무하는 등 청년층의 노동력이 꾸준히 이탈하고 있습니다. 그 결과 중소기업 생산 현장에는 젊은 청년들의 신규 취업이 눈에 띄게 감소했습니다.

우리나라의 취업 환경은 공무원, 공공기관, 대기업에 대한 상대적으로 높은 취업 경쟁률과 그로 인한 구직난, 일손이 부족한 중소기업의 구인난으로 크게 나눌 수 있습니다. 즉 한쪽은 일자리를 구하느라 피 터지는데, 다른 한쪽은 올 사람이 없어서 외국인 노동자까지 데려오고 있습니다. 이는 중소기업의 근로시간, 급여, 복지가 대기업, 공무원, 공기업에 비해 상대적으로 떨어지기 때문이며, 구직자들의 눈높이가 상대적으로 높기 때문일 것입니다.

이러한 중소기업과 대기업의 기형적 관계는 여러 요인 중에서도 대기업의 독식, 그리고 오랜 세월 이어 온 정부의 대기업 위주, 수출 위주 정책 때문이라고 많은 전문가들은 지적합니다. 향후 대기업과 중소기업은 기업 경쟁력을 갖추어 서로가 서로에게 필요한 존재로서 국가 경쟁력을 높이고, 나아가 미래 대한민국의 생존을 위해 무엇보다도 건전한 기업가 정신을 되살려야 합니다. 지금 우리나라는 대기업이나 중소기업 불문하고 기업가 정신이 점점 쇠퇴하고 있습니다.

한국경제인협회에 따르면 한국의 기업가 지수는 2000년 들어 가파르게 하락해 2019년 경제협력개발기구(OECD) 37개 회원국 중 27위에 그쳤습니다. 기업가 정신의 추락은 현재 진행형입니다. 정치권은 규제를 없애고 혁신을 지원하는 대신 반시장·반기업 입법을 쏟아내고 있으며, 기업들은 징벌적 상속세 때문에 경영 승계를 포기하고 평생을 몸을 바쳐 일군 기업을 해외 자본에 매각하는 사례가 속출하고 있습니다.

중국, 일본, 미국 등과 피 튀기는 경쟁을 하며 분초를 다투어 미래 먹거리를 발굴해야 할 삼성전자 이재용 회장은 8년째 수많은 기업 대표들과 함께 국회 국정감사에 증인으로 채택되어 국감장에서 죄인 취급을 받고 있습니다. 언론 플레이, 여론 플레이, 더 나아가 자극적 이슈로 국민들에게 눈도장을 찍으려는 염치없는 삼류 국회의원들로부터 오라 가라 시달리고 있는 것이지요. 참으로 개탄스러운 일입니다. 인공지능(AI)발 산업 대전환 경쟁이 본격화된 지금도 우리나라의 주력 산업이 여전히 메모리반도체와 자동차, 철강, 선박 등에 머물러 있는 것 역시 기업가들의 도전을 억누르는 우리 사회의 낡고 경직된 시스템과 무관치 않을 것입니다.

과거에는 우리나라도 사람 중심 경영, 빠른 기회 포착력, 글로벌 정신, 미래를 빠르게 읽는 능력, 팀워크와 도전 정신, 그리고 정부의 적극적인 지원, 나아가 정치권의 친기업 정책 등의 시절이 있었지요. 그러나 현재의 기업은 극심한 노사 갈등, 특히 끝없는 귀족 부르주아 노조의 탐욕적 요구와 좌파 반기업 정치인의 대거 등장 등으로 기업인들에 대한 불신과 부자들에 대한 부정적 인식 확산, 그리고 각종 기업 활로를 막는 조세 정책 등으로 인해 실패에 대한 두려움이 높아지고 있으며 혁신을 위한 노력과 의지가 꺾이고 있습니다.

기업이 점점 그 힘을 잃어 가고 결국 망하게 되면 그 결과는 너무나 참혹합니다. 우리는 수많은 나라에서 그 사례를 보아 왔습니다. 우리나라도 마찬가지입니다. 현대중공업 군산 조선소가 철수하면서 전체 근로자의 1/4인 6,300여 명이 일자리를 잃었습니다. 가족까지 포함하면 2만여 명의 생계가 위험에 처해졌습니다.

기업의 목적은 이윤 창출입니다. 이 과정에서 기업은 일자리를 늘리고 투자를 하게 됩니다. 그 결과로 기업이 성장하고 지역 경제가 살아나고 국가가 살아납니다. 그러나 대기업 이탈이 가속화되어 해외로 많이 떠나면서 일자리가 줄어든 어느 지방 도시는 그야말로 먹고사는 걱정이 최우선이 됐다는 신문 기사를 읽었던 기억이 납니다.

결국 기업은 이익 창출만이 아닌 고용을 늘리고 일자리를 늘림으로써 도시를 살리고 국가 경제를 살리는 데 큰 역할을 하고 있습니다. 그러므로 반기업 정서를 버리고 기업과 기업인을 보다 따뜻한 시선과 감사의 마음으로 대할 필요가 분명해집니다. 미래 대한민국의 비전은 기업과 개인이 기업가 정신을 회복하고 도전하며 자주성, 주체성, 창조성을 되살려 세계 일류 국가로 도약하는 것입니다. 아무리 생각해도 대한민국의 미래 경쟁력, 더 나아가 생존의 길은 기업에 있습니다.

아! 아르헨티나여…
반면교사의 가르침으로…

"나라에 돈이 없어서 경제 충격요법 외엔 해답이 없다. 단기적
으로 경제가 악화되겠지만 뼈를 깎는 고통 없이는 작금의 국가
위기에서 영원히 빠져나올 수 없다."

하비에르 밀레이 아르헨티나 대통령이 2023년 12월 10일 대통령 취
임식 때 국민들에게 한 연설 내용입니다. 대선 유세 기간에 '전기톱'까
지 들고 나와 그동안 방만하게 운영되던 정부 지출을 삭감하겠다고
약속한 바 있습니다. 대통령이 당선되고 나서는 강도 높은 밀레이표
개혁 드라이브로 아르헨티나의 고질병인 포퓰리즘(페론주의) 경제의
탈출구를 찾기 위한 많은 시도를 펼치고 있습니다. 밀레이 행정부는
지난 한 달간 '경제 비상사태'를 선포하고 960여 개에 달하는 강도 높
은 경제 개혁 패키지를 쏟아냈습니다.

아르헨티나는 국토 면적이 2억 7,804만 헥타르로 세계에서 여덟 번
째로 큰 나라로서 인구는 2023년 기준 4,605만 명, GDP 6,327억 달러
(2022년 기준)로 세계 23위에 올라 있습니다. 남미에서는 브라질과 함

께 남미를 대표하는 강대국이지요. 대부분의 인구가 백인계로 이루어져 있으며 우리에게는 축구 황제 마라도나, 그리고 메시의 나라로 잘 알려져 있지요. 아르헨티나는 20세기 초에는 캐나다와 호주보다도 1인당 GDP가 높았을 정도로 선진국의 대명사로 통하던 국가였습니다. 더군다나 1988년 우리가 서울 올림픽을 개최하던 때까지만 해도 한국보다도 1인당 GDP가 높았지요.

이랬던 아르헨티나가 몰락의 길을 걷게 된 것에는 많은 원인이 있습니다. 군부 정권부터 페론 정권, 민주화 이후 문민 정권들의 경제 정책 실패와 불안정한 국내 정세, 부실한 경제 구조 등 복합적인 요인들이 총체적으로 맞물렸습니다.

20세기 초만 해도 세계적인 강대국이자 부국이었던 아르헨티나는 여러 번의 쿠데타로 인해 극심한 혼란기를 겪다가 그 후 1970~80년대 신자유주의 정책이 실패하면서 국내의 산업 기반이 완전히 무너지고 1982년에는 영국과의 포클랜드 전쟁을 일으키고 결국 전쟁에서도 지게 됩니다. 군부 독재 정권 퇴진 이후 등장한 문민 정권은 많은 경제 정책들을 추진했지만 실패를 거듭하는 바람에 고질병이 되어 회복하지 못하게 됩니다.

2000년대 들어서 디폴트 사태를 해결하는 과정에서 국채와 관련한 법률적인 검토를 소홀히 하고 무리한 채무 재조정을 시도했지만, 결국 이것이 2014년 또 다른 국가 디폴트의 원인이 되어 나라가 거의 파탄 납니다. 이 시기에 대부분 국외 유입 자금을 무분별하게 관리하면서 국가 경제에 막대한 부담을 주어 적자 재정을 돌려 막기식으로 운영해 급격한 통화 가치의 하락, 인플레이션 등으로 결국 2015년 아르헨티나 정부는 환율 방어를 포기했고 국가 경제는 바닥으로 떨어졌습니다.

광활한 영토를 보유하고 1970년대 초반만 해도 남미에서 브라질에 이어 제2의 경제대국이었던 아르헨티나는 선진국으로 가기 직전의 갈림길에서 거듭된 실정과 산업 기반 붕괴, 그리고 공공요금 동결, 무이자 할부 정책, 현금 지급, 세율 대폭 인하 등 무리한 퍼 주기 정책으로 인해 아르헨티나 페소화의 가치는 아예 땅으로 떨어져 버렸습니다. 농축산업 외에는 특별한 산업 기반이 없어 자국 내 일자리 구축과 수출 품목이 부족해 외화 부족 현상이 가속화되었으며, 더구나 디폴트 위기 때마다 들여 온 부채가 쌓이고 쌓여 이자 부담도 감당 못 할 지경에 이르렀지요.

급기야 2018년 10월 26일 IMF는 아르헨티나 정부에 64조 원 규모의 조건부 구제 금융 지원을 하기로 확정했는데 그 원인은 재정 적자였지요. 이런 상황에서 당시 알베르토 페르난데스 아르헨티나 대통령은 코로나19에 따른 엄청난 퍼 주기 정책, 즉 포퓰리즘 정책을 펼쳐 결국 열 번째 국가 부도 위기에 처하게 되었습니다. 달콤한 말과 선심성 정책밖에 없었던 좌파 페르난데스 정부는 4년간 지속적으로 공공 부문의 보조금과 각종 복지 혜택을 남발하면서 국가 부채를 962억 2,620만 달러(약 124조 원)나 더 늘려 놓았습니다. 그 적자를 중앙은행의 '돈 찍어 풀기'로 메우려 한 탓에 집권 4년간 시중에 풀린 통화량은 4배 넘게 증가하고, 이에 연간 물가 상승률이 142% 치솟았습니다. 이처럼 망해 가는 아르헨티나를 살리기 위한 국민의 선택은 좌파 대신 밀레이 대통령이었습니다.

제가 아르헨티나를 이리 장황하게 설명 드리는 이유는 지금 우리나라도 예외가 될 수 없다는 안타까움과 위기감 때문입니다. 1970년대 선진국 기로에서 극심한 노사 갈등, 그리고 좌파 정부에 의해 상당 기간 퍼 주기 정책이 기업이 살아남기 어려운 구조로 변환되어 기업 생태계가 아예 무너져 버렸고, 결국 남은 산업은 농축산업과 일부 특수 업종으로 국민 일자리가 공공 부문 외에는 전무하다시피 되었습니다. 국가 경쟁력을 송두리째 잃어버린 아르헨티나의 문제가 대한민국도 예외일 수 없기에 걱정이 앞섭니다.

얼마 전, 2023년도 우리나라의 국가 부채가 1,100조 원을 넘어섰다는 보도가 있었습니다. 지난 몇 년간 우리나라의 국가 부채 증가 속도는 주요 선진국보다 빠르고 GDP 대비 국가 부채 비율 역시 급등했습니다. 국가 부채가 GDP에서 차지하는 비율이 2017년 36%에서 2023년 50.4%으로 증가했습니다. 더구나 국가 부채액은 2017년 627조 원에서

2023년 1,101조 원으로 폭증했습니다. 유례없는 나라 빚의 증가입니다. 국민 1인당 감당할 몫도 역시나 폭증했지요. 2020년 초 발생한 코로나19라는 특수한 상황이 있었다고 하더라도 몇 년 사이에 우리나라 국가 부채와 가계 부채 증가는 심각한 문제가 아닐 수 없습니다.

지난 5년 사이에 국가 채무액이 무려 두 배 가까이, 그것도 금액상으로 500조 원 이상이 폭증하게 된 것은 어찌 되었든 나라 살림을 운영하는 데 있어서 엄청난 적자 때문입니다. 물론 코로나19에 대응하기 위한 국채 발행의 영향도 컸습니다. 그러나 부채 급증의 보다 더 근본적인 원인은 재정 지출 때문입니다. 즉 소득 주도 성장, 보편 복지를 주장하던 지난 정부가 관련 정책을 실현하기 위한 방법으로 나라 빚을 늘리는 선택을 했기 때문입니다. 가장 빠르고 간편했던 수단이었던 것이지요. 국가 부채는 과거에는 후세대의 문제로 치부되었지만 지금 우리나라의 국가 부채는 후세대의 문제뿐만 아니라 당장 우리 세대에게도 엄청난 부담을 주고 있습니다. 우리나라의 국가 채무 증가율이 재정 위기에 처한 그리스보다 높다고 합니다.

회사를 운영하든 가정을 꾸리든 수입과 지출이라는 상반된 구조가 존재합니다. 그리고 수입을 능가하는 지출은 적자 상황입니다. 그 적자 상황을 메꾸기 위해서는 결국 나의 수입 외에 다른 것을 가져오게 됩니다. 그것이 한두 번이 아니고 수년에 걸쳐 계속 늘어 가면 나중에는 감당 못 할 지경이 됩니다. 지금 우리의 현실이 바로 그런 지경이지요. 더구나 그 막대한 마이너스 지출이 수입 창출원이 되는 곳의 투자이거나 지출이었다면 그나마 다행스럽겠지만 좌파 정권의 퍼 주기 정책에 따른 분배 지출, 저성장 포퓰리즘 정책에 따른 재정 지출 때문이었다는 점은 심히 걱정스러운 부분입니다. 꼭 필요하다고 생각되는 부문의 지출도 몇 번 더 깊게 검토하고 신중을 기해도 마땅찮은데 어설픈 정책, 그야말로 장님 눈 가리는 식의 지원 정책 남발로 수백조 원의 돈이 허공으로 사라지고 말았습니다. 이제 대한민국 국민들은 모두 예외 없이 그 대가를 치러야 합니다. 당장 지금 우리들이 그 대가를 치르지 않으면 뒤를 잇는 다음 세대들은 더 큰 고통으로 그 빚을 감내해야 합니다. 이것은 변하지 않고 바뀌지도 않는 진리입니다.

세계 열강 중 하나였던 아르헨티나는 상당 기간 이어져 온 좌파 정부의 무능한 정책과 부패, 그리고 포퓰리즘 정책의 남발로 여러 번 국가 파산을 겪었습니다. 결국 좌파 정부의 몰락과 '포퓰리즘에 전기톱 처방'이라는 슬로건을 내걸고 2023년 대통령에 당선된 53세의 젊은 밀레이 대통령은 GDP의 5%에 달하는 정부 지출을 삭감해 연간 재정 적자를 '0'으로 만들겠다고 선언했습니다.

그러나 많은 전문가들은 그 과정이 만만치 않을 것으로 전망합니다. 그 이유는 아르헨티나의 산업 구조가 농축산물과 원자재 같은 저부가가치 1차 산업 중심인데다 공공 부문, 공무원 중심의 나라에서 국가 체질, 경제 체질을 개선하기 위해서는 중장기적인 고부가가치 산업 육성과 같은 구조 개혁이 선행되어야 하는데, 역대 좌파 정부들이 시장경제 체제를 부인하고 근시안적인 포퓰리즘 정책만 남발한 결과가 너무나 깊고, 특히 포퓰리즘 정책의 달콤함에 익숙해진 아르헨티나 국민들이 그 고통 분담을 과연 감당할 수 있는지 회의적이기 때문입니다.

다시 한번 강조하자면 작금의 아르헨티나 상황은 대한민국에도 시사하는 바가 큽니다. 아르헨티나와 대한민국은 IMF 사태 이후로 극과 극의 운명으로 비교되곤 하지요. 아르헨티나는 실패 사례로, 한국도 성공 사례로 꼽히지만 그것은 그야말로 종이 한 장 차이일 뿐입니다. 만약 한국이 지난 5년간처럼 재정 건전화를 소홀히 하다가는 2030년에는 GDP 대비 국가 부채 비중이 아르헨티나를 넘어설 것이라는 국제 금융 전문가들의 경고가 이어지고 있는 상황입니다. 결국 우리나라도 재정 개혁에 나서지 않는다면 2030년에 아르헨티나처럼 될 가능성을 배제할 수 없는 상황입니다.

빚은 빚일 뿐입니다. 결코 달콤하거나 아름다운 것이 아닙니다. 결국에는 고통일 뿐입니다. 그것은 개인이나 나라나 마찬가지입니다.

2017. 10. 06~14. 캐나다

농산물은 무조건 싸야만 하는가?

2023년 말이나 2024년 초나 여지없었습니다. 늘 변함없지요. 밥상 물가 이야기입니다. 밥상 물가는 뉴스에 단골로 등장하지요. 통계청에서 매월 소비자 물가지수를 발표하면 '밥상 물가 겁난다, 밥상 물가 천정부지, 밥상 물가의 비상' 등 자극적인 제목의 보도가 이어집니다. 그리고 전년 대비 가격이 많이 오른 농산물들을 거명하며 몇 %가 올랐다는 점을 부각시킵니다. 2023년 김장철에는 김장비가 전년 대비 15% 더 올라 서민 경제에 부담이 더 커졌다는 보도가 주류를 이루었지요. 그리고 2023년 가을부터는 사과, 배 가격이 전년 대비 폭등해 '금사과', '과일값이 금값'이라는 등 호들갑을 떨고 있습니다. 일반적인 물가 상승, 특히 밥상 물가라는 항목에서는 물가를 올리는 주범으로 늘 농산물값을 들먹입니다. 밥상 물가 논란은 어제오늘의 일이 아닙니다.

'밥상 물가'로 불리는 농산물 가격이 전체 물가 상승을 주도하는 것이 과연 사실일까요? 수많은 농산물 중에서 날씨 문제라든지 혹은 갑작스러운 재해 등으로 생산량이 급감해 일시적으로 가격이 상승하면 언론에서는 호들갑을 떱니다. 2023년 대파 값이 kg당 5,000원을 돌파하자 '금파, 파테크'라는 신조어까지 등장하며 관련 보도가 쏟아졌지요. 밥상 물가가 크게 올라 대파, 상추 같은 채소를 직접 재배해 먹는 가정이 늘었다는 내용도 많았습니다. 실제로 1년간 보도된 내용 중 '물가'를 키워드로 검색해 보면 1위가 '농축수산물'이었습니다. 그리고 그 상승률을 찾아보면 역시 '농축수산물'이 1위였습니다.

이처럼 농축수산물은 '물가 상승' 올가미에서 벗어날 수 없는 것 같습니다. 하지만 농민 입장에서 보면 억울하고 분하기 그지없습니다. 저는 정부나 언론이 불분명한 가격 전망과 자극적인 단어를 농산물값에 부정적으로 적용해 그릇된 인식을 퍼트리고 있다고 생각합니다. 농산물도 품목별, 출하 시기별로 가격 비교 기준이 다를 수밖에 없는데 언론 매체가 무분별하게 비교해 왜곡 보도를 하고 있다는 말입니다. 최근에는 전통 과일류, 특히 사과, 배 등의 가격이 예전에 비해 높게 형성되어 있는 데도, 이것을 놓고 '금싸라기, 금값 같은 배'라는 등의 보도가 쏟아집니다. 그 원인에 대해서는 일언반구 언급이 없지요.

2023년의 경우 사과 열매가 맺히는 시기(착과기)에 극심한 저온 현상으로 인해 열매가 맺히지 않아 수확량이 30% 급감했지요. 다른 과일도 사정은 비슷합니다. 그렇다 보니 당연히 가격이 오를 수밖에요. 특히 사과는 지난 10년간 풍년 농사로 매년 수만 톤이 소비되지 않아 1년 내내 저온 저장고에 보관하기를 수년째 반복하면서 대다수의 사과 농민들이 생산비도 건지지 못해 많은 빚에 허덕이며 힘들게 농사를 짓고 있는 상황입니다.

그런데 고작 지난 한 해 극심한 날씨 변화로 사과, 배 등의 소출량이 급감해 예년 대비 가격이 높아진 것인데 그 전후 사정은 싹둑 잘라내고 '사과, 배 값이 비싸다, 우리 농산물 너무하다' 등의 자극적인 제목을 붙여 물가 상승의 주범인 양 수많은 언론 매체에서 자극적 보도를 쏟아내고 있으니 농민 입장에서는 그 분통이 터지다 못해 실로 죽을 맛입니다. 사과, 배뿐만이 아닙니다. 물난리가 나서 수많은 작물 재배 시설들이 물에 잠기고 키우던 채소들이 물에 잠겨 썩어 죽고 다 버리게 되어 생산량이 줄어들어 가격이 올랐습니다.

특히 7월 중하순부터 8월 초순까지 이어진 극심한 폭염으로 인해 채소들이 잘 자라지 못했을 뿐만 아니라 오이, 애호박 등은 고온 장애로 인해 암꽃이 잘 나오지 않아 열매가 거의 맺히질 않았지요. 그렇게 되면 어떻게 되지요? 당연히 가격이 오릅니다. 그런데도 모든 언론 매체가 이구동성으로 '밥상 물가 걱정, 물가 비상' 등 호들갑을 떨면서 그 전말의 내용보다는 겉으로 드러난 것, 즉 현상만 놓고 난리법석입니다.

물가지수란 여러 상품의 가격을 묶어 이들의 종합적인 움직임을 파악하는 것으로 여러 상품의 평균적인 가격 수준을 나타내는 것입니다. 통계청에서 매월 발표하는 소비자 물가지수는 각 가정이 생활을 영위하기 위해 구입하는 상품과 서비스의 가격 변동을 알아보고자 작성한 통계입니다. 기준 시점을 100으로 놓고 비교 시점 물가의 높고 낮은 정도를 나타내지요. 예를 들면 배추의 물가지수가 105라고 하면 배추 가격이 5% 인상된 것을 의미합니다. 그렇게 되면 배추 가격이 올랐다는 것은 부인할 수 없는 사실이지요.

하지만 농산물 가격은 다른 품목에 비해 물가 변동 폭이 큰 것이 일반적입니다. 예를 들어 일반 생필품이나 전기, 수도, 가스요금, 공공요금 등은 인상률이 일정한 범위 내에 한정되어 있는 경우가 대부분입니다. 즉 가격 변동률이 크지 않고 매우 제한적입니다. 그것은 제품의 규격화뿐만 아니라 기상 등의 영향을 받지 않고 대량 생산이 가능하기 때문입니다. 그러나 농산물은 대부분 농민 개개인이 농사를 짓고 있고 통계 범위에서 벗어나 있을 뿐만 아니라 기상 변화에 따른 수확량, 즉 생산량이 워낙 일정하지 않아서 일정한 가격을 유지하는 것이 쉽지 않습니다.

게다가 현재 우리나라의 농업 현실을 들여다보면 농산물 가격 자체가 낮게 형성되어 있는 데다 수요량보다 생산량이 약간만 많아도 가격이 폭락하는 구조입니다. 따라서 생산량이 늘어나면 결국 수확도 하지 못하고 산지 폐기 처분하는 사태가 발생하고 있는 것이지요. 그런데다 기온이 급격히 오르거나 내리거나 또는 긴 장마, 태풍 등 기상의 영향으로 수확량이 줄면 과일, 채소 가격이 일시적으로 오르게 됩니다.

그러나 이렇게 오른 농산물은 거의 대부분 품목에 따라 금세 가격이 내려갑니다. '금파'라 불리던 대파 값은 한두 달이 지나자 가격이 곤두박질쳤습니다. kg당 3,400원 하던 대파 값이 두 달 사이 1,200원대로 하락했지요. 만약 일반 공산품 가격, 공공요금이 이렇다면 어떻게 될까요?

그렇다면 농산물 가격은 왜 이리 자주 오르락내리락하는 걸까요? 농산물은 공산품과 달리 1년 내내 일정한 가격을 유지하기 어렵습니다. 수확 시기에는 수확량이 많아져 가격이 낮아지고 비수기에는 공급이 줄어 가격이 높아지는 것이 시장 생리입니다. 게다가 날씨에 크게 영향을 받지요. 태풍, 가뭄 같은 자연재해가 발생하고 그로 인해 큰 피해가 나면 상대적으로 가격이 상승하는 것이지요.

농산물은 공급이 조금만 늘어도 가격이 크게 떨어집니다. 반면 공급이 줄어 가격이 상승하더라도 공산품처럼 곧바로 생산할 수가 없어서 가격이 큰 폭으로 인상되고 한동안 예전 수준으로 떨어지지 않는 것처럼 보입니다. 예를 들어 지난겨울에 오이 가격이 무려 전년보다 99%, 상추는 72%가 올랐습니다. 수급 불균형으로 인해 일부 품목의 가격이 오르면 전체적으로 엄청나게 오른 것처럼 착시 효과를 일으킵니다. 그러나 가격이 하락하는 품목의 경우에는 그 하락 폭 역시 큽니다.

그러나 우리가 상식적으로 생각하는 물가지수라는 것에는 특정 품목이 물가에 영향을 미치는 이른바 가중치가 있습니다. 가중치라는 것은 월 평균 소비액에서 품목별 소비액이 차지하는 비중을 말합니다. 그렇다면 과연 우리들이 소비하는 월 평균 소비액에서 농산물이 얼마나 큰 비중을 차지하고 있을까요?

예를 들어 농산물 가중치가 100이라고 하면 도시 가구가 월 평균 1만 원을 지출했을 때 농산물에는 1,000원을 지출했다는 의미인데, 35년 전인 1990년 1620원이었던 농산물 가중치는 2022년 550원으로 급감했습니다. 비율로 따졌을 때 과거 한 달에 1만 원 중 1,620원을 농산물 소비로 지출했던 도시 가구가 2022년에는 월 1만 원 중 550원을 지출했다는 의미이지요. 월 200만 원 정도 지출한다고 가정하면 그중에서 농산물 구입 비용은 11만 원 정도로 전체 지출 중 5.5%에 해당합니다.

반면 전체 지출 중 공산품 지출 비중은 약 33%, 외식, 여행, 서비스 지출 비용은 55.1%로 농산물 지출 비율보다 5~10배 더 높습니다. 한마디로 밥상 물가 인상의 요인을 농산물에서 찾는다는 것이 얼마나 허구적이고 모순된 것인지를 통계가 밝혀 주고 있습니다. 실제로 우리나라의 가구당 농산물 직접 구입비는 전체 생활비의 10% 이하가 대부분입니다. 1인 1휴대폰 요금에도 못 미치는 금액으로 농산물을 구입하는 정도입니다.

따라서 실제로는 가중치가 낮은 농산물은 공산품이나 여행, 서비스 지출에 비해 가계 지출에 큰 영향을 주지 않습니다. 실제로 2023년 11월 통계청 발표 소비자 물가의 예를 보면 소비자 물가는 전월 대비 3.3% 감소했는데 농산물은 오히려 4.0% 상승한 것으로 분석되었습니다. 농산물 가격이 올랐음에도 불구하고 전체 소비자 물가는 낮아진 것이지요. 결국 농산물 가격이 전체 물가지수에 미치는 영향은 미미하다는 것을 통계가 입증하고 있습니다.

이처럼 실제로는 가중치가 낮은 농산물이 가계 지출에 크게 영향을 미치는 것도 아닌데 왜 언론이나 정부에서는 유독 농산물 가격이 밥상 물가, 가계 물가의 큰 인상 주범인 양 보도하고 발표하는 것일까요? 그것은 선동, 몰이식, 즉 현상 위주의 기사 작성에 여전히 함몰되어 있는 언론 매체들의 낮은 수준과, 물가 정책의 책임을 회피하기 위한 정부의 꼼수 때문입니다. 결국 그 희생물은 고스란히 농민들이지요.

쌀은 누가 뭐라 해도 우리의 주식입니다. 물론 음식 소비 트렌드의 변화로 우리나라의 쌀 소비에도 많은 변화가 생겼지요. 통계청 자료를 보면 30여 년 전인 1992년 우리나라 국민들의 1인당 쌀 소비량은 연간 112.9kg이었습니다. 그런데 2022년에는 56.2kg으로 거의 절반 가까이 감소했습니다. 그래도 쌀은 여전히 우리나라 사람들의 주식으로 자리매김하고 있습니다. 이런 이유 때문인지는 몰라도 쌀값은 다소간의 가격 등락은 있으나 비교적 안정적인 가격을 유지하고 있습니다. 2024년 1월 현재 동네 마트에서 20kg 한 포대에 5만 원 내외로 팔리고 있습니다. 2022년에 일시적으로 쌀값이 좀 오르긴 했으나 최근 들어 하락세를 벗어나지 못하고 있습니다.

대부분의 공산품, 서비스 요금, 공공요금, 심지어 각종 공과금, 수익 상품(주식 등), 부동산 등과 비교해 보면 쌀값은 처참하기 그지없습니다. 심지어 1980~90년대와 현재를 비교해 보면 공산품, 음식 가격은 10배, 100배 올랐습니다. 하지만 쌀값은 거의 그대로입니다. 물론 대부분의 농산물 가격 역시 마찬가지지요. 어찌 보면 도시민을 위해 수십 년 동안 피해 받고 살아온 사람은 농민들이 아닌가 하는 생각도 듭니다.

20kg 한 포대의 쌀값이 5~6만 원이면 밥 한 공기로 따지면 200~300원 수준이지요. 애들 과자값도 1,000~2,000원 하는 시대입니다. 많은 사람들이 식사 후 들고 다니는 커피 한 잔이 4,000~5,000원 하는 시대입니다. 통계청이 발표한 통계에 따르면 2020년도 쌀 생산 비용은 10아르(300평)당 85만 4,000원으로 전년 대비 6만 2,000원이 증가했습니다. 2016년 10아르당 생산비가 대략 67만 원에서 4년 사이 18만 원, 약 20% 넘게 증가한 것이지요. 더군다나 순수익 면에서는 2022년 10아르당 약 31만 원으로 전년 대비 19만여 원이 줄어든 것으로 나타냈습니다. 어찌 보면 여타 업종의 품목들, 그리고 서비스, 여행, 각종 공공요금 등에 비해 통계 수치가 크게 어긋나 있다고 볼 수 있습니다. 다시 말해 쌀 생산비는 5년간 연평균 4.3% 상승한 반면 농가 수익은 도

리어 감소했으니 말이지요.

저는 이 글을 쓰면서 우리가 주요 산업이 농업 중심이던 1960~70년대의 향수에 빠져서 농업을 특별시하거나, 특히 동정을 보내자는 것은 아닙니다. 더구나 '농자천하지대본, 농촌은 마음의 고향'이라고까지 말하려고 하지도 않습니다. 그리고 우리나라 사람들의 식생활 변화, 글로벌화된 가치관 등으로 인해 계속 위축되어 가고 있는 우리 농업을 특별 대우하자는 것도 아닙니다. 농업 인구의 감소, 농지 면적의 급속한 감소 등으로 인해 농업 경쟁력 감소 현상이 뚜렷한 이 시대에 농업을 각별한 태도로 대할 필요도 없다고 생각합니다. 국제 기준으로 보면 우리나라 쌀값이 비싼 것은 틀림없습니다.

하지만 한 나라의 주식, 즉 식량 주권은 너무나 중요합니다. 비록 그 비용과 과정이 힘들고 어렵더라도 식량 자주권은 우리가 지켜야 할 최후의 보루입니다. 쌀은 우리의 식량 자주권이자 생명인 게 그 이유입니다. 그렇기 때문에 우리가 지키고 소중하게 여겨야 합니다. 농산물을 있는 그대로 보고 받아들여 주기를 바랍니다. 앞뒤 자르고 드러난 것만 보고 요란 떨며 왜곡하고 선동질하며 정책의 실패를 힘없는 농민들에게 뒤집어씌우는 위정자들의 추악함이 사라지길 바랄 뿐입니다. 우리 농업이나 농산물이 우리나라 사람들에게 각별하다는 것은 부인할 수 없는 사실입니다.

부자에 대한 우리 사회의 이중적 잣대

부자들에 대한 우리나라 사람들의 생각은 참으로 모순덩어리입니다. 전반적인 사회 분위기가 부자들에 대해 부정적이며, 특정 또는 극단적 집단들은 부자들을 척결의 대상이라고 주장합니다. 부자들에 대한 미움과 증오가 사회 전반에 만연해 있습니다.

이러한 분위기는 문재인 정부가 들어서면서부터 시작되었습니다. 소득 주도 성장과 분배 확장을 외치는 소위 좌파 사회주의적 정치 풍토가 조성되고 그러한 것을 정책 논리로 내세운 상당수의 사람들이 정치권에 발을 들여놓으면서 이들과 일부 이념 논리에 갇힌 일부 선동꾼들의 주장과 외침이 사회단체, 정치 성향의 노조 집단, 교육 현장에까지 두루 침투하는 바람에 사회 저변에 어느 순간 비정상이 고착화해 버렸습니다.

자유민주주의와 시장경제 체제 속에서 자유로운 경쟁을 통해 정당한 부와 경제적 가치를 창출하고 있던 것을 교묘한 논리와 거짓된 선동으로 수많은 사람들을 혼란스럽게 하고 충동질함으로써 대한민국의 수많은 기업인들과 정당하게 부를 축적하는 사람들을 탐욕스럽고 노동력을 착취하는 사람들로 왜곡해 버렸습니다.

특히나 그러한 부류의 집단들이 사회 전반에 영향력을 갖게 되면서 각종 거짓 뉴스를 대량 양산하고 지난 수십 년 쌓아 올린 대한민국의 자유경제 질서를 망가뜨리기 위해 혈안이 되어 있습니다. 그들의 전략은 고도화되어 있고 교묘하게 위장되어 있습니다. 그들은 대다수의 서민 소외 계층, 그리고 사회의 그늘진 사람들의 힘듦과 어려운 처지 등의 원인이 일부 계층의 부도덕함과 착취, 그리고 탐욕 때문이라고 부추기는 동시에 소외 계층을 위한, 그리고 서민 경제의 고통을 없애는 길은 돈 많은 부자들을 끌어내리고 그 돈을 빼앗는 것이라고 주장하며 투쟁합니다.

그들은 목적을 겉으로 드러내지 않으면서 교묘하게 각종 언론 매체 등을 이용하기도 하는데 그러한 지식과 능력이 결여된 일부 과격 집단은 단체화해서 불법 투쟁과 과격 시위를 끊임없이 주도합니다. 이러한 풍토가 사회 전반에 상당 기간 만연하면서 우리나라는 그 후유증이 심각하게 나타나고 있습니다. 자유 경쟁이 보장된 대한민국 자본주의 시장에서 본인 능력과 노력으로 경제적 자유를 누리고, 나아가 부의 축적을 이루어 삶의 질을 높이기 위한 환경이 조성되어 있음에도 그들은 사회 전체의 활력을 떨어뜨리는 한편 사다리 위로 오르는 사람들에게 돌을 던지고 사회 전체가 하향 평준화되는 것을 목표로 삼고 있습니다.

그런데 아이러니하게도 청렴을 부르짖고 사회 소외 계층의 아픔과 가난한 사람들, 비정규직 종사자들의 권리와 경제 상황 개선을 위해 앞장서서 투쟁을 일삼은 사람들 대부분은 정작 자신의 돈과 특권을 일절 내려놓지도 나누려고도 하지 않습니다. 정작 돈에 대한 애정과 탐욕이 부자들보다 훨씬 집요하고 강합니다.

지금 우리 사회는 부자에 대한 시기와 질투가 아닌 묘한 감정이 넘쳐납니다. 물론 "사촌이 땅을 사면 배가 아프다."는 속담이 있듯이 우리나라 사람들은 남이 잘되거나 잘살면 그들을 진정으로 부러워하면서 함께 좋아하는 것보다는 질투와 시기심이 유발되는 것 같습니다. 좋은 땅에서 많은 사람들이 서로 경쟁하면서 살아보니 아마도 자연스럽게 형성된 우리나라 사람들의 의식이겠지요. 거기에다 최근 몇 년간 사회·정치적 분위기에 편승해 특히나 부자에 대한 많은 부정적 기류가 넘쳐납니다.

태어나면서부터 흙수저, 금수저로 나누는가 하면, 부자들을 탈세, 상속, 그리고 불법·탈법으로 부를 축적한 사람들로 매도하고 있습니다. 물론 일부 부자들은 부정한 방법으로 부를 축적해 사회적 지탄의 대상이 되기도 합니다. 그러나 그런 사람은 부자라고 할 수 없습니다. 그저 사기꾼이고 잠시 돈을 많이 가진 것처럼 보이는 협잡, 모리배일 뿐입니다.

또한 태어날 때부터 일반 사람들보다 많은 부를 가지고 태어나는 사람들도 있습니다. 삼성전자 이재용 회장이 그런 부류일 것입니다. 이건희 회장의 아들이 아니었다면 당연히 삼성전자 회장이 될 수 없었겠지요. 상당수의 기업들이 가족에게 경영권을 승계하고 있습니다. 그러나 그 과정에서 일반인들은 상상하지 못할 엄청난 대가를 치르고 있습니다. 그리고 그것은 국가나 그 기업의 입장에서 보면 최선의 선택일 수밖에 없습니다. 그것을 우리가 부자의 잣대로 나무라거나 사회적 지탄의 대상으로 삼는 것은 지나친 논리이고 모순입니다.

이건희 회장 타계 후 경영권 승계 과정에서 그 후손들이 국가에 납부한 상속세만 수조 원입니다. 삼성을 예로 들었지만 삼성이라는 대기업은 특정 몇몇 사람이 일궈 놓은 것은 아닙니다. 수많은 직원들, 협력 업체들, 나아가 전 세계 소비자들까지 함께한 결과입니다. 그렇지만 무엇보다도 그 밑바탕은 기업을 창업하고 비전을 심고 투자하고 미래를 내다보면서 불확실과 두려움을 헤쳐 나온 이병철-이건희 회장 부자의 탁월한 혜안과 능력도 한몫을 했다고 볼 수 있습니다.

우리는 부자들이 명품이나 좋아하고 고급 차, 그리고 수백억 원짜리 저택에서 허랑방탕하게 사는 사람들, 쓰고 싶은 돈 펑펑 쓰고 전 세계 특급 여행이나 다니면서 흥청망청 사는 사람들일 거라고 생각하기 십상입니다. 늘 불법과 탈세를 저지르고 부정한 방법으로 돈을 모으고 죄를 짓고도 많은 비용을 들여 막강한 변호인단을 구성해 가벼운 처벌로 끝나는 그야말로 안하무인의 특권층이라고 생각하기 쉽습니다. 그래서 한편 부러워하면서 늘 부자들에게 욕을 합니다. 한마디로 졸부 취급을 합니다.

물론 일부 돈 많은 사람들은 그렇게 합니다. 그리고 졸부들도 더러 있습니다. 그러나 대부분의 우리나라 부자들은 피땀 흘려가면서 아이템을 개발하고 노력하며 장사하고 기업을 일구면서 부를 축적했고 한편으로는 기업의 사회적 역할도 외면하지 않았습니다. 주식 투자를 하거나 부동산 투자 등을 통해 부를 축적한 사람들도 있겠지만 분명한 것은 사업과 장사를 통해 자신만의 아이템과 사업적 능력으로 일자리를 창출하고 사회·경제적 안정을 이룩한 부자들이 훨씬 더 많습니다.

삼성전자 한 기업이 1년에 내는 법인세만 7조 1,000억 원입니다. 실로 어마어마합니다. 하물며 부자 축에도 끼지 못하는 제가 2023년에 낸 소득세만 3억 원이 넘습니다. 1년에 병원 몇 번 가지 않는 제가 매월 건강보험료를 290만 원 내고 있습니다. 비록 규모가 작은 제조기업이지만 1년에 200만 달러 가까이 수출해서 외화를 벌어들이고, 직원들과 함께 열심히 일하면서 제품을 만들어 1년 동안 열심히 사업을 일구어서 나온 수익금에서 그 세금을 납부하는 것입니다.

우리 회사 직원 중 한 명이 그런 말을 하더군요. 사장님도 해외여행 가서 달러 쓸 자격이 있다고요. 저는 지금까지 해외 출장을 가거나 여행을 갈 때 한화를 달러로 환전해 지출한 적이 단 한 번도 없습니다. 수출로 번 달러를 남겨 두었다가 그것을 사용했습니다. 일본 엔화도 마찬가지입니다. 우리 회사 제품을 수출하면 일본에서 엔화를 지급받습니다. 그중 일부를 남겨 두었다가 직원들이 일본 출장을 가거나 제가 출장 갈 때 경비로 사용합니다. 우리나라 돈 아까워서 외화로 바꾸지를 못하는 겁니다.

사업, 기업 하는 많은 사람들이 저의 마음과 같습니다. 일하는 것이 취미인 부자들이나 돈을 모으는 것이 유일한 즐거움인 부자들은 돈을 함부로 쓰지 않습니다. 사실 몸을 치장하는 명품 등을 구입하는 데 열중하는 사람들은 졸부이거나 연예인, 아니면 검은 돈을 손에 쥐게 된 높은 분들이거나 과시욕이 강해 그저 남들에게 자랑하고 싶은 욕망이 강한 사람들일 것입니다.

우리 사회의 부자에 대한 부정적 기류는 사실 자본주의 사회에서 심각한 사회악이 될 수 있습니다. 그러한 분위기가 만연하다 보니 한편으로는 부자에 대한 인식이 팽배해져 돈이면 다 된다는 잘못된 인식이 형성되면서 열심히 일하는 사람들조차도 열심히 일하면 잘 살게 된다는 생각보다는 성공하려면 노력만큼이나 운이 중요하다는 생각을 하게 되고 정작 노력한 만큼 보상이 따라오지 않는다는 잘못된 생각을 갖게 됩니다.

실제로 한 설문조사에서 우리나라 사람들의 일에 대한 평가를 보면 '열심히 일하면 결국엔 더 잘살게 된다'에 '그렇다'라고 응답한 사람은 16%, '노력만큼 운도 따라야 한다'라고 응답한 사람은 70%, '노력은 중요하지 않다. 운과 연줄이 중요하다'라고 응답한 사람은 14%에 이른다고 합니다. 무려 70%에 이르는 한국 사람들이 '성공에는 노력만큼 운도 따라야 한다'라고 생각하고 있으며, 이 같은 비중은 세계에서 가장 높다고 합니다.

한때는 세계에서 손꼽힐 정도로 근면 성실했던 한국 사람들이 이제는 노력해도 성공하기 어렵다는 인식으로 가득 차 있다는 것은 실로 충격적입니다. 이 같은 사태는 사회적으로 지탄을 받는 소수의 기업 대표들의 문제를 마치 모든 기업인들이 그런 것처럼 폄훼해 깎아내리고, 부도덕하며 무절제한 것으로 선동해 잘못된 사회 여론을 조장해 온 이념 집단의 영향도 지대합니다. 그들은 졸부들의 무절제한 과소비, 허세성 소비 생활 등을 마치 대다수의 기업인들과 부자들의 행태인 양 치부하고 일부 불만 계층의 극단적인 행동까지 유도하고 있습니다.

그런 한편, 많은 사람들이 부자 흉내를 내면서 살고 있습니다. 1인당 고가 명품 소비액은 우리나라가 전 세계 1등이라고 합니다. 인구 대비 해외여행자가 많은 국가는 한국이 단연 1위입니다. 20~30대 젊은층의 상당수는 인스타그램에 음식, 여행 인증을 올리는 데 혈안이 되어 있습니다. 보다 더 고급스런 음식, 그리고 더 비싸고 럭셔리한 장소를 담아 올리기에 바쁩니다. 나는 남들과 다른 특별한 삶을 살고 있다고 자랑삼는 것입니다.

가까운 지인이나 친구들이 먹고 입는 것이나 해외여행 사진 등을 올려 보여 주면 나도 기필코 해야 직성이 풀립니다. 오히려 그보다 더하게 되지요. 남과 비교하는 끝없는 소비 행태는 결국 돈 많은 부자들, 그것도 졸부들의 소비 행태와 다를 바가 없습니다. 하지만 많은 사람들은 한편으로는 그런 삶을 동경하지요. 그야말로 모순된 사회 구조입니다. 한편으로는 부자에 대한 지독한 편견에 사로잡혀 우리 사회를 사회주의식 구조로 바꾸기 위해 혈안이 되어 있는가 하면, 다른 한편으로는 그야말로 자본주의 끝장판을 보는 듯합니다. 사회적으로 물의를 일으키는 졸부들의 과소비적 행태는 지탄을 받아야 하고 엄중한 분위기로 꾸짖어야 합니다.

그러나 피나는 노력과 정당하고 합당한 방법으로 국부를 창출하거나 개인 기업을 경영해 부를 축적하는 부자들에게는 존경심과 부러움을 갖고 대해야 합니다. 그들을 질투나 질타의 대상이 아닌 멘토의 대상, 나아가서는 나와 사회의 목표로 삼는 성숙한 시민이 되어야겠지요. 건전한 부자는 결코 사회적 비판의 대상이 아닙니다. 정당한 부는 결코 가난함과 적대관계가 아닙니다. 도리어 우리도 그렇게 되어야 하고 개인과 나라 모두 부유해져야 하겠지요.

돈맛

　돈맛. 돈에는 몇 가지 맛이 있습니다. 첫째는 돈을 쓰는 맛이고, 둘째는 돈을 모으는 맛(버는 맛)입니다. 아마도 세상의 맛 중에서 최고의 맛은 바로 돈을 쓰는 맛일 겁니다. 물론 '돈을 쓰는 맛'이라는 표현은 개인적인 경험과 감정에 따라 다르게 해석될 수도 있습니다.

　그러나 제가 말하는 돈 쓰는 맛이란 돈을 사용해서 무언가를 얻거나 경험할 때 느끼는 만족감이나 즐거움을 의미합니다. 돈을 쓰는 맛에는 몇 가지 측면이 존재합니다.

　첫째, 필요하거나 원하는 물건이나 서비스를 구매함으로써 얻는 만족감이지요. 그 물건이나 서비스라는 것은 살아가는 데 필수적인 것부터 사치품에 이르기까지 다양합니다. 그리고 힘들게 일한 끝에 자신이나 사랑하는 사람(가족, 애인, 지인 등)을 위해 돈을 쓰면서 보상을 얻기도 합니다. 이 또한 돈을 쓰는 즐거운 맛이지요. 종종 자신을 위한 선물이나 휴가 등을 통해 돈을 쓰는 맛을 경험합니다. "열심히 일한 당신 떠나라." 이 카피의 의미가 그런 뜻이지요. 또한 친구들과 함께 식사를 하거나 선물을 주고받는 것처럼 인간관계를 강화하기 위해 돈을 사용하는 맛도 있습니다.

둘째, 취미나 교육, 개인적인 발전을 위해 돈을 사용하는 맛도 있습니다. 예를 들어 음악 기기를 구매하거나 학습 프로그램에 등록하는 것 등입니다. 그리고 취미나 교육, 개인적 발전을 위해 돈을 쓸 때에는 성취감을 느끼게 됩니다. 자선단체나 봉사 활동에 돈을 기부함으로써 타인을 돕고 사회에 긍정적인 영향을 미치는 데서도 돈 쓰는 맛을 느끼기도 합니다.

사람마다 다르겠지만 돈을 쓰는 것은 이렇듯 다양하고, 단순히 물질적인 것을 넘어서 감정적·사회적·심리적인 만족감을 느끼게 해 줍니다. 특히 유독 대부분의 젊은이들은 충족감과 보상감 때문에 돈을 쓰기도 합니다.

디지털 기술의 발전과 스마트폰의 보편화는 온라인 쇼핑과 모바일 증가로 이어지면서 전통적인 오프라인 상점보다는 온라인 플랫폼을 통해 훨씬 쉽고 편리한 소비를 조장해 소비자들이 쉽게 돈 쓰는 맛을 느끼게 해 줍니다. 특히 패션, 뷰티, 여행, 레저, 공연 관람 등 개인의 취향과 경험을 중시하는 소비가 급증하고 있어 돈 쓰는 영역도 다양해지고 있지요.

최근에는 우리 사회에서 지나치게 확산되고 있는 '보여 주기식 문화', 특히 인스타그램과 같은 소셜미디어 플랫폼을 중심으로 한 이러한 현상은 소비 패턴, 개인의 정체성 형성, 그리고 사회적 상호 작용에 큰 영향을 미치고 있습니다. 이러한 문화는 특히 젊은 세대와 여성들에게 두드러지게 나타내며, 소비와 저축의 균형을 깨뜨리고 개인의 문제뿐만 아니라 다양한 사회·경제적 문제를 야기할 수 있지요. 보여 주기식 문화는 사람들이 자신의 사회적 지위나 삶의 질을 자랑하기 위한, 즉 돈 잘 쓰는 것을 보여 주기 위한 과시욕으로 연결되어 고가 제품이나 서비스 구매를 충동질하게 됩니다.

소비하면 돈을 쓰는 것이지요. 이는 특히 아직 경제적 기반이 약한 젊은 세대에 부담을 주며 당연히 필요 이상의 소비로 이어져 재정적 어려움을 초래할 수 있습니다. 소셜미디어상의 완벽한 모습의 추구는 타인과의 비교를 유발하며 개인의 자존감에 부정적인 영향을 끼칩니다. 특히 여성들은 자신만의 개성을 추구하기보다는 남과 비교하면서 자신의 자존감에 상처를 입고 사회적 기준에 부합하고자 하는 데에서 심적 압박감을 느끼며 이를 해소하기 위한 수단으로 과소비에 빠져들게 됩니다. 더 나아가 자신의 경제적 능력 범위를 벗어난 소비 형태(돈 쓰는 맛)로 인해 빚을 지게 되고, 결국 장기적으로는 개인의 재정 안정성, 재정적 자립을 망가뜨리고 사회 문제로까지 이어집니다. 이렇듯 돈을 쓰는 맛은 여러 긍정적인 요소도 있지만 그 용도와 한계를 넘어설 때는 되돌리기 어려운 대가를 치르게 됩니다.

돈을 쓰는 맛이 있다면 돈은 버는 맛, 즉 돈을 모으는 맛도 있습니다. 돈은 버는 맛은 일이나 사업의 성공을 통해 얻는 금전적 보상을 의미하며, 그를 통해 큰 성취감을 느낄 수 있습니다. 자신의 노력, 기술, 창의성이 열매를 맺었음을 느끼게 해 주지요. 그리고 돈을 벌면서 얻는 재정적 자유는 개인이 자신의 삶을 더욱 통제할 수 있게 해 줍니다. 이것이 자율성과 독립성을 높여 주는 것이지요. 그리고 성공적인 경험이나 사업은 안전과 지위 향상을 가져올 수 있고, 이는 자신감과 자존감까지 높여 주지요. 또한 돈을 꾸준히 벌게 되면 미래에 대한 안정감을 가질 수 있고, 장기적인 계획을 세우고 실현하는 데 필요한 경제적 기반과 원동력을 갖추게 되는 것입니다.

우리가 사업을 통해 얻을 수 있는 것에는 여러 가지가 있지만, 그중 한 가지는 바로 돈을 버는 맛일 겁니다. 마치 어떤 스포츠 감독이 자신이 생각하는 대로 경기가 진행되거나 원하는 방향으로 나아가게 되면 감독으로서 짜릿한 자기 만족감 또는 자부심을 느끼듯 말입니다. 사업도 그런 것이지요. 자신의 기술력, 통찰력, 그리고 결정적인 방향 설정의 결과물이 성과와 실적으로 이어져 많은 돈이 들어오게 되면 짜릿한 돈 버는 맛을 느끼게 됩니다.

많은 사람들이 장사를 하고 제품을 개발하며 사업을 하는 것은 그 결과물이 성공으로 이어지는 성취감, 주변의 인정, 그리고 무엇인가 이루고 해냈다는 보람 등을 느끼고 싶어서이기도 하지만 결코 무시

못 할 이유는 바로 수입, 즉 돈을 버는 맛을 느끼고 싶어서일 것입니다. 돈 버는 맛이 쌓이면 쉽게 부를 이룰 수 있고 역경과 고난이 두렵지 않게 됩니다. 더 나아가 다가오는 고난이 오히려 극복의 대상, 돈을 벌기 위한 기회로 느껴지고 이를 헤쳐 나갈 용기가 생기게 됩니다. 다시 말하면 사업을 하는 결정적 이유가 됩니다.

돈을 버는 맛은 큰 쾌감이자 나이, 학벌, 연령과 아무런 상관이 없습니다. 때론 만병통치약 같은 효험을 가지게 됩니다. 꼭 돈 그 자체가 아니라 돈을 버는 과정과 시스템 속에서 나 자신의 능력을 파악하게 되고 나 자신이 살아가는 원동력을 찾게 됩니다. 수많은 기업인들의 정신 속에 숨어 있는 힘이 바로 돈을 버는 맛입니다.

돈을 모으는 맛은 돈을 버는 맛과 약간 다른 측면을 강조합니다. 돈을 버는 맛은 활동과 성취를 통해 즉각적인 만족감을 느끼게 해 주는 반면, 돈을 모으는 맛은 장기적인 목표 달성과 경제적 안정 쪽에 큰 비중을 둡니다. 돈을 모으는 맛은 어찌 보면 돈을 버는 맛보다 훨씬 더 현실적이고 중요합니다. 우선 저축과 투자를 통해 재정적 안정감을 얻을 수 있습니다. 이것은 당연히 미래에 대한 불확실성과 부담을 줄이고 금융적 안정망을 제공합니다.

다가올 미래는 알 수 없습니다. 다가올 미래가 장밋빛, 즉 나에게 좋은 일만 생긴다면 우리는 굳이 미래를 준비하거나 돈을 저축할 필요가 없을 것입니다. 그러나 미래는 예견이 불가능하기 때문에 인간은 늘 미래를 대비하려고 하고 실제로 준비를 합니다. 돈을 모으고 미래를 준비하게 되면 설사 준비된 것이 필요 없게 되더라도 그것이 소모되거나 없어지는 것이 아니기에 또다시 축적되어 나에게 안정감을 줍니다. 돈을 모은다는 것, 즉 저축을 통해 돈을 모으는 맛에 길들여지면 장기적으로 볼 때 재정적 자유를 얻을 수 있으며, 이를 통해 현실적인 은퇴 시기를 조절하거나 원하는 생활 방식을 실행하는 등 내가 원하는 것들을 편안하게 누릴 수 있는 것입니다.

또한 돈을 모으고 관리하는 과정에서 금융 지식이 향상되고 재정적인 결정에 대한 자신감이 증가합니다. 이는 현대 사회 속에서 자존감과 자신감이 떨어지는 심리 상태에서 벗어나 당당함과 자신감의 회복, 나아가 자존감이 높아지는 순기능을 하게 됩니다. 돈이라는 것은 생존에 있어서 대단한 힘의 원천이지요. 결국 돈의 힘이라는 것은 단순히 경제적 가치를 넘어서 인간에게 심리적으로도 큰 영향을 끼칩니다.

아내와 1명의 자녀와 함께 가정을 일구어 살고 있는 35세 직원과 단기간의 출장을 떠났습니다. 저와 그 직원은 평소에 개인적으로 이야기를 나눌 기회가 많지 않았기에 그 출장이 개인적인 이야기를 나눌 수 있는 좋은 기회다 싶었습니다.

차 안에서 제가 말을 꺼냈습니다.

"김 대리, 지금 한 달에 얼마 정도 저축해?"

물론 개인의 프라이버시에 해당하는 질문일 수도 있겠지만 평소 오지랖 넓은 대표인 줄 아는지라 그 직원은 스스럼없이 바로 답해 주었습니다.

"지금 아내가 직장을 다니면서 맞벌이를 하고 있어요. 돈 관리는 아내가 하는데 월 200만 원씩 적금을 넣고 있어요."

이 직원은 현재 연립주택 투룸을 약간의 대출을 끼고 9,000만 원에 전세를 얻어 세 식구가 살고 있습니다. 사실 직원들이 많지 않은지라 회사 대표로서 지나치다 할 정도로 평소 직원들의 가정사, 특히 돈 모으는 것, 주택 마련 등에 대해 많은 이야기를 해 주기도 하고 가끔 구체적으로 캐묻기도 하곤 하지요.

"그래? 그럼, 애 엄마는 현재 월급이 얼만데?"
"뗄 것 다 떼고 300만 원은 되는 것 같습니다."
"아, 그래? 김 대리 급여는 얼마나 되지?"

마침 1월인지라 이 직원의 급여가 7% 인상되었고 입사 3년차가 됩니다.

"저도 뗄 것 다 떼고 350만 원 정도 입금되는 것 같습니다."

"그럼 두 부부가 합쳐서 월수입이 650만 원이네. 그리고 명절 수당과 휴가 수당으로 1년에 한 400~500만 원 정도 받고 연차 휴가 사용하지 않으면 연말에 최소 몇십만 원 받게 될 텐데 현재 월 200만 원을 저축하고 있는 거네?"

제 말에 직원은 잠시 생각하더니 이내 답을 했습니다.

"예, 맞습니다. 아내가 월 300만 원, 제가 400만 원 정도이니까 한 달에 거의 700만 원 정도 수입이 되는데 그중 200만 원을 저축하고 있네요."

저는 곧바로 단호하게 말했습니다.

"야! 안 돼! 너무 적어! 한 달에 400만 원 이상 저축해야 해."

저는 계속 말을 이어 갔습니다.

"아내가 집에 있고 당신 혼자 외벌이할 때보다 아내가 직장에 다니며 맞벌이하니 여러모로 지출이 많이 늘었을 거야. 그리고 가정 수입이 늘어난 관계로 예전에 비해 늘어난 지출에 대해 명분이 생기고 합리화도 되겠지. 그렇지만 돈을 더 모아야만 내 집이라도 장만할 수가 있어. 내 생각에는 400만 원 이상 저축해야 된다고 보네."

"이것저것 나가는 돈, 쓰는 돈이 많이 늘어나서 그렇더라고요. 아무래도 외식도 더 하게 되고 불필요한 것도 사게 되고요."

직원의 답변에 제가 한마디 더 해 주었습니다.

"물론 혼자 벌 때는 거기에 맞추어 아끼다가도 한 사람 수입이 더 늘어나면 당연히 경제적으로 안심되기도 하고 안정이 되어 현실적으로 돈을 더 쓰게 되고, 하고 싶은 것도 하게 되지. 그러나 바로 그 점이 터닝 포인트야. 즉 지출은 예전 수준으로 유지하고 늘어난 수입은 없는 셈 치고 전액 저축하면 금세 기반을 다질 수 있어. 월 400만 원씩 5년간 저축하면 원금만 2억 5,000만 원이 되고 거기에다 현재 전세 보증금을 합치면 총 3억 5,000만 원 정도의 돈이 모아져. 그러면 직장 근처에 그럴듯한 내 집을 충분히 장만할 수 있어."

직원이 입을 열세라 저의 사설은 계속 이어졌습니다.

"만약 무엇인가 사고 싶은 유혹에 흔들릴 때면 부부가 적금 통장을 꺼내 놓고 적립되어 있는 돈 금액을 보게. 그러면 아마도 사고 싶은 마음이 싹 달아나고 마음속에 뿌듯함과 기쁨이 생길 것이야. 그리고 무엇인가 사고 싶은 욕망은 돈이 없거나 부족할 때 더 큰 법이야. 내가 충분한 돈을 가지고 있으면 사고 싶은 것을 사거나, 하고 싶은 것을 하지 않아도 훨씬 더 마음이 편하지. 왜 그런지 알아? 그것은 내가 돈이 없어서 못 사고 못 하는 것이 아니라 여력이 충분하지만 잠시 미루는 것이고, 만약 무엇인가 사고 싶거나, 하고 싶을 때도 '언제든지 살 수 있고, 할 수 있다는 능력이 있는데 무엇이 걱정이야?' 하는 생각이 들게 되지. 이것이 바로 돈을 모으는 이유, 즉 돈 모으는 맛이지."

저는 분명한 어조로 긴 이야기를 진심으로 해주었습니다.

"김 대리, 집에 가거든 당장 아내와 진솔하게 협의해서 내가 시키는 대로 해. 분명 몇 년 뒤에는 한 단계 올라 있는 가정이 될 테니까. 내가 꼭 부탁하마."

저는 깊은 당부로 잔소리 아닌 잔소리를 마감했지요. 이것이 돈을 모으는 맛이지요. 짜릿하기도 하고 흥분되기도 하고 기쁨의 원천이 됩니다. 그리고 힘들거나 어려울 때 의지할 수도 있습니다. 저의 가정이 살아온 과정도 비슷합니다. 이 땅의 1960~70년대를 살아오신 수많은 부모님들도 그렇게 사셨습니다. 돈을 쓰는 맛보다는 그저 모으고 또 모으며 돈 모으는 맛에 희망을 안고 지친 삶들을 이겨 내셨습니다.

잠깐 여기에 2024년 1월 20일자 《매일경제》 서정원 기자의 칼럼을 실어 봅니다.

하나의 질문에 온 나라가 들썩였다. 지식인들이 앞다퉈 회람했고 미디어는 대서특필했다. '출산율 0.7명'을 우려한 지난달 《뉴욕 타임스》 칼럼 '한국은 소멸하고 있는가?' 얘기다. 의외였다. 읽고 건질 것이라고는 흑사병에 빗댄 발상과 유력지의 권위가 전부였던 터다. 기존 논의를 잘 정리했지만, 그뿐이다. '미친 집값'은 언급조차 안 됐다.

기자로서 여러 사람을 만나 다양한 대화를 나눈다. 저출산은 단연 단골 주제다. 진단과 해법이 백가쟁명식으로 나온다. 남성과 여성의 견해가 다르고, 젊은이와 노인도 그렇다. 서울 사람과 지방 사람, 화이트칼라와 블루칼라도 마찬가지다. 이 땅에 발붙이고 살아가는 이들의 날것의 언어는 한국이라는 풍경화를 보다 정치하게 그려낸다.

출산은커녕 혼인부터 난관이다. 2022년 기준 25~29세 남성의 혼인신고율이 100명당 2명, 30~34세는 4명이다. 전자는 2015년 대비 반 토막이 났다. 30대 A씨는 특히 "5점짜리 남자, 5점짜리 여자 부부가 없어져간다."고 말했다. 10점 만점에 5점인 평균인들. 예전엔 끼리끼리 잘 이어졌다. 지금은 다 7 이상을 바란다. 아니면 비혼을 선언하는 게 지금 세대의 '망탈리테'(특정한 시대에 개인들이 공유하는 집단 의식)란다.

버젓한 결혼의 기준부터 높아졌다. 동네 예식장은 줄줄이 폐업하는데 억대 특급 호텔은 미어터져 예약 불가다. 20대 B씨는 "진짜 돈이 없는 게 아니라 본인이 그리는 이상적인 결혼식을 못하는 것"이라고 했다. 수도권 단독주택·빌라는 집도 아니다. '마용성'이니 '은중동'이니 서울 한복판에 20~30평 아파트로 시작하지 않으면 '부끄러운 것'이 됐다. 세계 어느 선진국이든 수도의 집값은 비싸고, 신혼 땐 단칸방에 사는 게 당연한데도 말이다.

고약한 체면치레가 어제오늘 일은 아니다. 이젠 '오르지 못할 나무'까지 쳐다본다는 게 문제다. 커뮤니티에 회자됐던 한 대학생의 고찰은 핵심을 찌른다. "메이저 의대 정원은 500명도 안 될 텐데 들어가려고 다들 애쓴다. 자랑할 만한 전문직·대기업·고소득 직장이 얼마나 되겠나. 그런데 이게 아니면 실패한 인생이라고 자조한다.”

인스타그램의 영향이 상당하다. 드라마 속 재벌은 '남 얘기'였지만 여기선 '내' 친구, 동생이 24시간 자랑한다. 결혼도 '사랑해서 하는 것'이 아니라 '사랑을 전시하는 곳'이다. 요즘 웨딩 촬영 땐 영수증에 없는 '간식비'가 붙는다. 사진값을 이미 다 내고서도 잘 찍어달라고 대접하는 게 관례란다. 도대체 그놈의 인스타가 뭐라고.

경제적 동인도 있다. 40대 C씨는 최저임금의 급격한 상승이 저숙련 사무직 여성의 '나 홀로 서울살이'를 가능케 하며 비혼주의 토양을 마련했다고 본다. 2023년 최저임금은 시간당 9,620원으로 2017년 대비 1.5배다. 동 기간 서울 전월세 연평균 상승률 1.0%를 고려하면 실질 주거비 부담이 6년 새 30% 가까이 줄었다. 적어도 집세를 아끼려고 연인과 합칠 유인은 많이 약화된 셈이다.

청약저축을 안 하니 월세·생활비를 빼고도 남는다. 몇 달만 아끼면 남들 다 하는 오마카세·호캉스도 가능하다.

반면 결혼해서 얻을 것이라고는 빚 딸린 변두리 집이요, 잃을 것은 그간 만끽했던 1인 가구 라이프 전체다. 그들은 '합리적' 결론에 도달한다. “만국의 비혼자여, 단결하라!”

돈을 쓰는 맛에 찌든 현 시대의 단면을 보여 주는 글입니다. 돈 쓰는 것이 그저 그것이 주는 기쁨, 만족감, 그리고 짜릿함 때문에 사회가 급속히 기울어지고 있습니다. 돈 쓰는 것이 지나치다 보니 수입과 지출이 어긋나 2023년 말 대한민국 국가 부채 규모는 1,100조 원, 가계 부채 규모는 1,873조 원이 되었습니다. 이 빚은 누군가가 언젠가는 꼭 갚아야만 합니다.

제가 앞에서 돈맛에 대한 이야기를 하면서 쓰는 맛과 모으는 맛에 대해 길게 적었는데, 이 두 가지는 나름대로 공통점과 차이점이 있습니다.

첫째, 돈 쓰는 맛과 모으는 맛에는 둘 다 고통이 있습니다. 돈 쓰는 맛에서는 고통은 뒤에 오지요. 돈을 대책 없이 쓰는 맛에만 빠지게 되면 그 대가를 고통 속에서 치르게 되지요. 반대로 돈 모으는 맛에서는 고통은 초기에 옵니다. 즉 사고 싶은 것을 하지 못하고, 하고 싶은 것을 하지 못하고, 가고 싶은 곳을 가지 못하고, 남들 돈 쓰는 맛에 기뻐할 때 나는 그것들을 못 하게 되니 고통스럽지요. 그러나 그 고통이 끝나면 기쁨이라는 대가가 찾아옵니다. 돈 쓰는 맛에 빠진 사람들의 잔치가 끝나고 고통이 찾아올 때, 돈 모으는 맛에 빠져 있던 나는 천천히 여유 있게 파티를 즐길 수가 있습니다.

둘째, 돈 쓰는 맛이나 모으는 맛에는 기쁨이라는 것이 함께 있습니다. 돈 쓰는 맛에는 돈을 쓰면서 하고 싶은 것, 사고 싶은 것, 먹고 싶은 것, 가고 싶은 것을 다 하면서 느끼는 기쁨, 만족감이 있습니다. 현재 많은 사람들이 바로 이 기쁨, 만족감을 위해 해외여행을 떠나는 통에 각국의 공항이 한국인으로 미어터지는가 하면, 날씨가 좋으면 돈 쓰는 맛으로 골프장 부킹이 하늘의 별 따기가 됩니다. 대단한 돈 쓰는 맛입니다. 이 돈 쓰는 맛에서 오는 기쁨은 심할 경우 쾌감으로 이어집니다. 쾌감은 반복되면 중독이 됩니다. 돈 쓰는 맛의 중독, 쇼핑 중독,

여행 중독, 과시 중독 등이 그런 사례들이지요. 그러나 잔치가 끝나면 계산을 해야지요. 능력을 벗어난 돈 쓰는 맛. 더구나 자신의 능력 범위를 크게 벗어난 돈 쓰는 맛의 대가는 잔혹합니다.

돈 모으는 맛에도 기쁨이 있습니다. 통장에 차곡차곡 쌓이는 돈은 기쁨을 선사합니다. 금고에 현금이 차곡차곡 쌓여 가면 그 금고를 열어 볼 때마다 삶의 활력이 충전됩니다. 돈이 불리는 모습을 보게 되면 불필요한 지출, 가고 싶은 곳, 먹고 싶은 것이 줄어들거나 아예 없어집니다. 즉 안 먹어도 배가 부르고 안 가도 가 본 듯합니다. 그저 마음이 든든할 뿐만 아니라 울적하고 힘들 때에도 모아 놓은 돈을 생각하면 기분이 전환되고 활력이 생기지요. 돈 모으는 맛의 기쁨입니다.

그런데 많은 사람들 우선 돈을 쓰는 맛의 기쁨에 너무 깊이 빠져 있습니다. 그리고 다른 사람의 돈 쓰는 맛에 자신을 지나치게 비교합니다. 그리고 자신의 형편을 넘어서는 우를 범하고 맙니다. 돈 쓰는 맛에 빠져 버리고 결국 중독이 되어 빠져나오지를 못합니다. 특히 자제력과 인생 경험이 부족한 젊은이들에게 너무나도 많이 나타납니다. 돈을 모으는 맛은 애당초 모르기도 하고 안중에도 없습니다. 참으로 안타까운 일입니다.

삶은 각자의 몫입니다. 그러니 그 몫을 누군가 대신 살아 줄 순 없는 노릇이지요. 하물며 부모-자식 간에도 말입니다. 세상은 돈 없이는 살아갈 수 없습니다. 그리고 돈은 너무나 좋습니다. 다시 말하지만 세상의 맛 중에서 아마도 돈 쓰는 맛이 가장 으뜸일 것입니다. 그러나 돈 쓰는 맛은 달콤함 속에 독을 감추고 있습니다. 어느 순간 그 독이 맹위를 떨칠 때는 이미 늦습니다. 돈 쓰는 맛에 빠져 있는 이 시대에 많은 사람들이 큰 분별력을 가져 보시길 소망하면서, 이왕이면 돈 쓰는 맛보다 돈 모으는 맛에 빠져 보시길 고대합니다.

2020. 05. 10월 출산

세 박자, 네 박자 비유

비유를 한번 해 보겠습니다. 첫 번째는 돈이 없는데 빚이 많다. 두 번째는 돈이 없는데 빚도 없다. 세 번째는 돈은 많은데 빚도 많다. 네 번째는 돈은 많은데 빚은 없다. 네 가지를 비유해 보았습니다. 어떤 것이 가장 좋을까요? 다른 것도 비유해 보겠습니다. 첫 번째는 건강하지도 않은 사람이 운동도 안 한다. 두 번째는 건강하지 않은데 운동을 열심히 한다. 세 번째는 아픈 곳이 없고 건강한 사람인데 운동을 안 한다. 네 번째는 아픈 곳이 없고 건강한 사람인데 운동도 열심히 한다. 이 네 박자 비유는 대전중문교회 장경동 목사님이 설교 중 가끔 말씀하시는 비유입니다.

운전 중에 가끔 장경동 목사님의 설교를 듣곤 하는데 이 네 박자 비유가 웃기기도 하거니와 우리가 살아가는 세상살이에 적용하면 대부분 합당한 결론이 나올 것 같다는 생각이 듭니다. 모든 상황에는 전후 사정, 현상과 본질, 그리고 좀 더 불교적 교리로 말한다면 인과응보라고 할 수 있겠지요. 우리들의 처한 환경이나 자신의 행위가 어떤 과정과 결과로 돌아오는 이치일 것입니다.

장경동 목사님은 기독교계에 대표 목사님으로서 설교 등에 자주 네 박자 비유를 사용하시는데, 이 비유는 인간 삶의 네 가지 중요한 측면을 간결하고 명확하게 보여 줍니다. 네 가지의 각기 다른 측면을 비유해 이러한 요소들이 조화롭게 결합될 때 사람들이 보다 풍족하고 풍부한 삶을 살 수 있다는 것을 강조합니다. 각 요소는 삶의 다른 측면을 대표하며 이들 모두가 균형을 이룰 때 진정한 의미의 목적이 실현된다는 것이지요. 물론 이 비유는 기독교 신앙뿐만 아니라 일상생활의 여러 측면에 대한 균형과 조화의 중요성을 강조하는 데 사용됩니다.

현대인들은 무엇이 옳은지, 무엇이 그른지, 때론 지금 내가 하고 있는 것이 과연 타당한지 판단하는 능력이 떨어집니다. 갈수록 학력은 높아지고 수많은 정보의 홍수 속에 살아가면서 의외로 올바른 판단과 정상적인 사고에서 벗어나서 결정하거나 행동합니다. 도저히 이해가 안 되는 모습들을 보이기도 하지요. 더구나 어느 모로 보나 전혀 그렇지 않을 것 같은 사람들이 상식 밖의 행동과 결정을 하면 많은 사람들은 충격과 함께 큰 당혹감을 느끼게 됩니다. 그럴 때마다 이 네 박자 비유를 통해서 그 전후 사정과 인과관계를 맞추어 보면 나름의 중심을 잡을 수 있고 또 본질을 찾을 수 있다는 생각입니다.

몇 가지의 네 박자 비유를 통해서 우리 일상을 들여다보겠습니다. 먼저 학생 입장에서 공부와 운동을 함께 비유해 보면 첫 번째는 공부도 잘 못하고 운동도 못하는 학생, 두 번째는 공부는 못해도 운동은 잘하는 학생, 세 번째는 공부는 잘하는데 운동은 못하는 학생, 네 번째는 공부도 잘하고 운동도 잘하는 학생입니다. 어느 것이 좋은지 나쁜지를 따지는 것보다 궁극적인 것은 개인이 자신의 삶에서 보다 의미 있는 목표를 가지는 것이 가치가 있다고 볼 수 있겠지요.

또 다른 비유를 들어 보겠습니다. 첫 번째는 돈도 잘 버는데 성품도 좋은 사람, 두 번째는 돈은 잘 버는데 성품이 별로인 사람, 세 번째는 성품은 좋은데 경제적 능력이 떨어지는 사람, 네 번째는 성품도 안 좋고 경제적 능력도 떨어지는 사람. 우리의 일상에서 수많은 네 박자 비유가 만들어질 수 있습니다. 결론적으로 이 네 박자 비유의 참된 의미는 균형 있는 삶의 중요성입니다. 어느 한 가지에 치우치지 말고 왜곡되지 않는 조화로운 가치관을 정립하는 것이 중요하겠지요.

사진 촬영을 취미로 시작하면서 초기에는 출사지 정보를 알기 위해서 인터넷 등에서 전국 유명 출사지를 찾아보고 계절별, 지역별로 정리해서 자료를 만들고 몇몇 출사 정보 웹사이트에 등록해 주요 출사지 정보 등을 습득한 후 시간 나는 대로 사진을 찍으러 다녔습니다. 초보 시절에는 도대체 무엇을 담을지, 좋은 작품을 찍으려면 어떻게 해야 할지 당최 몰라서 다른 사람들이 찍어 올리는 사진을 부지런히 보고 참고하기도 하고 촬영 장소에서 만나는 사람들에게 물어보기도 하면서 배워 나갔습니다.

참으로 신기하게도 처음에는 무엇을 카메라에 담아낼지, 도대체 어느 부분을 촬영해야 되는지 모르고 답답했는데 어느 단계에 이르자 조금씩 '어느 부분을 담아내면 좋은 사진이 되겠구나.' 하는 느낌이 오면서 슬슬 보이기 시작하더군요. 그런 식으로 몇 년 지나고 나니, 말하자면 좀 실력이 늘어가면서 사물을 보는 눈도 늘어가는 것이었습니다. '아, 저기는 사진이 되겠네. 이쪽에서 이렇게 담아내면 작품이 되겠구나.' 하며 '보는 눈'이 생겨났습니다.

그런데 주요 출사지에 하도 많은 사람이 몰려들어 자리다툼도 심하고 너도 나도 똑같은 장소에서 비슷비슷한 사진을 담아낸다는 것에 회의감이 들었습니다. 그래서 사람들이 몰리지 않는 높은 산에 올라가 아침 일출을 담은 산 사진을 찍기 시작했습니다. 별다른 목적 없이 그저 사람을 피해 산에 올라 산 사진을 촬영하기 시작하면서 일반 평지 출사지에서는 느끼지 못하던 특별함과, 동일한 장소라도 기상 상황에 따라 다양한 풍경을 담아낼 수 있다는 매력에 빠져 시간 날 때마다 산에 오르고 또 올라 사진을 찍었지요. 어느 해는 1년에 100여 차례 산에 오른 적도 있었습니다.

그런데 일반 사진도 마찬가지지만 특히 산 사진에서는 세 박자의 조건, 즉 세 가지 요소가 함께해야 그야말로 사진가들이 흔히 말하는 작품을 만들어낼 수 있다는 것을 깨달았습니다. 처음에 멋모르고 사진을 찍을 때는 피사체(대상 사물)를 보는 눈(심미안이라고 함)이 어느 한계를 벗어나지 못해 주로 일반 사진, 아니면 가까이 클로즈업하는 접사 사진 등을 주로 찍었습니다. 그냥 그대로 담아내는 것이 아닌 카메라의 기능을 이용해 꽃이나 곤충을 도드라지게 표현하거나 가까이 확대 촬영하면 전혀 다른 모습이 연출되는 것을 보면서 스스로 대견해하고 기뻐하면서 다른 사람들에게 자랑을 하곤 했지요.

산 사진을 찍으러 다니던 초기에도 산의 여기저기에 피어난 야생화를 담아내고 어느 특정 장면을 촬영하면서 스스로 만족해하고 저의 사진 실력에 도취되기도 했습니다. 그러나 정말 좋은 산 사진은 나름의 세 박자 요소가 있는 것이구나 하는 것을 문득 깨닫고, 그러한 조건을 갖춘 날을 찾기 위해 기상청 홈페이지를 열심히 들락거리고 각종 기상 정보, 계절별 개화 정보 등을 알아내기 위해서 많은 공을 들였습니다.

좋은 산 사진의 그 세 박자 조건, 즉 세 가지 요소를 설명하면 첫 번째는 사진을 촬영하는 장소에서 카메라가 설치되어 있는 앞쪽에 우선 주제가 될 만한 요소가 있어야 된다는 것입니다. 즉 아름다운 외관의 소나무가 있다든지 또는 겨울철에는 상고대 등이 형성되어 있어야 합니다. 두 번째는 그런 주제가 되는 요소와 더불어 그 뒤로 산 능선 또는 산의 모습이 단풍이나 연초록 등 계절감 있게 펼쳐져 있고 그 사이로 구름이나 안개 등이 흐르거나 잠겨 있어서 몽환적이고 신비감을 주는 장면이 있어야 하지요. 세 번째는 그 능선 끝에 하늘이 시작되는 곳으로 장엄한 해가 떠오르고 그 해와 더불어 하늘에 구름이 아름답게 펼쳐지는 장면입니다. 이 세 가지 요소가 어우러질 때 비로소 산 사진가들은 멋진 작품 사진이라고 평가합니다.

이 세 가지 요소 중에서 한 가지 요소만 있을 때는 산 사진으로서의 작품적 가치가 현저히 떨어지고, 두 가지 요소만 맞아떨어져도 그럭저럭 괜찮은 사진이라고 말하기도 합니다. 어쨌든 세 가지 요소가 잘 조합된 멋진 산 사진과 네 박자 비유의 참된 의미는 결국 인생의 다양한 측면들과 연관 지을 수 있습니다. 어느 한쪽만으로 치우치지 말고 부족한 면을 채우기 위한 노력과 여러 요소들의 상호 작용이 있어야 우리가 균형 잡힌 삶을 살아갈 수 있으며, 각자 보유한 무한한 잠재력을 발현해 결국 흔들림 없는 삶을 살아갈 수 있다는 메시지를 전달하고 있는 것입니다.

2023. 10. 09. 신선대

인생에도 용량이 있는 것인데…

요즘 개인적으로 제일 부러워하는 사람들이 있습니다. 잘 걷는 사람들입니다. 뛰는 것은 고사하고 걷기만 잘해도 그저 부럽기 그지없습니다. 2023년 3월 14일 무릎 수술을 받았습니다. 오른쪽 무릎을 일부 절개해 그 안에 있는 무릎뼈를 깨끗이 닦아낸 후 구멍(천공)을 뚫고 그 구멍 사이에 제대혈 줄기세포(카티스템이라고도 함)를 주입해 연골이 서서히 생성되게 하는 줄기세포 이식수술이었습니다. 수술을 집도한 병원 원장님은 "무릎을 열고 들여다보니 MRI상으로 보이는 것보다 무릎 주변 연골이 거의 다 닳아 없어져서 실제로 훨씬 공간이 많이 비어 있는 관계로 수술도 오래 걸렸고 제대혈 줄기세포 주사액이 3병이나 들어갔다."며 "수술 후 관리가 무엇보다도 중요하다."라고 말씀하셨습니다.

수술하기 전까지 몇 년간은 정말이지 삶의 질이 형편없었습니다. 계단을 내려가는 것은 꿈도 못 꾸고 산 사진을 촬영하기 위해 산에 오르려면 무릎이 시큰거리고 아팠습니다. 그래도 올라갈 때는 그럭저럭 참을 만한데 내리막길은 한 발자국도 발을 딛지를 못해 몸을 산 정상

쪽으로 돌려 뒷걸음질을 치며 거꾸로 내려왔지요. 어느 때인가는 한밤중에 설악산 공룡능선에서 설악동까지 8시간 동안 뒷걸음으로 내려오기도 했습니다.

그랬던 무릎이 한두 해 시간이 흐를수록 점점 더 상태가 안 좋아져서 급기야 연골이 다 닳아 없어져 버렸고 무릎뼈가 서로 부딪치면서 오는 통증으로 밤잠도 설치게 되었습니다. 관절염으로 진행된 것이지요. 어쨌든 저 자신이 가진 의학 상식이라곤 무릎 연골이 다 닳아 없어져 관절염이 심해지면 고작 인공관절 수술을 받아야 한다는 정도였기에 병원에 가지 않고 그저 아픈 무릎을 붙잡고 생활했습니다.

그러던 차에 단풍 시즌을 맞아 단풍 사진 촬영을 위해 2022년 10월 하순에 대둔산을 3일 연속 올랐습니다. 무릎이 아픈 것을 참고 절뚝거리면서 오르고 내렸지요. 태고사 주차장에서 낙조대 삼거리까지 가파른 등산로 약 1.5km 정도만 오르면 나머지는 크게 오르내리는 길이 없어서 무릎이 아파도 참고 올랐지요. 3일째 되는 날 아침 일출 장면을 담고 하산하기 위해 대둔산 낙조대 삼거리에서 곧바로 태고사 방향으로 내려가려는데 거기서부터 태고사 주차장까지는 급경사를 이루어 뒷걸음으로 내려올 수밖에 없었습니다. 마침 그 삼거리에 60대 남성 두 분이 앉아서 쉬고 계시다가 뒤로 돌아 첫걸음을 뗄 때는 저를 안타깝게 쳐다보면서 말을 걸어왔습니다.

"아직 젊은 분 같은데 왜 그렇게 뒷걸음으로 내려갑니까?"

"무릎 연골이 다 닳아 없어져 관절염이 심해서 똑바로는 내려가질 못하고 할 수 없이 뒷걸음으로 하산합니다."

"아니, 그런 아픈 무릎으로 이 산에 올라왔다는 거예요?"

저는 두어 걸음 내딛던 발걸음을 멈추고 되물었습니다.

"아, 예! 왜 그러시지요?"

한 분이 말했습니다.

"우리는 대둔산 단풍도 구경하고 사진도 찍으려고 부산에서 왔는데, 거 보니 아직 젊으신 것 같은데 참 안 돼 보여서 좋은 정보 한 가지 드리려고요. 우리 두 사람도 무릎이 아파서 산에도 다니지 못하고 고생하다가 둘 다 무릎 줄기세포 수술을 받았어요. 더 이상 그리 방치하지 말고 줄기세포 수술 한 번 받아 보세요. 건강을 되찾으셔야지, 원."

그때까지만 해도 저는 의학적 상식이 부족해 인공관절 수술밖에 다른 방법이 없는 것으로 알고 있었습니다. 게다가 인공관절 수술은 70대 중후반을 넘어 무릎이 너무 아프고 휜 다리로 고생하시는 노인들이나 죽기 전에 고생을 감수하고 받는 수술 정도로만 알고 있었지요. 그런 이유로 평소 무릎이 아파도 병원에는 가지도 않고 그냥 혼자서 감내하고 있었던 것이지요. 그런데 한 사람도 아닌 두 사람이 똑같은 무릎 수술을 받은 후 이렇게 등산도 다니고 평소 활동에도 아무 지장 없이 건강을 회복했다며 병원도 소개해 주고 수술법을 알려 줄 테니 더 늦기 전에 꼭 한번 가 보라고 하는 것이었습니다.

늘 무릎이 아파서 걷는 것도 힘들고 쭈그리고 앉지도 못하며, 더구나 가끔은 통증 때문에 밤에 잠을 자기도 힘들었습니다. 인공관절 수술 말고는 다른 방법이 없는 줄 알고 자포자기하고 살았는데 한 사람도 아닌 두 사람이 무릎 수술 부위를 보여 주면서 등산을 할 정도로 무릎 상태가 좋아졌다는 말을 듣고 있자니 어떤 확신이 마음속에 가득 찼습니다.

결국 2023년 3월 서울의 한 병원에서 '줄기세포 이식 수술', 즉 '카티스템 수술'을 받았습니다. 현재 수술한 지 1년이 넘었는데 아직까지도 10분 이상 서 있기가 불편하고 10분 이상 걸으면 통증도 오거니와 수술 부위가 붓는 통에 생활에 큰 불편을 겪고 있는 중입니다. 물론 수술 후 10개월 동안 재활치료를 받았는데 그 고통 또한 만만치가 않았지요. 운전하기도 힘들거니와 조금만 움직여도 무릎이 아프고, 늘 무릎을 펴고 운동하는 등 참으로 힘든 10개월을 보냈습니다. 현재도 육체적 고통을 처절히 느끼며 살아가고 있습니다. 저는 이번 무릎 수술이 이런저런 병원 수술(시술 포함)을 받은 다섯 번째가 됩니다.

무릎 줄기세포 이식 수술을 받기 몇 개월 전이었던 2022년 11월 30일에는 왼쪽 어깨 회전근개 파열로 인해 어깨 인대 복합 수술 등을 두 시간 넘게 받았지요. 수술 후 한 일주일간은 통증 때문에 참으로 고통스러웠습니다. 밤에 하도 통증이 심해 일반 주사 진통제, 나아가 마약 진통제까지 맞아도 소용이 없어서 새벽녘에 혼자 병원 휴게실에 엎드려 신음하기를 여러 차례 하기도 했습니다.

그런데 어깨 수술을 받은 지 불과 100일도 되지 않아 또 무릎 수술을 받고 1년 넘게 불편함과 고통 속에 지내다 보니 사실 별의별 생각이 다 들었습니다. 나머지 세 번의 수술(시술 포함)은 오른쪽 어깨 수술, 왼쪽 허리 디스크 액이 터져 그 고통이 심해 경기도 안양의 신경외과에서 내시경 구멍을 뚫고 터진 허리 디스크를 떼어낸 수술, 그리고 이번에 수술한 오른쪽 무릎을 15년 전에 축구하다가 골키퍼와 부딪혀 연골이 찢어지는 바람에 긁어내는 시술이었습니다. 공교롭게도 다섯 번의 수술(시술 포함)이 모두 관절 부위였습니다.

저는 농업고등학교에 다닐 때 수업료를 면제받는 조건으로 3년 내내 학교 농장에서 근로 장학생, 즉 농장 전공생을 하면서 상당히 많은 일을 했습니다. 수백, 수천 개의 화분을 들어 나르고, 분갈이에 사용되는 수십, 수백 톤의 배양토를 삽으로 배합하고 채로 치는 작업 등 3년간 정말로 많은 일을 했지요. 또한 농과대학에 진학해서도 마찬가지로 농장 근로 장학생으로 많은 육체노동을 했습니다.

그전에 중학생 때부터 몇 년간 매일 수백 부씩 신문 배달도 했지요. 게다가 대한민국에서 훈련 양이 많기로 늘 세 손가락 안에 들어가는 군대에서 수만 킬로 행군과 신병교육대 훈련을 포함해 유력 조교 보수교육, 분대장 교육대 훈련, 군기교육대 등 각종 훈련과 교육에 지독히도 몸을 많이 써 가며 버텨 냈지요. 셀 수 없는 오리걸음, 쪼그려 뛰기, 그리고 대련, 목봉 훈련 등 아마도 몸에 관절이란 관절은 이미 그때 엄청나게 소모가 된 것 같은데 그 후 모르고 지냈던 것이지요.

군 제대 후에는 제품을 만들기 위해 삽 한 자루 들고 유기물 발효제를 수십 톤씩 혼합하고 손으로 채질을 했지요. 당시는 지게차가 없던 시절이라서 모든 물건을 흔히 말하는 '까데기', 즉 손으로 들어서 한 박스 한 박스, 한 포대 한 포대 차에 싣고 내리는 것이 다반사였습니다. 원래 천성적으로 '죽으면 썩어질 몸뚱아리 아끼면 뭐 하나?' 하는 마음으로 그야말로 물불 안 가리고 몸으로 때우며 일했습니다. 워낙 부지런하시고 자신의 몸을 아끼지 않으시던 어머니를 그대로 닮아서인지 어려서부터 무슨 일을 하든지 뒤로 빼는 것이 없이 그냥 바로바로 움직이고 일을 서둘러 빨리빨리 하는 것에 이골이 나 있던 거지요.

그리고 제 마음속 깊은 곳에는 '사람이 너무 게으르고 자신의 몸을 아끼면 그것은 죄 짓는 것이다. 사람은 늘 부지런하고 몸을 움직이고 열심히 일해야 된다.'라는 생각이 자리 잡고 있었습니다. 그러다 보니 엄살이나 부리고 자기 몸을 너무 아끼고 조금이라도 힘든 일에는 슬

그머니 눈치나 보면서 약은 척하는 사람들을 못마땅하게 생각했습니다. 워낙 일도 빨리 하고 가리지 않고 하는 성격인지라 웬만큼 힘든 일도 대개 보통 사람들의 절반 속도로 끝내 버리기가 부지기수였지요.

게다가 일주일에 두세 번 새벽 조기축구회에 나가서 공을 차고 주말에는 전국의 산을 누볐습니다. 지리산 정상까지 등반하고 백두대간 종주를 꿈꾸기도 했습니다. 제 인생에 있어서 10대부터 40대 초반까지 약 30년은 그야말로 온몸이 부수어져라 일하면서 살았습니다. 지금은 돌아가신 어머니께서 그때 저를 지켜보시면서 "애야, 너 그러다 얼마 안 가 골병들어 고생한다. 너 그렇게 몸 안 아끼고 무리하면 일 난다. 그만해라."라며 늘 걱정스럽게 말씀하시면서 안쓰러운 표정을 지으셨던 모습이 종종 기억납니다. 그때 저는 어머니께 불만스럽게 쏘아붙였지요. "아이구, 어머니! 걱정 마세요. 죽으면 썩어질 몸뚱이 아껴서 뭐 한데요?" 얼마나 불효였는지….

결국 저는 나이 육십이 되기도 전에 그야말로 훈장 아닌 훈장으로 관절 부위에 다섯 번의 수술을 받게 되었습니다. 무릎 수술 이후 제대로 걷지도 못하고 재활의 고통 속에 지내면서 참으로 많은 생각을 했습니다. '어머니께서는 아들 걱정에 얼마나 애가 끓으셨을까?' 후회와 죄스러움, 그리고 이제는 내 몸 하나 제대로 간수하지 못하는 서글픔, 게다가 어찌 보면 누구에게도 뭐라 하소연하지 못하고 결국 제 자신이 제 몸을 이리 만들어 버렸다는 안타까움 등이 가슴을 저리게 합니다.

그 시절에는 여건이 어쩔 수 없었다고 하더라도 내 몸을 내가 좀 더 사랑하고 어머니 말씀대로 아껴야 했지요. 참으로 어리석었던 게지요. 부지런하게, 성실하게 살아왔다고 자기합리화하고 위로받기에 앞서 너무 무지하고 때론 무모했다는 생각이 듭니다. 결국 젊음이 영원하지 않다는 것을 인식하지 못하고 어찌 보면 나이 들어서까지 건강하게 지켜야 할 관절을 너무 빨리 소진시켜 나이 들어 이런 아픔의 대가를 치르고 있습니다.

지금의 저는 한정된 육체의 용량을 젊은 시절에 너무 많이 소진시켜서 결국 정해진 기한을 다 채우지 못하고 육체적 고통을 처절히 겪고 있는 셈입니다. 한편으로는 그 시절 어쩔 수 없이 그렇게 열심히 살 수밖에 없었고, 또한 그런 뼈를 깎는 나름의 노력으로 인해 여기저기 몸은 망가졌으나 가정의 경제적 자유를 갖게 되었고 나름 사회적 책임도 지며 살고 있는 게 다행스럽습니다. 그렇다 하더라도 결국 '내 몸 아프면 아무도 알아주는 사람 없다.'는 말처럼 '아프면 내 자신만 손해'라는 생각이 듭니다.

우리 몸은 내가 사용한 대로 결국 대가를 치른다는 것이 요즈음의 깨달음입니다. 육체뿐만 아니라 정신도 마찬가지입니다. 사람 자체가 그런 것입니다. 누구에게나 똑같이 주어진 인생의 시간들. 그것은 결국 언젠가는 한 줌의 재로 다 소진되고 사라질 것인데, 사람들은 마치 젊음이 영원할 것처럼, 지금의 건강과 활력이 늘 이어질 것처럼 착각

하며 살고 있지요. 하지만 세월이 지나 보면 '그게 아니다.'라는 것을
절절히 느끼게 되지요.

  돌아가신 지 벌써 여덟 해가 되는 어머니이시지만 지금 바로 제 옆
에서 말씀하시는 듯 눈에 선합니다.

  "애야, 너 그러다 나이 들어 골병들면 너만 고생한다. 몸 좀 아껴라,
제발!"

민주주의

"대한민국은 민주공화국이다."

헌법 제1조 제1항의 내용입니다. 다시 말해서 우리들은 누구나 다 알고 있다시피 민주주의 나라에 살고 있습니다. 그래서 우리는 어렸을 때부터 그런 민주주의 절차에 의해서 많은 대표자, 리더를 뽑았습니다. 민주주의의 꽃은 투표라고 합니다. 투표라는 것은 결국은 다수결입니다. 투표는 1주권의 한 표를 행사하는 것을 말하며, 개인들이 각자 가지고 있는 동일한 권리로 자신의 의무를 행하는 것입니다. 다시 말하면 1인 1표, 즉 각 개인의 투표를 통해 표를 가장 많이 차지한 자를 대표자로 뽑는 것입니다. 각 개인의 1주권을 가장 많이 확보한 사람이 유권자로부터 대표성을 인정받고 권한을 위임받는 것이 민주주의입니다.

우리는 민주주의가 대한민국 정체성의 근간이기에 이를 아끼고 수호하며 그 가장 이상적인 실현이 가능하도록 늘 노력해야 하는 것입니다. 그러나 한편으로 인류 역사상 모든 이념과 제도는 그 시대의 소산이며 민주주의 역시 긴 역사 속에서 잉태된 인류의 한 가지 산물입니다. 그런데 인간이 만든 수많은 이념과 제도 중 인간의 모든 것을 완벽하게 대신해 주고 실현해 줄 수 있는 것은 아마도 없을 것입니다. 왜냐하면 결국 어떠한 이념과 제도도 100% 완벽함을 가질 수가 없기 때문입니다. 이는 과거 인류의 수많은 이념과 제도들이 증명해 주고 있습니다. 민주주의 역시 완벽하지 않습니다. 그렇다고 제가 민주주의를 부정하거나 민주공화국 대한민국의 민주주의를 문제시하는 것은 절대 아닙니다.

대한민국의 자랑스러운 국민의 한 사람으로서, 그리고 대한민국에 깊이 뿌리 내리고 있는 이 민주주의 제도에 대해서 그 누구보다 더 신뢰하고 있고, 또한 훌륭한 제도로 인식하고 있습니다. 그러나 분명히 우리가 민주주의에 대해서 바로 인식해야 할 것이 있습니다. 그런 바로 이 민주주의라는 것도 완벽하지 않다는 점입니다.

민주주의 제도, 다시 말해서 똑같은 주권을 가지고 1인 1표를 행사하고, 그 결과 다수의 표를 얻은 자가 권한을 위임받는다는 이른바 다수결의 원리에 대해서 대다수 사람들은 굉장히 훌륭하고 완벽하며 그것이 모든 것을 해결해 주는 제도로 인식하고 있습니다. 우리나라의 대통령을 뽑는 선거에서도 그렇고, 또 지역 주민을 대표하는 국회의원, 나아가서는 동네를 대표하는 기초의원을 뽑을 때도 물론 다수결의 원리가 적용됩니다.

이처럼 모든 사람들이 각자 똑같은 주권을 행사하는 민주주의의 투표 행위는 어찌 보면 인간의 존엄성, 또 인간의 권리를 가장 잘 인정해 주는 합리적인 제도 같지만 한편으로 '제한된 모순'도 가지고 있습니다. 제한된 모순은 모든 사람들이 각자 지식, 사고방식, 능력이 다 다른데, 그것을 그저 똑같은 권리로 묶어서 그 권리를 실행하게 하는 데 따르는 문제점입니다. 다시 말해서 돈이 많은 사람과 돈이 적은 사람은 분명히 차이가 있고, 또 지식적인 깊이가 있는 사람과 없는 사람도 차이가 있을 수 있습니다. 또한 자신의 노력에 의해 삶의 깊이, 철학적·정치적 의견이 분명히 서로 다를 수 있는데도 민주주의 제도는 그런 것을 결국 다 무시해 버리고 1인 1주권으로 모두 동일시해 버리는 제도적 모순이 분명히 있다는 것입니다.

그런데 바로 이러한 모순 때문에 선거에서 더 많은 표를 얻기 위해서 서로 간에 상대방을 비방하거나 또는 상대방이 가지고 있는 것들을 깎아내립니다. 뿐만 아니라 모르는 사람들을 더욱더 아둔하게 만들어서 자신에게 표를 가져오기 위한 공정하지 못한 전략이 선거판에서 횡행하고, 그런 것들은 세월이 지나도 나아지질 않습니다.

두 번째로 이러한 1주권의 선거권 행사는 결국 승자 독식의 잔인한 구조를 정당화시켜 줍니다. 예를 들어 1만 명이 투표를 했는데 어떤 후보가 상대 후보에 비해 불과 한 표를 더 얻어서 당선됐다고 합시다. 그러면 당선자는 그 한 표에 대한 권리만 가져오는 것이 아니라 상대방이 얻은 모든 표의 권리까지도 가져와 버리는 승자에 의한 모든 표의 독식이 가능하고, 낙선한 후보를 선택한 유권자들의 권리는 아무런 의미 없이 사라진다는 모순이 분명 존재합니다. 그래서 다수결의 원리는 선거에서 무조건 한 표라도 더 얻어서 이기기만 하면 된다는 생각을 후보자 모두에게 부추기며, 또한 낙선한 후보를 선택한 유권자들의 의사는 무시해도 된다는 모순이 발생하고, 또한 승자의 입장만이 모두 옳다는 그릇된 정당화의 빌미를 제공하는 것입니다.

우리는 이러한 모순들을 분명히 인지해야 합니다. 그러한 모순들이 우리 사회 곳곳에 스며들어 있다는 것을 알아야 합니다. 예를 들어 소규모 모임이나 조직에서 의견 충돌이 있을 때도 소수의 의견을 존중하고 진지하게 재검토하는 대신 다수결에 의해 결정된 사항만이 완벽한 것이라고 생각하고 절대성을 부여해 버립니다. 소수의 의견은 다 무시되고 덮입니다.

우리 사회는 다수결에 의한 결정들이 굉장히 합리적이고 올바른 것이라고 인식하는 분위기 속에서 그 모순에 대해서는 제대로 분석하지 않는 채로 하루하루를 살아가고 있습니다. 그러나 그러한 분위기가 사회 곳곳에 물들어 있다 보니 마치 민주주의라는 것은 건드리지 못하는 성역 같은 개념으로 포장되기도 합니다. 그런 이유 때문인지는 몰라도 '민주화의 성지' 또는 '민주 성역'이라는 단어를 거부감 없이 사용하고 있지요.

우리는 어떠한 것에 대해서 '민주', '민주주의', '민주화'라는 말을 듣게 되면 아무도 건드릴 수 없는 성역처럼 인식하는 경우가 많습니다. 과거 개인의 인권과 권리를 상당히 침해했던 독재 권력에 대응해 얻어진 귀한 산물로서의 '민주주의'를 자랑스러워하는 것은 틀림없는 사실입니다. 그리고 우리는 분명히 귀중한 민주주의를 쟁취했고 민주주의의 숭고함을 고이 간직하며 살고 있습니다.

그렇지만 민주주의가 권력화되고 그러한 권력을 등에 업은 수많은 세력들이 그 권력을 또 다른 권력으로 악용하고 자신들의 영리를 위해서 오용하고 있는 것 또한 현재 대한민국의 현실입니다. 우리는 우리의 민주주의를 왜곡되고 모순된 모습으로 가져가서는 안 될 것이며, 민주주의 자체가 태생적으로 지닐 수밖에 없는 부족하고 모순된 부분들을 더욱 바람직한 방향으로, 그리고 사회의 모든 것을 아우르는 모습으로 발전시켜 나가야 할 중대한 사명을 갖고 있습니다.

하지만 우리가 우리 스스로의 권리를 행사해 뽑은 대한민국의 정치인 또는 리더들 중에는 민주주의의 이름으로 많은 국민을 죽이려 하고 그들의 위임받은 권력을 악용하는 자들이 너무나 많습니다. 그들은 지극히 민주적으로 결정된 사항들까지도 뒤집어 흔들어 버리고 근간을 무너뜨리며 사회 혼란을 부추깁니다. 그리고 그들은 그들의 권력을 지키기 위해서 겉으로는 민주주의를 내세우고 민주주의의 숭고함을 내세우면서 이면에서는 과거 군사 정권보다도 더 독한 이기주의와 편협한 정치로 대한민국의 미래를 위태롭게 하고 있습니다. 우리가 생각하는 민주주의는 그런 것이 아닙니다.

우리가 생각하는 민주주의는 무조건적으로 다수결에 의한, 그리고 무조건적인 권리를 가져가는 것이 아닙니다. 현 민주주의 체제하에서뿐만 아니라 사회적 통념·관습상으로 볼 때에도 개인의 권리를 진정으로 존중하고 소수의 의견도 포용할 줄 아는, 도덕적·윤리적·정치적으로 성숙한 진정한 민주주의를 원하는 것입니다.

골프를 취미 생활로 본다는 것이…

    제가 뭔가 반복해서 하는 일이나 취미 생활 등에서 중요하게 여기는 것은 그러한 것들을 통해서 결과적으로 어떤 결과물을 성취할 수 있는가 입니다. 즉 어떤 일을 할 때나 취미 생활에서나 성과가 나오지 않는 것이라면 시간 낭비, 돈 낭비라는 생각이 듭니다.

    저는 골프를 예로 들고자 합니다. 골프에 대한 이야기를 하기 전에 사전에 양해를 구하고자 합니다. 저는 골프에 대해 잘 알지 못합니다. 골프에 대한 내공이 그리 깊지도 않거니와 충분한 시간과 노력을 들이지도 않았습니다. 그러니 제 이야기가 골프에 대해 잘 알지도 못하면서 지껄이는 소리가 될 수도 있습니다. '선무당이 사람 잡는다.'는 속담처럼 골프에 대해 속속들이 알지도 못하면서 마치 전문가인 척하는 내용도 분명 있을 것입니다. 골프를 취미로 하는 일반 사람들 또는 골프 업계에 종사하시는 많은 분들이 이 글을 본다면 다소 언짢은 생각이 드실 수도 있을 것입니다. 하지만 제가 20여 년간 골프와 함께해 오면서 느끼고 생각했던 것들을 주관적인 입장에서 서술하고자 하니 너른 마음으로 이해를 바랍니다.

많은 취미 활동이 있지만 아마도 골프는 투자 대비 남는 것이 가장 의문스러운 취미인 것 같습니다. 다시 말하자면 모든 취미 활동은 시간과 돈을 투자해야 합니다. 예를 들어 테니스를 취미로 하려면 나름 레슨을 받고 테니스 코트를 이용하면서 시간을 들이고 돈도 지불하고 노력을 해야 합니다. 축구, 배드민턴, 탁구, 배구, 수영 등도 대개 비슷하지요. 이러한 스포츠 취미 활동이 주는 가장 큰 혜택은 아마도 건강일 것입니다.

딱히 기준은 없지만 많은 스포츠 취미 활동 중에서 골프는 돈이 많이 들어가는 종목입니다. 골프를 치기 위해서는 우선 배워야 합니다. 다른 스포츠들도 비슷하지만 골프는 특히 심하지요. 기본자세부터 볼을 치는 것까지 '레슨'을 받아야 합니다. 골프를 치는 대부분의 사람들이 그 형태야 다소 다르겠지만 레슨 과정을 거쳐야 합니다. 골프채, 골프 선반, 골프 장갑, 모자, 의류 등을 구입하는 비용도 만만치 않지요. 물론 중고 또는 지인으로부터 싸게 혹은 거저 얻을 수도 있지만 대부분의 사람들은 꽤 많은 돈을 주고 구입합니다. 그리고 틈틈이 볼을 치는 연습을 합니다. 그 연습은 거의 실내·실외 연습장에 등록해서 하게 됩니다. 이 또한 시간과 돈이 만만치가 않습니다.

그러고 나면 이제 필드로 향합니다. 예전에도 골프장 비용이 결코 만만치 않은 상황이었는데 코로나19 이후 대한민국 골프장 비용은 미처 날뛰었습니다. 4인 한 팀이 웬만한 골프장을 이용하려면 이런저런 비용이 100만 원을 넘게 됩니다. 결코 적지 않은 돈이지요. 게다가 골프 한 번 치러 나가려면 가까이는 20~30분, 멀리는 한두 시간 차량으로 이동해야 합니다. 때때로 해외로 골프 여행도 다녀오기도 합니다.

이게 전부가 아닙니다. 그렇지 않아도 시간과 돈을 잔뜩 들여서 골프에 빠져 지내는데 한 1~2년쯤 지나면 욕심이 나기 시작하지요. '왜 이것밖에 못하지?', '조금만 더 멀리 나가면 좋겠는데 무슨 방법이 없을까?', '이번에는 제대로 쳐 봐야 할 텐데.' 골프에 더 깊이 집착하게 됩니다. "어느 드라이버가 진짜 잘 나간다.", "이 아이언은 정확도가 끝내준다." 주변 지인들의 한두 마디에 귀가 솔깃해지고 장비를 새로 바꿉니다. 골프웨어 역시 말할 것도 없지요. 대한민국 골프장은 마치 여성 골퍼들의 패션쇼장처럼 변한 지 오래되었습니다.

2023년 1월 30일자 《매일경제》 기사를 잠시 참고하겠습니다.

세계 골프의류 절반, 한국이 입었다

"아니 도대체 어떤 데이터를 썼길래 저렇게 터무니없는 결과가 나왔나."
지난 25일(한국시간) 세계 최대 골프종합전시회인 'PGA쇼'가 열린 미국 플로리다주 올랜도의 오렌지카운티 컨벤션센터에 위치한 미디어센터 312호 발표장. 2022년 세계 골프시장 분석 자료가 발표되자 이곳을 가득 채운 미국, 일본, 유럽 등 각국 기자들은 도대체 이해할 수 없다는 목소리로 연구원들을 향해 질문을 쏟아냈다.

문제의 자료는 바로 지난해 세계 골프의류 시장에서 한국의 점유율이다. 무려 45%. 세계 골프의류 시장의 절반 가까이가 한국에서 소비됐다는 결과에 일부는 놀라움을, 또 일부는 자료가 잘못된 것 아니냐며 목소리를 높였다.

이날 미국에 기반을 둔 골프 데이터테크와 일본의 야노리서치 연구소는 2019년 이후 3년 만에 '세계 골프시장 분석 자료'를 발표했다. 정식 자료는 오는 3월 1일 발표될 예정이지만 PGA쇼를 통해 연구 자료의 핵심 데이터를 먼저 공개했다. 이들은 세계 1·2위 골프산업 분석 연구회사로 2015년 이후 2년마다 세계 골프 시장을 분석한 보고서를 발표하고 있다.

톰 스타인 골프 데이터테크 연구원은 "세계 주요 국가들의 골프볼, 클럽, 기타 장비 등 '용품'과 의류 시장이 코로나19 팬데믹 기간 얼마나 성장했는지 알 수 있었다."고 설명한 뒤 "골프용품 시장은 팬데믹 기간에 무려 30% 성장했다. 아쉽게도 2022년 시장은 2021년에 비해 5%가량 성장세가 꺾였다."고 설명했다. 이어 미쓰이시 시게키 야노리서치 연구소 수석연구원은 "여러 가지 요인이 섞여 복잡한 결과가 나왔다. 미국의 달러 강세로 인해 미국 밖에서 판매가 하락했고 팬데믹으로 인해 공급망에 제약을 받았으며 판매할 물량이 부족한 사태를 겪었다."고 현재 상황을 분석했다.

일단 세계 골프용품 시장은 팬데믹 이전인 2019년에 비해 무려 30%나 성장했다. 2019년 세계 골프용품 시장 규모는 85억 3,800만 달러(약 10조 5,000억 원)였지만 2021년 114억 9,300만 달러로 급등한 뒤 2022년에는 110억 8,200만 달러로 소폭 하락했다.

무엇보다 한국의 성장세가 눈에 띈다. 팬데믹 이후 한국 골프 시장은 유례없는 호황을 맞았다. 그리고 이번 연구 결과를 통해 증명됐다.

한국은 세계 3위 시장으로 자리를 굳혔다. 2019년 한국의 골프용품 시장 점유율은 6.9%로 영국(4.9%)과 크게 차이가 나지 않았다. 하지만 2022년 한국은 10.2%로 점유율을 끌어올리며 4.5%로 하락한 영국과 격차를 두 배 이상으로 벌렸다.

역시 골프용품 시장 점유율 1위는 미국이다. 2019년 43.5%를 차지한 미국 또한 호황기를 맞으며 2022년 세계 골프용품 시장 점유율이 48.1%로 급등했다. 반면 일본은 2위 자리를 지켰지만 2019년 23.6%에서 2022년 18.4%로 점유율이 하락했다.

가장 큰 놀라움을 안겨준 분석 결과는 '골프의류 시장 점유율'이다. 세계 골프의류 시장 규모는 2019년 63억 7,700만 달러에서 2022년 88억 7,900만 달러로 급성장했다. 앞서 골프의류 시장은 2018년 63억 4,500만 달러, 2020년 62억 1,100만 달러 등 정체기를 맞았다. 하지만 2021년 89억 5,800만 달러로 무려 43%나 급등하며 세계 골프가 호황을 맞았음을 한눈에 보여줬다. 모두를 놀라게 한 것처럼 세계 1위 골프의류 시장은 한국이다. 2019년에도 한국은 39%의 점유율을 보이며 1위를 달렸지만 2022년에는 무려 45%로 지배력을 확장했다.

2022년 골프용품 시장에서 절반가량을 차지한 미국의 골프의류 시장 점유율은 26.6%에 불과했다. 일본은 골프의류 시장에서 2019년 19.2%, 2022년 13.5%로 3위를 지키긴 했지만 기세가 밀렸다. 4위 캐나다가 1.9%에 불과할 정도로 한국과 미국, 일본의 시장 점유율은 압도적이다.

하지만 이번 보고서에서 주목할 점은 2022년 하락세다. 스타인 연구원은 "세계 골프 관련 시장 규모는 팬데믹 이후 50억 달러 이상 증가했다. 하지만 2022년 4분기부터 성장세가 꺾이며 하락세를 맞았고 2021년에 비해 4% 감소했다."고 말한 뒤 "세계적인 골프 성장세는 순간일 수 있다. 인플레이션과 전쟁, 그리고 에너지 비용 증가 등으로 코로나 이전으로 시장 규모가 축소될 수 있다."고 덧붙였다.

이 기사를 보고 반가워해야 할까요? 놀라야 할까요? 아니면 그런가 보다 해야 하는 건가요? 미국이나 일본 대비 인구 비율이 많이 차이가 나는 우리나라에서 단순히 골프라는 취미 활동에서 입는 전문 의류 소비가 세계 시장 절반이라니 그저 놀랍기만 합니다. 지극히 비생산적이고 소비적인 항목에서, 어찌 보면 놀고 즐기는 레저 스포츠 분야에서 우리는 지나치다 못해 무섭게 소비하고 있는 것입니다. 너나나나 이름 있는 골프웨어를 입고 나서고 자신의 기준이 아니라 타인의 시선과 남들에게 보이기식의 골프 취미 활동은 이미 단순한 취미 생활을 넘어섰으며, 수많은 골프인들이 자신의 형편을 넘어 과소비에 멍들어 가고 있는 상황입니다.

더구나 상당한 비용뿐만 아니라 많은 시간과 정력을 소비하고 나서 골프를 통해 무엇을 얻을 수 있는가 질문을 던져 봅니다. 물론 취미 활동이 꼭 무엇을 얻는 데 그 목적이 있는 것이 아니고, 또 굳이 목적을 가지고 할 필요는 없을 것입니다. 그러나 이왕지사 시간과 돈, 그리고 정신적·육체적 노력을 들여 무엇인가를 하면서 추후에 뚜렷이 얻어지는 것이 없다는 것은 정말이지 한번 다시 생각해 볼 필요가 있습니다. 이 부분에 대해 물론 "난 그런 것 필요 없다. 그저 골프를 하는 그 순간이 좋고 기분이 좋다."고 하시는 분들도 많이 있겠지요. 충분히 공감하는 바입니다.

그러나 살다 보니 인생은 그저 기분대로, 그리고 나 좋은 대로 살지 못한다는 것이 진리이더군요. 굳이 돈으로 따질 일이 아니더라도 골프라는 취미 활동은 흔히 말하는 가성비가 매우 떨어집니다. 다시 말해 투자 시간 대비, 노력 대비, 비용 대비 남는 것이 거의 없습니다. 차라리 낚시를 하면 고기라도 잡을 수 있고, 등산을 하면 심폐 기능, 하체 근력 등 체력이 좋아지게 되지요. 축구를 계속하면 당연히 몸이 건강해집니다. 헬스클럽에 열심히 다니면서 운동을 하면 몸이 좋아집니다. 대부분의 스포츠 취미 활동은 즐기는 순간의 느낌뿐만 아니라 그것을 꾸준히 반복하면 건강해지는 효과를 충분히 볼 수 있습니다.

다른 취미 활동도 마찬가지지요. TV 프로 중 〈세상에 이런 일이〉를 보면 가끔 깜짝 놀랄 만한 분들이 출연합니다. 취미로 오랜 세월 동안 주전자를 수집해서 수천 개를 가지고 계신 분, 나무젓가락으로 수십 척의 모형 선박 작품을 만드신 분, 마음 수양, 체력 단련 목적으로 수십 년째 수백 개의 돌탑을 쌓아서 그곳을 유명하게 만드신 분 등 대부분 본인이 시간과 공을 들여 취미의 결과물을 만드신 분들입니다.

그런 취미 활동에 견주어 볼 때도 골프는 몇 년, 몇십 년 투자해도 남은 것은 낡은 골프채, 수천만, 수억 원에 달하는 비용 지출 외에 특별히 남는 것이 없습니다. 어떤 분들은 그런 말을 하지요. 운동이 된다고. 물론 사람에 따라서는 골프가 운동이 되기도 합니다. 연습장에서 한두 시간 채를 휘두르며 연습을 하면 땀이 나고 숨이 찹니다. 그러나 이것은 계속 똑같은 형태, 똑같은 자세로 그저 반복하는 연습일 뿐 솔직히 운동 효과는 별거 없다는 것을 골퍼 본인들도 너무나 잘 알고 있습니다.

또한 필드에 나가면 많이 걸으니 운동 효과가 크다고 합니다. 대개 18홀 라운딩을 할 때 일반적으로 2만~3만 보를 걷게 됩니다. 그러나 이것은 거의 대부분 T박스 주변이나 그린 주변에서 소소하게 걷는 것일 뿐, 우리나라 거의 대부분의 골프장은 라운딩 이동 속도를 높여 한 팀이라도 내장객을 더 받아 수익을 더 올릴 욕심으로 홀과 홀 이동 간에 대부분 카트를 타고 다닙니다. 그렇기 때문에 골프장에 푸른 잔디를 맘껏 밟고 걸으면서 소위 '걷기 운동'의 효과를 누린다는 것은 그야말로 어불성설이지요. 물론 평소 거의 걷지 않는 사람들, 움직임이 거의 없는 사람들에게는 이것이 운동이 될 수도 있겠지요. 그러나 활동성이 많은 일반인들에게는 흔히 말하는 '골프가 운동이 된다.'는 말은 억지 명분용, 갖다 붙이기가 아닌가 싶습니다.

본디 취미 생활이라는 것이 다양하거니와 사람마다 각자의 생각과 능력으로 하는 것이라서 동일한 기준을 적용하기에는 무리가 있을 것입니다. 그리고 그러한 잣대는 자기중심적 사고의 발로라고 할 수 있을 것입니다. 그래서 골프라는 것을 저 자신의 기준으로 생각하고 글을 쓰는 것이 다소 무리라는 것을 저 자신도 인지하고 있습니다. 그러나 우리 사회의 지나친 골프 소비와 골프 문화가 과연 바람직한 것인지 생각을 해 봅니다. 골프를 산업적인 측면에서 보면 거기에 종사하시는 분들의 일자리 창출, 관련 산업의 활성화 등 크나큰 이점도 많이 존재합니다.

그러나 골프는 분명 소비문화인 것은 분명합니다. 생산적이고 미래 지향적인 산업이 주도적이면서 그를 중심으로 적절히 조화된 소비 산업이 구조적으로 잘 형성되어 있을 때보다 견고하고 건실하게 미래 지향적으로 나아갈 수 있으며 세계적 강국이 될 수 있을 것입니다. 그 기준이 다소 애매하긴 하지만 지금 우리나라에서는 골프, 해외여행, 맛집 탐방 등 소비 조장 문화, 그리고 굳이 나이를 따지기는 그렇지만 20~30대 젊은 세대와 많은 여성들의 일본 여행 열풍 등 과소비 행태가 너무나 당연시되어 있고 그것이 자랑과 부러움의 대상이 되어 '나라고 골프 못 치고 해외여행 못 가는가?' 하는 심리가 팽배해 있습니다.

'누구는 일만 하고 누구는 놀고 마시기만 하는가?', '사람이 일만 하라는 법 있나?', '내 돈 갖고 내가 좋은 옷 입고 좋은 데 다니고 골프 치는데 뭔 상관이요?'라고 말하는 사람들도 있을 것입니다. 하지만 한 나라, 한 시대의 문화라는 것이 존재합니다. 보다 도덕적이고 건전하며 건실한, 즉 한국 사회가 성실하고 올바르고, 나아가 바른 마음과 양심을 가지며, 검소하고 상대방을 존중하는, 그야말로 교과서적인 도리가 사회 전반에 흐르고 넘쳐나야 한다는 말이지요.

돈 없는 사람, 힘든 일 하는 사람, 값비싼 것을 갖지 못한 사람들을 경멸·천시하거나, 심지어 저주하는 사회는 그야말로 자멸입니다. 왜 그럴까요? 인간은 결국 자기 혼자 사는 것이 아니라 더불어 살기 때문입니다. 남을 향한 경멸과 천시, 저주는 곧 나한테 되돌아와서 내 것이 됩니다. 취미 생활, 이왕이면 뭔가 얻을 수 있는 것이라면 좋겠습니다. 지나친 소비와 지나친 낭비가 있다면 그것은 취미가 아닌 독(毒)일 뿐이라는 생각입니다.

가짜 민주주의자들이
일으키는 사회적 갈등

　우리 사회는 유난히 갈등이 심한 것 같습니다. 정치적으로나 사회적으로 조금만 뜻이 다르거나 본인들과 의견이 맞지 않으면 서로 충돌하고 갈등을 빚습니다. 30년 넘게 부부 모임을 함께해 오던 8명이 언제부터인가 서로 뜻이 맞지 않고 갈등이 생기더니 결국 최근에 모임이 흐지부지되어 버렸습니다. 생각해보니 참으로 안타깝기 그지없습니다. 누구의 잘잘못을 따지기 전에 그래도 긴 세월을 가끔씩 만나서 뜻을 함께하고 우정을 키워 왔는데, 나이 들어서 서로 생각의 간극을 좁히지 못한 채 결국 상처만 간직한 채 멀어지고 말았지요.

　우리 사회에는 최근 들어 이런 다양한 갈등들이 사회 전체적으로 상당히 뿌리 깊게 자리 잡아 가고 있다는 생각이 듭니다. 어찌 보면 최근 몇 년 사이에 유난히 갈등이 심한 사회가 되어가고 있습니다. 가장 가까워야 할 가족 간에, 더구나 부모 형제간에 '손절'이라는 말이 스스럼없이 흘러나오고 있습니다. 무슨 철천지원수도 아니고 천륜으로 맺어진 부모-자식 간에도 다시는 부모를 보지 않겠다는 자식들의 이야기가 종종 귀에 들려옵니다. 가족 간뿐만 아니라 친구 간 또는 자신이 속한 조직 등에서 많은 갈등으로 인해 대립하고 싸우고 상처받으며 살아갑니다.

그중에서 가장 심한 경우는 우리나라 정치 세력들의 갈등, 싸움입니다. 하다 하다 이제는 국가의 미래와 번영은 고사하고 자신의 정치적 이념으로 온 국민들까지 처참하게 갈등의 마당으로 내모는 무리들이 활개를 치고 있지요. 또한 거기에 매몰되어서 그 뜻이 다르거나 다소간에 방향을 달리하면 온갖 욕설과 저주를 퍼붓는 세력들이 대한민국 구석구석에 너무나 많습니다. 결국 사회는 혼란스럽고 자라나는 아이들의 정체성은 점점 기울어져 가고 있습니다.

사회가, 나라가 편견과 집단적 이기주의로 인해 점점 기울어져갑니다. 수십 년간 피땀 흘려 이루어 놓은 위대한 대한민국이 파도에 쓸려가는 모래성처럼 허무하게 무너져 갑니다. 나와 생각이 다른 상대방을 비방하는 온갖 추잡한 선전 현수막이 번화한 사거리를 도배하는 것도 모자라 아파트 입구, 심지어 아이들 학교 주변에까지 걸려 있습니다. 화가 나서 아파트 입구에 걸려 있는 현수막을 보고 당장 떼라고 항의 전화를 했더니 법에 저촉되지 않은 거라 문제없다며 오히려 당당하더군요. 어쩌다 이 지경이 되었는지.

대한민국은 위대합니다. 무일푼에서 전후 70년 만에 민주화, 산업화, 그리고 선진화를 모두 이루었습니다. 이젠 G8(선진 8개국)의 진입을 노린다는 말도 나옵니다. 기적 같은 일이지요. 이것은 일부 위대하고 혁신적인 지도자들과 평범한 국민들의 피와 땀의 결과입니다. 그리고 어찌 되었든 남북 간의 대치 국면에서 한미동맹이 튼튼한 안보 버팀목이 되어 주었습니다. 자유민주주의와 시장경제 체제가 대한민국을 부국강병으로 이끌었습니다. 이것이 바로 우리나라 대한민국의 국가 방정식입니다. 그리고 미래 세대가 또 가야 할 길이기도 하고요.

하지만 이러한 우리의 성취와 대한민국의 발전을 저해하는 반국가 세력이 지금 우리 주변에 너무나 많이 존재합니다. 그들은 이제는 집단적인 세력화를 이루고 사회 갈등을 유발시키고 혼란을 야기시킵니다. 그들은 우선 하향 평준화 논리를 펼칩니다. 다수의 서민층이 가진 자를 혐오하게 만듭니다. 경제 성장과 기업의 활력을 높이기 위해 추진하는 다양한 경제 정책을 '부자 감세', '재벌 특혜' 등의 프레임을 씌워 대중을 현혹시키고 혐오정치, 선동정치를 일삼기도 합니다. 일찍이 사회주의자 레닌은 "노력으로 계층 상층이 불가능한 사회를 만들라."고 주장했습니다. 중산층을 과도한 세금으로 으깨고 서민들이 부자들, 기업가를 혐오하고 증오하게 만드는 우리 사회의 일부 세력들은 레닌 추종자들입니다.

국가 활력과 기업 경쟁력 제고를 서두르고 추진해야 할 이 시점에 상속세 개편, 법인세 인하 등 세제 개편을 부자 감세, 기업 특혜라고 선동하고 편을 가르고 갈등을 유발시킵니다. 성장의 파이를 키우는 대신 현저한 나눠 먹기에 집중하고 수많은 포퓰리즘 정책으로 인해 우리나라 국가 부채가 천정부지로 치솟고 말았지요. 사회 혼란과 갈등을 유발시켜서 기회의 평등, 노력의 평등이 아니라 결과의 평등을 지향합니다. 다 함께 평등하게 못사는 하향 평준화 사회를 추구합니다.

우리 사회의 갈등을 조장하고 퍼트리는 혹세무민 괴담 세력은 사회악입니다. 그들은 허무맹랑한 괴담을 퍼뜨리고도 죄의식이 없습니다. 과학과 팩트, 그리고 대한민국의 국익은 애초에 관심 밖입니다. 재정을 너무나 방만하게 운영해 미래 세대에게 부담을 주면서도 자화자찬합니다. 후안무치의 국민 기만 세력이 대한민국 전체를 뒤흔들고 있습니다.

더구나 안타까운 것은 그들의 참모습을 분별하지 못하고 그들의 선동 짓에 놀아나고 앞장서는 추종자들, 더 나아가 절대 맹종자들이 넘쳐난다는 사실입니다. 가족이나 친구들이 그들에게 조금이라도 본질과 진실을 말하거나 조언하면 그들은 무섭게 돌변해 그 누구라도 증오와 타도의 대상으로 삼아 공격적인 반응을 보입니다. 과격 이슬람주의자들보다 무서운 행동을 합니다. 사이비에 빠지는 것이 얼마나 무서운지를 직접 눈으로 보고 가슴으로 느끼게 되지요.

지난 70년 동안 위대한 대한민국을 쌓아 올린 국민들이 허무맹랑한 세력들에 의해서 넘어지기 직전입니다. 그저 아슬아슬하게 버티고 있는 상황입니다. 겉으로는 민주주의, 민주화, 그리고 자유민주주의를 표방하는 상당수의 거짓 민주주의자들이 사회주의 사상에 물들어 대한민국의 자유민주주의, 국가 이념, 정체성마저도 부정하며 뒤흔들어 버리는 위험한 상황이 감지되고 있습니다. 그릇된 이념의 그릇 안에서 헤어 나오질 못하면서 나와 다른 상대를 그저 배척하는 풍토가 만연하고 있습니다.

분명 누가 보더라도, 사회의 지극한 상식의 잣대로 보더라도 충분하고 공정한 대우를 받아야 할 수많은 사람과 집단들을 향해 이들은 탐욕적인 타협안을 들이밀고 그것이 관철되지 않을 경우에는 갈등을 일으키고 투쟁의 대상으로 삼는 등 극단으로 치닫습니다. 욕심을 넘어서 도저히 이해되지 않는 탐욕으로 수많은 갈등을 유발시키고 혼란과 분열을 조장합니다. 수많은 노조들이 회사를 투쟁의 대상으로 삼아 머리에 붉은 띠를 두르거나 자극적인 단어가 적힌 옷을 걸치고 죽기 살기로 대듭니다.

1970~80년대를 넘어 1990년대까지 노동자의 희생과 혼신 노력 덕분에 대한민국의 수많은 기업들이 국제적 경쟁력을 확보하고, 나아가 세계적 기업으로 성장한 것은 틀림없습니다. 그 당시 뛰어난 혜안과 리더십으로 기업을 이끌고 새로운 시장을 개척한 위대한 정치 지도자와 기업가들, 그리고 선각자들의 능력과 더불어 수많은 국민들, 그리고 노동자들의 피와 땀이 지금의 대한민국을 이룬 것이지요.

2020년대 현재 냉정히 보자면 공기업, 공무원, 대기업 노조들의 급여와 복지, 처우는 가히 세계적 수준에 이릅니다. 노동법, 근로기준법에 의거해 이미 수많은 기업들이 주 5일 근무, 40시간 근무, 연간 16일 이상의 연차 휴가, 더구나 최근에는 대체 휴무 등으로 근로 일수가 세계 최저 수준에 이르며 급여 체계 또한 웬만한 대기업의 생산직이든지 사무직이든지 불문하고 근속 연수가 어느 정도 된 직원들은 연봉 1억 원을 받고 있습니다. 게다가 다양한 복지 혜택을 누리고 있습니다. 경제 규모, 1인당 국민소득 등이 해외 선진국들과 비교해도 우리나라 대기업, 공기업, 교사, 공무원 등의 처우가 상당히 좋은 것을 알 수 있습니다.

이러한 처우를 해 주고 있는데도 매년 사측을 상대로 무리한 요구를 하고, 그 요구가 관철되지 않으면 금세 사측 경영진을 투쟁의 대상, 척결의 대상으로 여겨 수많은 갈등과 분열을 유발시키고 있는 작금의 행태는 아무리 이해하려 해도 이해할 수 없고, 한낱 인간의 끝없는 탐욕으로밖에는 보이지 않습니다.

우리나라의 많은 대기업은 현재 수많은 해외 기업과 치열하게 경쟁하면서 살아남으려고 안간힘을 쓰고 있습니다. 예전에는 많은 기업들이 일본이나 대만, 홍콩 등의 기업들과 경쟁했는데 그때는 나름대로 생산성의 장점이 있었지요. 그러나 지금은 수많은 대기업들이 중국이라는 거대 국가의 기업들, 아니 중국이라는 나라와 경쟁하고 있습니다. 기술적인 측면에서 상당 부분 우리를 따라오거나 앞서기도 하니 우리로서는 앞으로 나아가기 위해 더욱 분발할 시점입니다. 더구나 우리보다 훨씬 낮은 직원 복지 체계로 무장해 세계 시장에서 우리 기업들을 잠식해 나가고 있습니다.

현재 우리 기업의 영업 이익은 과거의 투자와 노력에 대한 결과이자 열매입니다. 즉 미래 먹거리에 대한 선제적인 수많은 투자와 뿌려 둔 씨앗이 지금 수확의 열매로 이어진 것이지요. 우리는 열매가 거저 맺힌 것으로 보면 안 됩니다. 또한 현재의 열매는 또다시 뿌려야 할 씨앗이기도 합니다. 지금 그 씨앗을 많이 뿌릴수록 나중에 거둬들일 열매가 많아집니다. 그런데 미래를 위해서 지금 뿌리는 씨앗도 중요하지만 1970~1980년대처럼 저임금, 중노동으로 근로자의 권리가 희생되어지는 미래는 이 시대에 맞지를 않습니다. 지금 이 시대에는 누군가의 희생과 저당으로 미래가 행복해지는 것에 많은 이들이 고개를 흔듭니다. 시대가 그런 시대입니다.

지금의 삶도 중요하지요. 그리고 많은 기업들이 이것을 잘 알고 있습니다. 그래서 많은 기업들이 수많은 복지와 혜택을 직원들에게 베풀고 있습니다. 직원들의 삶을 풍족하고 윤택하게 하면서 미래 사업의 영속성을 유지해야 하는 것이 기업의 숙명입니다. 그러나 현재 국내 굴지의 대기업 노조들은 기업의 영업 이익을 더 나눠 갖고자 합니다. 이미 사측이 약속한 대로, 또는 선진국의 기업들이나 수많은 국내 중소기업과 비교해 높은 복지 혜택을 받고 있으면서도 더 많은 것을 요구합니다.

사람이 살아가는 동안 많은 갈등을 겪습니다. 개인과 개인뿐만 아니라 사회적으로도 곳곳에서 갈등이 일어납니다. 인간이 살아가는 모든 관계에서 어쩌면 갈등은 늘 잠재되어 있는 요소일 것입니다. 내가 누군가에게 나의 주장을 펼치는 순간 갈등의 씨앗은 뿌려집니다. 그런데 우리 사회는 유난히 갈등이 심한 사회가 되어 가고 있습니다. 가장 가까워야 할 가족 간, 친구 간 갈등도 점점 더 심해지고 있습니다.

일부 사회학자들은 우리 사회의 그런 상황을 우리나라 특유의 생활 환경에서 그 이유를 찾기도 합니다. 좁은 국토에서 서로 밀집해 살다 보니 그런 갈등적 요소가 유달리 많다고 보는 것이지요. 통계가 존재하지는 않지만, 어느 나라보다도 우리나라가 서로 간의 갈등이 많은 것은 사실인 듯합니다. 정치적 의견 차이로 인해 가까운 지인 간의 갈등이나 사회 계층 간의 심각한 갈등이 나라 전체를 송두리째 뒤흔들고 있습니다.

관습이 점점 사라지고
법이 많아지는 사회

법이 최상층에 있다는 것은 곧 사회가 경직되고 여유와 정이 그만큼 결여되었다는 것이겠지요. 한국 사회는 최근 몇 년 사이에 너무나 많은 것이 빠르게 변하고 있습니다. 물론 세상은 늘 변하지요. 따라서 사회적 가치, 통념, 나아가 상식이 변해가는 것은 어찌 보면 자연의 이치와도 같은 것입니다. 그런데 이러한 변화들이 사회 분위기를 더 밝고 건전하며, 아름답고 따뜻하게 서로를 배려하는 형태로 바뀌어 가면 우리는 그 사회를 살기 좋고 안정된 사회라고 합니다. 돈이 많고 적음, 경제적으로 부강하고 그렇지 않음을 떠나, 살기 좋은 사회는 바로 그 속에 흐르는 정서가 서로를 배려하고, 약자를 보호하고, 따뜻하게 서로 아끼고 존중하는 그런 사회를 말하는 것이지요.

한 사회가 유지되는 것에는 많은 요소들이 있지만 크게 법과 관습이 존재합니다. 관습과 법은 사회를 규율하는 중요한 요소들이지요. 그러나 그들 사이에는 몇 가지 중요한 차이가 있습니다. 우선, 법은 국가나 정부에 의해서 제정되고 집행되는 규칙과 규정의 체계입니다. 법률, 조례, 규칙으로 존재하지요. 법은 법적 구속력이 있고 위반 시에는 사법적 제재나 처벌이 따릅니다. 일반적으로 정치적 과정에 의해 형성되고 문서화되어 있으며, 정해진 형식과 절차에 따라 명시적으로 기록됩니다. 사회의 공식적인 규범입니다. 그렇다 보니 일반적으로 광범위한 사회적 수용을 필요로 합니다.

그러나 관습은 오랜 기간 동안 사회 구성원들에게 공유되어온 행동 양식이나 신념 체계를 말합니다. 공식적으로 강제되지는 않지만 사회적으로 널리 받아들여지고 준수됩니다. 관습은 법과 다르게 따르지 않는 경우에 법적인 처벌보다는 사회적 불이익이나 비난을 받을 수 있습니다. 관습은 오랜 시간에 걸쳐 자연스럽게 형성된 것으로서 사회 변화와 함께 서서히 변화하거나 발전합니다. 물론 이러한 변화는 법처럼 명시적인 결정이나 법적 절차 없이 이루어지지요. 주로 세대 간의 구전이나 전승에 의해 전달되며, 특정 지역에서 또는 문화로서 수용될 수 있고 때론 다른 문화권에서는 인정되지 않을 수 있습니다. 이렇듯 법과 관습은 한 사회를 구성하고 유지해 나가는 중요한 요소입니다.

우리나라는 그동안 우리나라만의 질서와 도덕적 가치가 있는 좋은 관습들이 사회 전반에서 중요한 근간이 되어 자리 잡아 왔습니다. 우리 사회의 많은 관습들은 우리나라의 전통적 가치와 문화적 정체성을 반영해 우리 사회에 긍정적인 영향을 끼치는 다양한 형태로 나타났습니다. 대표적인 것이 바로 예절, 공동체 의식, 가족 간의 유대 관계에 있어서의 관습들이지요. 그리고 지금까지 이러한 전통적 좋은 관습들이 한국 사회의 구성과 발전에 중요한 역할을 해 왔습니다.

연령, 지위, 경험에 대한 깊은 존중의 문화를 가지고 있으며 어른들을 공경하고 선배나 상사에게 예의를 갖추는 것이 일상생활의 중요한 부분이 되어 왔습니다. 이러한 관습이나 문화는 법적인 구속력이 있지 않은 사회적 상호 작용에서의 예의와 존중을 강조합니다. 상호 부조와 공동체 의식의 관습은 전통적으로 이웃 간에 도움을 주고받는 문화를 형성해 더불어 사는 정이 넘치는 사회를 만드는 데 큰 역할을 했습니다.

특히 효를 중심으로 한 가족 간의 유대는 한국 사회의 핵심입니다. 명절에 가족 모임을 갖는 것과 같은 전통이 그것이지요. 부모에 대한 존경과 헌신을 강조하는 전통적 가치는 노인을 존경하고 돌보는 문화로 이어집니다. 이러한 전통은 가족에서뿐만 아니라 사회 전반에 걸친 문화, 즉 관습이 되어 우리 사회를 따뜻하고 사람 살기 좋은 사회로 만드는 데 기여해 왔습니다. 또한 교육을 중시하는 관습과 문화가 학문과 지식에 대한 높은 존중과 기회의 평등으로 이어졌습니다. 이렇듯 법적 구속력 없이 자연스럽게 긴 시간 동안 형성된 우리 사회의 근간이 되는 아름다운 전통적 가치관들이 한국 사회의 안전성과 정체성을 형성하는 데 큰 기여를 했으며, 이러한 우리만의 전통적 관습(문화)은 세계인의 찬사를 이끌어 냈으며 부러움의 대상이 되기도 했습니다.

그러나 최근 몇 년 사이에 우리 사회는 이러한 수많은 관습들이 변화하고 법으로 탈바꿈함으로써 다시는 관습이나 문화의 모습으로 남아나지 못하게 되었을 뿐만 아니라 법적 구속력으로 못을 박아 버려 더 이상 관습이나 문화가 아닌 하나의 법적 제재가 따르는 규율, 규범이 되어 버렸습니다.

일반적으로 관습이나 문화가 변화를 거쳐서 법으로 바뀌는 과정은 사회 발전의 중요한 부분입니다. 이러한 변화는 주로 사회적 가치와 태도의 변화, 기술의 발전, 경제적인 변화, 그리고 기후 변화 등에 의해서 주도되지요. 예를 들면 과거에는 환경보호가 일상적인 관심사가 아니었지만 지구 온난화와 생태계 파괴에 대한 인식이 커지면서 예전에는 공공장소에서의 흡연이 용인되던 것이 최근에는 흡연의 건강 위험 인식이 높아지면서 공공장소에서의 흡연을 금지하는 법률이 마련되었습니다.

또한 공업화 초기에는 노동자의 권리나 안전이 충분히 보호받지 못했으나 노동 조건 개선의 요구와 필요성이 높아짐에 따라 최저임금, 근로 시간 제한, 안전 규정 등을 담은 법률이 제정되기도 했지요. 이러한 예들은 한때는 일반적인 사회적 관습이었지만 사회적 가치와 기술, 경제적 조건의 변화에 따라서 법적 규정으로 전환된 것으로, 결국 법은 사회적 변화의 결과로 발전합니다.

그러나 법은 관습과는 전혀 다르게 무조건 지키고 따라야 하는 규정으로 되어 있기 때문에 융통성이나 관용의 여지가 없습니다. 관습이 법으로 옮겨진 뒤에는 더 이상 사회의 관습이 아닌 다른 형태의 규정과 규범이 되는 것이지요. 그렇기 때문에 사회적·경제적 변화와 기술적 발전에 의해 사회적 가치관과 보편적 가치들이 법으로 바뀌어 가는 과정에서는 그 무엇보다도 포괄적이고 깊이 있는 검토와 고민이 필요합니다.

법이 그 시대의 필요성에 따라 깊이 검토되고 많은 사람의 의견을 반영해 제정되는 것이지만, 모든 법은 모든 사람을 만족시킬 수는 없습니다. 즉 인간이 만든 모든 법은 완전하지가 않습니다. 다만 법 제정과 시행에 따른 문제점을 최소화하고 누군가가 그 법에 의해 선의의 피해를 입지 않도록 하는 것이 숙제입니다. 그렇기 때문에 어느 한 시점에 사회적 이슈가 되거나 사건·사고가 일어나서 여론몰이식, 인기영합식으로 법을 제정하고 시행한다면 그에 따른 후유증과 또 다른 선의의 피해자를 만들어내게 됩니다.

따라서 자연스러운 사회적 변화에 의한 선제적인 분석과 사회 공동체를 깊고 넓게 아우르면서 서로에게, 나아가 미래 세대에게까지 이익과 건전한 사회 문화 형성에 최대한의 득이 될 수 있도록 관습(문화)의 법으로의 변모는 더 없이 심사숙고해야 할 사안입니다. 많은 전통적인 가치관이나 사회적 관습이 법이라는 명목으로 지속적으로 탈바꿈하면 할수록 그 사회는 결국 자유와 보편적인 전통 가치들이 훼손되고 기존의 사회 질서가 무너져 내리게 됩니다.

실제로 최근 우리 사회에서 그동안 전통적 가치나 관습들이 일부 부정한 허울에 가려져 통째로 거부되고 각종 법적인 제재로 인해 그 근간이 서서히 무너져 내리면서 큰 사회적 변화가 일어나고 있습니다. 부모에게 효를 다하고 학교 선생님을 존경하며 사회의 어르신을 높이 대하는 우리 사회의 아름다운 문화 가치들이 여러 갈래의 법의 규정으로 찢겨져 사회 갈등과 혼란을 야기시킵니다. 법이 우선시되는 사회, 즉 법이 과도하게 중시되는 사회에서는 여러 가지 문제들이 일어납니다. 과잉 규제와 융통성이 부족해지면서 혁신이 억제됩니다. 이는 사회 활동, 기업 활동이나 사업 등에 부정적인 영향을 미치게 되어 사회 활력이 떨어지고, 나아가서는 국가 경쟁력이 쇠락해집니다.

우리는 어떤 사회적 이슈나 문제들이 제기될 때마다 성숙된 사회의식과 사회적 관습 등은 무조건 뒤로 둔 채 법을 제정해 해결하는 쪽을 선택하고 있습니다. 하지만 너무 많은 법률과 규정이 있으면 오히려 법 집행의 효율성이 저하되고 불필요한 법적 분쟁만 늘어나게 됩니다. 또한 과도한 법적 규제는 개인과 기업의 자율성을 제한하고 창의적인 해결책을 찾는 데 장애로 작용하기도 합니다.

우리는 법률이 많고 촘촘하면 삶이 더 안전하고 편안해질 것으로 착각합니다. 하지만 지난 몇 년간 우리나라에서는 사회적 이슈나 중대한 사건·사고에 따른 사회적 파장을 조속히 잠재우기 위해 인기에 영합해 급조된 법들이 부지기수입니다. 공수처법, 집회 및 시위에 관한 법률, 미세먼지 관리 및 저감에 관한 법률, 가상화폐 관련 법률, 성범죄 관련 법률, 화재 및 안전 관련 법률, 민식이법, 하준이법, 윤창호법, 그리고 최근의 중대 재해 처벌법 등이 다 그런 부류의 법률입니다.

이 법률들은 사건이나 사고 등에 대한 즉각적인 대응으로 마련된 것들로, 결과적으로 사회적으로 큰 영향력을 미치게 되었습니다. 이러한 법률의 제정이나 개정은 사안에 따라서 늦은 감이 있는 것도 있고 사회가 미처 성숙되지 못해 따라가지 못함으로써 늦게나마 관련 사건·사고나 이슈 발생에 따른 사회적 파장을 고려해 급하게 만들거나 고친 법들입니다. 그런데 문제는 추후에 제2, 제3의 부작용으로 이어질 가능성이 많다는 것입니다.

특정 사건이나 사고를 당한 피해자 또는 피해 상황은 그 어떤 것보다 안타깝고, 또한 우리 사회의 엄연한 책임임에 틀림없습니다. 그리고 그런 피해를 최소화하고 다시는 발생하지 않도록 우리 모두 노력하고 각성해야 합니다. 그러나 어느 특정 피해자나 단체에 대한 응급 처방식, 그리고 인기영합식의 성급한 법 제정과 개정은 필연적으로 제2, 제3의 피해를 불러올 수 있으며, 이는 바로 법이 지니고 있는 고유한 한계이기도 합니다.

내가 피해를 입은 입장에서는 그 억울함과 슬픔은 그야말로 말로 형용할 수 없을 것이고 무엇으로도 누그러트릴 수 없는 고통일 뿐입니다. 그리고 그 억울함과 슬픔은 법이라는 것으로 바꿀 수도 없지요. 또한 법만이 해결책은 더더구나 아닐 것입니다. 그런데 우리 사회는 법만이 최상인 것처럼 부추기고 법을 만드는 정치인들마저 국민을 선동하고 여론을 조성해 전통적인 사회 가치관까지도 한꺼번에 매몰시켜 버립니다. 그리고 수면 위에 떠 있는 문제점을 선동과 여론몰이로 국민들을 위협한 다음에 특정 집단의 이익과 자신의 인기 영합을 위해 법을 발의하고 사회적 이슈화시켜 마치 개선장군처럼 득의양양해합니다.

2024년 1월 27일부터 50인 미만 사업체에도 중대 재해 처벌법을 적용하게 되었습니다. 이 법은 우리 사회에서 큰 관심을 끌고 있는 법으로, 특히 50인 미만 사업장에 대한 적용 문제가 중요한 이슈가 되었습니다. 이 법의 핵심은 사업주와 경영진이 직원의 안전과 건강을 보장하는 데 실패할 경우 중대한 법적 책임을 진다는 것입니다. 근로자의 안전을 보장하고 산업 재해를 줄이기 위해 마련된 것이지요.

한국 사회 전반에 걸쳐 산업안전문화를 강화하고 근로자들의 안전과 건강이 보다 철저히 보장된다는 장점이 존재하지만, 한편으로 영세 규모의 83만여 사업장이 이 법을 적용받게 되면 현실적인 부작용이 나타날 수 있습니다. 중소기업들은 이 법의 적용으로 인해 경영의 불확실성 증가를 우려하고 있으며, 적극적인 경영 활동에 나서기 어려워지게 되면 결국 민생과 일자리 전반에 부정적 영향을 미치게 됩니다.

이 법 역시 사건·사고에 의해 급히 제정된 법으로서, 법 시행에 따른 준비가 완료되지 않은 수많은 사업장이 이 법을 적용받게 되었고 일부 기업들은 안전관리 인력조차 확보되지 않는 상태입니다. 또한 법규가 복잡하고 부가되는 업무가 많기 때문에 특히 영세 업체들에게 추가 인건비 부담을 감당하기 어렵게 만들어 국내 영세 기업들의 근간이 흔들릴 가능성이 높습니다.

더구나 현장에서의 혼란과 부작용 가능성이 높을 뿐 아니라, 특히 5인 이상의 소규모 가게에도 적용되기 때문에 일부 사업주들은 이러한 법적 책임에 대해 충분히 인지하지 못하고 있을 수가 있습니다. 결국 법적 분쟁이 증가하고 또 다른 사회 갈등 사례가 수없이 유발되어 사회가 더욱 각박해지고 야박해져 가는 상황이 초래될 수 있습니다. 한국 사회의 급속한 법 제정은 지난 몇 년 사이에 크게 늘었습니다.

사회적 분위기가 이렇다 보니 고소·고발 건수가 엄청납니다. 대검찰청 통계에 따르면 2020년 우리나라의 고소·고발 건수는 40만 9,407건으로 인구 대비 세계 최고 수준입니다. 일본과 비교해 보면 인구 대비 고소·고발 건수가 100건 높게 나타났습니다. 이것은 우리 사회의 병든 모습입니다. 우리는 월 평균 4만 건이 넘는 고소·고발을 서로에게 하고 있습니다. 우리 사회가 불신과 갈등으로 가득하다는 것을 의미합니다.

서로가 지키고 보듬으며, 법적 구속력이 없더라도 존중하고 배려하는 관습과 문화 대신 사회 전반이 온갖 법에 의해 자율성을 옭아매고 자유스러운 관습과 문화가 점점 사라져 가는 사회는 사회주의, 즉 중국이나 북한식 사회 구조입니다. 누군가를 지켜 주고 보호한다는 법의 취지는 충분히 공감하지만 그것이 과하면 과할수록 결국 법은 누군가를 지키는 것이 아니라 가두어 버리는 감옥 같은 것이 될 뿐입니다.

사고로 인해 아까운 생명이 희생됨으로써 그 피해의 재발 방지와 보다 나은 안전한 근로 조건 개선 등을 위한 법적 조치는 반드시 필요합니다. 그러나 차분하게, 그리고 사회 전반에 걸친 검토와 분석을 통해 사회적 혼란과 피해를 최소화하려는 자세와 마음가짐이 필요합니다. 소수를 위한 법 제정보다는 대의명분과 국익에 우선시되는 법령 제정·개정이 원칙이 되어야 함은 두말할 필요도 없을 것입니다.

법으로 모든 것을 해결하려는 발상, 법을 만들어 강제성을 부여해 사회 가치관을 바꾸려는 자세는 매우 단순하고 잘못된 생각입니다. 지금 대한민국이 왜 점점 각박해지고 무서워져 가고 있는지 그저 안타까울 따름입니다. 너그러움과 포용력, 그리고 이해하고 서로 아끼고 사랑하는 사회였건만 이제는 수많은 문화와 관습마저 점점 더 법이라는 괴물이 잡아먹어 가고 있는 것 같습니다.

중소기업 생산직은
쳐다보지도 않으려 하는…

    제품 생산을 위해서 원료를 투입하고 제품을 포장·정리하며 생산 현장에서 다양한 업무를 지원하는 직원이 필요해 워크넷에 공고를 내고 몇 명의 구인 접수 내역 중에서 회사에서 거리가 가까운, 그리고 자가용 출퇴근이 가능한 30세의 구직자 면접을 보았습니다.

    아직 결혼은 하지 않았고, 회사에서 약 10분 거리에 거주하는데 65세 아버지와 함께 생활하고 있고 어머니는 중학교 때 지병으로 일찍 세상을 떠난 상황이었습니다. 어린 시절부터 가정 형편이 썩 좋지 않은 젊은이라 면접 보는 내내 슬쩍 안쓰러운 생각이 들더군요. 하여간 회사 현장을 견학시키고 희망 연봉과 별도 요구사항들을 물어봤습니다.

    회사 측의 근로 조건을 제시했습니다. 근로기준법을 준수하고 주 40시간 근무에 연차 휴가 16일, 연봉은 4,000만 원이었지요. 우리 회사의 생산 업무는 정리정돈이 제일 중요하고 지게차 작업, 병 주입, 제품 포장 등인데, 중소제조업체로서 근무 여건이나 급여 수준이 결코 낮은 것은 아닙니다. 다음 날 아침 출근해 보니 그 직원이 안 보였습니다. 하루 일을 해 보고는 출근 못 하겠다며 문자 메시지가 왔다고 합니다. 참으로 어이가 없더군요. 이런 경우가 가끔 있습니다.

몇 년 전에는 비슷한 업무의 직원을 채용했는데, 당시 그 직원은 27세로 인근 읍내에서 보증금 400만 원에 월 25만 원짜리 원룸에 혼자 거주하고 있었습니다. 부모님은 오래 전에 이혼했다고 했습니다. 제가 돈을 모아 놓은 것이 있느냐고 물어보니 월세 보증금이 전부이고 카드 빚이 약간 있다고 했습니다. 결국 가진 것이 아무것도 없는 셈이었지요. 그런데 스포티지를 끌고 면접을 보러 왔더군요. 게다가 실업 상태로 서너 달을 지냈다고 했습니다.

제가 궁금해서 물었습니다.

"그러면 자동차 유지비랑 생활은 어떻게 했지?"
"그냥저냥 살고 있습니다."

안쓰러운 생각도 들고 특별한 하자도 없는 것 같아서 다음 주 월요일부터 수습으로 출근하라고 말했지요.

그다음 주 월요일 출근해서 근무 중인데 오전 10시쯤인가 생산부장이 그 직원을 데리고 사무실로 들어왔습니다.

"사장님, 더 이상 일 못 하고 가겠다고 하네요."

저는 순간 상황을 알아차리고 한마디도 묻지 않고 말했습니다.

"바로 보내."

오전 9시 출근해 생산부서에서 일하다가 1시간 만에 못 하겠다고 한 것이지요. 참으로 기가 막힐 노릇이었습니다. 월세 25만 원에 현재 뚜렷한 비전도 없이, 그리고 어찌 보면 뭐 하나 가진 것 없는 사람이 단한 시간 일을 해 보고 못 하겠다고 하니 저로서는 도저히 이해가 되지 않았습니다. 제 입장에서만 이야기하는지도 모르겠습니다만, 우리 회사의 경우 사회적으로 흔히 말하는 회사 복지라는 것이 어느 기업 못지않습니다.

직원들에게 힘들고 어렵고 위험한 일을 시키지 않기 위해 제 개인적으로도 신경을 늘 쓰고 있습니다. 게다가 가정 있는 가장들이 우리 회사를 통해 가정이 안정되고 보람도 느낄 수 있도록 항상 고심하고 있습니다. 급여 수준도 가능한 한 매년 인상해 주려고 노력하고, 야간 특근은 아예 존재하지도 않을 뿐만 아니라 연차 휴가를 늘 자유롭게 사용하도록 하고, 연말에 미사용한 연차에 대해서는 일수만큼 현금으로 전액 수당을 지급하며, 가정 있는 직원들은 1년에 한두 번 회사에서 리조트 숙박 비용을 지원해 가족 여행을 다녀오도록 합니다.

특히 생산부 직원들은 생산직이라는 사회적 인식을 고려해 직원들 스스로 자긍심도 갖고 보람을 느낄 수 있도록 많은 배려를 하고 있습니다. 저는 기본적으로 직원들에게 일을 많이 시키는 것보다는 회사를 통해 가정이 행복해지고 안정되며 감사할 일이 생기는 그런 직장을 만들어 주고 싶은 마음을 늘 갖고 있습니다. 직원들은 소모품이 아닌 가족이라는 것이 저의 철학이자 신념입니다. 이러한 마음가짐을 가지고 늘 부족해도 능력의 범위 내에서 직원들에게 가급적 베풀고 아껴 주고 싶은 것이 마음이지요. 그런데 그 직원이 그런 것 저런 것 다 고사하고 한 시간 만에 일을 못 하겠다며 떠날 때는 참 야속하기도 하고 마음이 아팠지요.

제가 마음이 아픈 것은 그 떠나간 직원 때문이 아니라 남겨진 우리 회사 생산부 직원들 때문이었습니다. 떠나간 직원보다도 자신들이 더 못난 것 아닌가, 저런 사람도 기피하고 못 하겠다는 일을 우린 어쩔 수 없이 하는 것이 아닌가 하는 자존감 무너지는 상처가 될까 봐 그것이 안타깝고 마음이 아팠습니다. 우리나라의 제조업, 그중에 생산직이 어쩌다 이 지경이 되었는지요. 우리나라 젊은이들이 왜 이리 되었을까요?

우리나라에서 젊은이들이 생산직을 기피하는 현상에 대해 실제 통계 자료를 살펴보면 중소기업중앙회가 19세에서 29세 사이의 청년층 500명을 대상으로 실시한 조사에서 응답자의 80%가 중소기업에 취업할 의사가 있다고 답했지만 이 중에서 생산직을 희망하는 구직자는 단 8.3%에 그쳤습니다. 이러한 경향은 특히 IT 업종과 서비스업 분야에서 두드러졌으며 제조업은 상대적으로 낮은 선호도를 보였습니다.

제조업 기반의 중소기업은 현장에서 일할 생산직 근로자를 필요로 하지만, 대부분의 청년들은 육체노동을 기피하고 사무직을 희망하고 있습니다. 이러한 미스매치는 청년들의 실업난과 중소기업의 인력 부족 문제를 동시에 발생시키고 있습니다. 한 은행 조사에 따르면 제조 중소기업의 약 65%가 인력난을 겪고 있으며 구직자들의 생산직 기피 현상이 주요 원인으로 지목되었습니다. 이로 인해 중소기업들은 외국인 인력 활용이나 설비 자동화 등으로 대응하고 있는 상황입니다.

이러한 상황은 한국 사회의 대기업 중심의 인식과 경제 구조, 청년들의 직업 선호도 변화 등 복합적인 요인에 기인하며, 이로 인해 중소기업과 제조업 분야의 인력난이 지속되고 있습니다. 이는 한국 경제에 중요한 영향을 미칠 수 있으며, 이에 대한 근본적인 해결책 모색이 필요한 상황입니다.

중소기업 생산직에 젊은이들이 일하려고 하지 않는 현상은 여러 복합적인 요인들 때문에 발생합니다. 몇 가지 주요 요인들을 살펴보면 다음과 같습니다.

▲ 근로 조건과 급여: 중소기업, 특히 생산직에 제공되는 근로 조건과 급여가 비교적 낮은 경우가 많습니다. 젊은 세대는 보다 높은 급여와 좋은 근무 조건을 제공하는 직업을 선호하는 경향이 있습니다.

▲ 일의 성격: 생산직은 업무 특성상 육체노동이 많고 단순, 반복적이며 때로는 위험할 수도 있습니다. 이런 이유로 젊은 세대에게는 매력적이지 않게 느껴질 수 있습니다.

▲ 직업 안정성과 경력 전망: 중소기업은 대기업에 비해 비교적 안정성이 낮을 수 있으며 경력 발전의 기회도 제한적일 수 있습니다. 이는 장기적인 경력을 고려하는 젊은이들에게는 덜 매력적일 수 있습니다.

▲ 사회적 인식과 기대: 한국 사회에서는 종종 대기업이나 공무원, 전문직 등이 사회적 지위와 안정성이 높은 직업으로 인식됩니다. 이에 반해 중소기업 생산직은 상대적으로 낮은 사회적 인식으로 인해 젊은이들이 선호하지 않는 경향이 있습니다.

▲ 교육 시스템과 직업 훈련: 한국의 교육 시스템은 종종 이론적 지식에 치중하며 실질적인 직업 훈련과 기술 교육에는 상대적으로 초점을 덜 맞춥니다. 이로 인해 젊은 세대가 생산직이 요구하는 기술과 능력을 습득하는 데 어려움을 겪을 수 있습니다.

이러한 요인들은 한국뿐만 아니라 전 세계적으로 중소기업 생산직에 대한 인력 부족 현상을 초래하는 원인이 되고 있습니다. 하지만 이는 단순한 일반화일 뿐 개별 중소기업이나 특정 상황에 따라 다를 수 있습니다. 이런 상황이 지속된다면 우리 사회는 어떻게 될까요? 한국 사회에서 중소기업 생산직에 젊은 인력이 지속적으로 부족한 상황이 계속된다면 사회·경제적으로 악영향을 미칠 수 있습니다. 주요 영향들을 살펴보면 다음과 같습니다.

▲ 경제 성장의 제약: 중소기업은 한국 경제에서 중요한 역할을 하며, 이들 기업의 생산성과 경쟁력이 인력 부족으로 저하된다면 전체적인 경제 성장에 부정적인 영향을 미칠 수 있습니다.

▲ 기술 혁신 및 자동화 촉진: 인력 부족 문제에 대응하기 위해 기업들은 더 많은 자동화와 기술 혁신을 도입할 수 있습니다. 이는 단기적으로는 효율성을 증가시킬 수 있지만, 장기적으로는 기존 일자리의 수를 감소시킬 수 있습니다.

▲ 사회적 불평등 증가: 좋은 근로 조건을 가진 일자리가 제한되면 사회적 불평등이 증가할 수 있습니다. 특히 저소득층이나 사회적 약자들이 영향을 받을 수 있습니다.

▲ 인구 구조 변화와 노동력 문제: 한국은 이미 고령 사회로 진입했으며, 내년에는 초고령 사회로 진입할 것으로 예상됩니다. 이러한 추세는 노동력 부족 문제를 더욱 심화시킬 수 있습니다. 젊은 인력이 특정 산업 분야에 관심을 갖지 않으면 이러한 문제는 더욱 심각해질 수 있습니다.

▲ 국제 경쟁력 약화: 중소기업의 경쟁력 약화는 국제 시장에서의

한국의 위상에도 영향을 미칠 수 있습니다. 이는 수출 의존도가 높은 한국 경제에 큰 타격을 줄 수 있습니다.

▲ 사회적 인식 변화의 필요성: 장기적으로는 사회적 인식의 변화가 필요할 수 있습니다. 중소기업 생산직과 같은 직종이 사회적으로 더 많이 인정받고 양질의 일자리로 여겨지도록 인식을 개선하는 것이 중요합니다.

순종과 복종이 뒤죽박죽되어 버린…

세상이 변했다는 것보다는 세상이 변하고 있다는 것이 좀 더 맞는 표현이겠지요. 세상은 늘 변합니다. 흐르는 강물이 아침이나 저녁이나 늘 그대로인 것처럼 보이지만 실은 그 강물은 한 곳에 머물러 있지 않지요. 흘러가고 또 흘러올 뿐입니다. 변한 것이지요. 다른 것입니다. 어제의 강물과 오늘의 강물이 비슷한 듯 다른 것입니다. 세상은 늘 변하고 있습니다. 크게 변하는지 작게 변하는지의 차이일 뿐입니다. 어제와 같은 오늘은 없는 것이고, 오늘 같은 내일도 없습니다. 단지 비슷해 보일 뿐입니다. 그래서 그런 매일의 다름이 쌓이고 쌓여서 무엇인가 이루어지고 때론 그런 것들이 대세를 이루어 또 하나의 세상사를 만들어 냅니다.

우리는 어떨 때는 우리의 잣대를 어느 한순간으로 멈추어 놓고 변해 가는 세상을 억지로 거기에 재어 보려고 합니다. 그러면서 안타까워하고 때론 큰 문제가 되는 듯이 탄식하기도 합니다. 잣대. 무엇인가의 기준도 결국 변합니다. 흔히 우리가 살아가면서 사랑의 맹세를 합니다. 그리고 사랑의 맹세 그 순간 생명을 다 바쳐 영원을 약속하지요.

그러나 동서고금을 막론하고 유사 이래 아쉽게도 영원의 사랑으로 회자되는 경우는 아주 드물었습니다.

서양에서 흔히 영원한 사랑의 서사시로 잘 알려진『로미오와 줄리엣』의 사랑 정도가 영원의 사랑이라고 할 수 있겠지만, 결국 그마저도 로미오와 줄리엣의 마지막 죽음으로 인해 멈춰진 영원의 사랑일 뿐입니다. 그들의 사랑을 죽음이라는 매개를 통해 승화시켜 영원의 사랑이 된 것이지, 만약에 그들이 더 나이 들고 세상사에 시달렸다면 그들의 사랑도 분명 변했을 것입니다. 이렇듯 인간의 아름다운 사랑도 변할 수밖에 없는 것입니다. 사랑이라는 것이 사랑을 맹세한 그 순간의 감정 상태, 그리고 보고 느끼는 기분이나 심정 등이 그대로 지속되지 않기 때문입니다.

그때의 감정은 그때의 것입니다. 많은 요소들이 바뀌고 분위기가 변하고 더욱이 상황이 변하게 되면 당연히 거기에 부합하는 감정이 생겨나기 때문입니다. 그렇다 보니 당연히 그 크기의 차이는 있을 수 있겠으나, 결국 사랑의 감정이 바뀌게 되고 또한 변할 수밖에 없습니다. 그렇다 보니 우리가 한때의 감정, 한때의 정서에만 너무 집착하거나 멈춰 있게 되면 때론 정신적 문제까지도 야기될 수 있습니다.

제일 큰 변화는 인간이 나이를 먹어감에 따르는 변화일 것입니다. 사람은 세월을 안고 살아갈 수밖에 없습니다. 외모는 점점 늙어 가고 마음과 생각은 점점 복잡해집니다. 때론 세상이 나를 흔들어 놓기도 하고 어려운 고통도 겪으면서 살아가기도 하지요. 산전수전 겪으면서 헤매기도 합니다. 세월 따라 환경 따라 변하는 자연의 이치가 인간에게도 그대로 적용됩니다. 결국 되돌아보면 어느 순간 변해 가고 또한 변해 있는 나를 보게 됩니다.

세상의 변함은 개개인의 변화보다 더 빠르고 그 변화를 인지하지 못할 수도 있습니다. 늘 혁신과 신기술이 등장하거니와 시대의 트렌드가 급속히 변해 갑니다. 한마디로 세상이 빠르게 변해갑니다. 기술의 발전, 특히 정보통신기술의 발전은 세상을 더 가깝게 연결시키고 정보의 전달과 접근을 급속도로 빠르게 진행시켰습니다. 세계화로 인해 국가 간에 문화적·경제적 장벽이 허물어지고 상품, 서비스, 자본, 인력의 전 세계적 이동을 촉진시켜 세계 각지의 사람들과 기업들이 더욱 긴밀하게 연결되었으며, 변화도 그만큼 더 빠르게 확대되었습니다.

사회·문화적으로도 인권, 환경보호, 다문화주의 같은 이슈들이 전 세계적으로 더욱 중요한 변화를 촉진시킵니다. 이러한 변화는 개인의 생활 방식부터 전 세계적인 사회 구조에 이르기까지 큰 영향을 끼칩니다. 특히 최근에 정보기술(IT), 인공지능(AI), 블록체인, 로봇공학 등의 발전은 새롭게 생산성을 증가시키고 새로운 직업, 새로운 산업을 창출하며 인간의 일상생활과 업무 방식을 변화시키고 있습니다. 이러한 기술은 또 교육, 의료, 엔터테인먼트 방식에도 적잖은 영향을 끼치고 있습니다.

이처럼 다양한 요소들이 결국 사회 전반에 걸친 변화를 촉진하지요. 세상이 급속히 변하는 가운데 우리 사회도 큰 변화를 겪고 있습니다. 고령화, 저출산, 결혼 기피 현상, 도시화와 지방소멸 같은 인구학적 변화는 지금 우리 사회의 심각한 문제이기도 합니다. 특히 우리나라는 최근 몇 년간 다양한 분야에서 급격한 사회적 변화를 경험하고 있습니다. 물론 우리 사회의 급속한 변화는 다양하고 복합적인 요인에 의한 것입니다.

글로벌 경제의 불확실성은 국내 경제 환경을 변화시켰고, 이로 인해 새로운 산업이 등장하는 대신 전통 산업은 붕괴되어 가고 있습니다. 중소기업 등에서는 일손이 부족해 공장 문을 닫을 지경이지만 청년들은 취업 문제로 고민하고 있습니다. 2025년에는 65세 인구가 전체 인구의 20%를 차지하는 초고령 사회로 진입할 것으로 예상되고 있으며, 현재 합계 출산율은 연일 세계 최저 기록을 갈아치우고 있지요. 세대 간 가치관의 차이는 갈수록 심화되고 소셜 미디어와 유튜브 등의 발달로 사회적으로 다양성과 포용성에 대한 인식이 확산되고 성평등, 환경보호, 인권 존중 등에 대한 사회적 요구도 높아지고 있습니다. 특히 세대 간 의식의 차이는 우리 사회의 전통적 가치관에 큰 변화를 촉진하고 있습니다.

각 세대가 성장하며 겪는 사회적·경제적·정치적 사건들은 그 세대의 가치관과 태도에 중대한 영향을 미칩니다. 예를 들어 전쟁이나 경제 대공황을 경험한 세대는 안정성과 보수적 가치를 중시할 수 있으며, 경제적 번영기에 성장한 세대는 개인주의와 자유에 더 높은 가치를 둘 수 있습니다. 디지털 기술과 소셜 미디어의 발전은 젊은 세대의 소통 방식, 정보 접근성, 엔터테인먼트 소비 방식 등에 혁명을 일으켰습니다. 이는 기술에 대한 노출 정도와 사용 능력에서 세대 간 차이를 만들며, 이러한 차이는 가치관과 세계관에도 영향을 미칩니다.

교육 수준의 변화와 정보 접근성의 증가는 세대 간 다른 가치관 형성에 기여합니다. 더 많은 정보와 다양한 관점에 노출된 세대는 개방성과 다양성을 더 중시할 수 있으며, 전통적 가치와 다른 새로운 가치를 수용하는 경향이 있습니다. 다문화주의, 성 평등, 환경 보호 등 현대사회의 중요한 이슈들은 특히 젊은 세대에게 영향을 미칩니다. 이러한 사회적 변화는 세대 간 가치관에 차이를 만들며, 젊은 세대가 이러한 이슈에 대해 더 개방적이고 진보적인 태도를 취할 수 있도록 합니다.

환경의 변화는 세대 간 다른 경험을 제공합니다. 예를 들어 직장에서의 경쟁 증가, 주택 가격 상승, 교육비 증가 등은 젊은 세대에게 특별한 경제적 압박감으로 작용하며, 이는 그들의 가치관과 우선순위에 영향을 미칠 수 있습니다. 이렇듯 각 세대가 자신들만의 독특한 사회적·경제적·기술적 환경 속에서 살아가면서 세대 간 다른 가치관과 태도를 형성하게 되고, 이는 사회의 다양성과 발전을 촉진하는 원동력이 되기도 합니다. 하지만 이러한 가치관과 태도의 변화에 따라 젊은 세대는 개인의 자유와 다양성을 중시하게 되는 반면 기성세대는 전통적인 가치관과 순종이라는 사회 관념을 중요시함으로써 세대 간 갈등은 더욱 심화됩니다.

변화는 시대의 흐름이자 어찌 보면 당연한 것입니다. 그리고 지속적입니다. 우리가 인지하지 못하고 있어도 주변은 늘 변하고 있습니다. 그러나 우리 사회의 변화가 가급적 근간은 유지하고 다양한 기치관과 생활 방식을 수용하고 존중하면서 서서히 진행되었으면 좋겠다는 생각이 듭니다. 세대 간, 계층 간 벽을 만들어 놓고 자신만의 가치관이나 생활 방식을 절대시하는 것은 결코 어느 쪽도 옳지 않습니다.

우리 사회는 어찌 보면 지독한 이기주의 쪽으로 급변하고 있습니다. 오랜 시간 전통적 관념으로서 사회 근간이 되어 왔던 순종적인 질서, 미풍양속의 문화까지도 구태의연한 구시대적 잔재로 치부하고 사회적으로 조롱거리로 만들어 버리는 분위기는 그런 시대를 살아왔던 기성세대에게는 크나큰 정신적 상처가 될 수 있고 갈등의 빌미가 될 수 있지요.

우리가 크게 착각하고 있거나, 아니면 아예 인지하지 못하고 있는 것이 있다면 본인은 절대 그렇게 되지 않을 것이라는 겁니다. 젊은 세대의 입장에서 보자면 자신들은 늙지 않고 늘 지금 이대로일 것이라고 착각합니다. 어디선가 누군가 사고를 당하거나 억울한 일을 겪으면 나하고는 상관없고 그저 남의 이야기라며 등을 돌립니다. 그러나 늙어 가는 것은 자연의 이치이며 진리입니다. 지금의 젊은 세대도 머지않아 구태의연한 기성세대가 되고, 남의 아픔이나 상처가 어느 순간 나의 아픔, 상처가 될 수 있습니다. 나의 이기심과 내 조직, 그리고 나를 감싸고 있는 우리만의 이기적인 축배가 또 다른 대가를 치를 수 있다는 사실을 우리는 분명 인지해야 할 것입니다.

나와 내 집단의 이익과 이기심만을 위해 갖은 비방과 악행을 저지르는 사회 집단이 많아지고 그들이 활개 치면 칠수록 우리 사회의 아름다운 전통적 가치관은 깨어질 것입니다. 또한 혼돈의 질서가 자리 잡아서 마치 빛이 사라진 암흑의 세상처럼 비겁하고 참혹한 사회의 미래가 펼쳐질 것입니다. 아름다운 질서가 담겨 있는 순종을 억울한 착취의 복종이라는 껍질로 씌워 사회 질서를 무너뜨리는 변화가 우리 사회에 만연해 있지요.

겉으로는 인권 보호, 성 소수자 보호, 나아가 개인의 권리를 주장하면서 속으로는 사회의 필연적인 변화 흐름으로 포장해 우리 사회의 아름답고 소중한 전통적 가치관을 말살시키는 세력들이 창궐합니다. 게다가 인간의 가장 기본적인 가족 사이의 순종적 관계까지도 개인의 인권과 권리라는 미명하에 말살시켜 버립니다. 여자끼리 남자끼리의 성행위를 성 소수자 인권 보호라는 해괴망측한 논리로 그럴싸하게 포장해 서울 시내 한복판에서 축제라는 미명하에 멋모르는 어린아이, 청소년, 그리고 국민들을 현혹시킵니다. 또한 자식이 부모에게 순종하고, 학생이 선생에게 순종하며, 사회 어른에게 아이들이 순종하는 것을 마치 구시대적 유물로 매도해 매몰시켜 버린 지 오래입니다.

피치 못할 의견 충돌이나 감정싸움이 발생하기라도 하면 자식은 부모와 손절했다며 스스럼없이 떠벌입니다. 당연한 질서이자 가치관인 순종을 복종이라는 프레임으로 씌워 근간을 무너뜨립니다. 선동질을 합니다. 순종의 대상에게는 순종하고 복종해야 할 상황에서는 복종하는 것이 정당한 것입니다.

건전한 사회는 무조건 수평적 관계에서만 이루어지는 것이 아닙니다. 정당하고 공정한 것이 건전한 사회입니다. 순종적인 관계는 순종할 때, 복종적인 관계는 복종할 때 공정하고 건전한 사회가 되는 것입니다. 군대는 복종적인 사회입니다. 그 사회구조가 복종적인 관계인 것이지요. 그런 복종적인 사회에서 복종적이지 않으면 국가 안보는 어떻게 되겠습니까? 군대에서 복종이 무너지면 그 구심력도 무너지고 싸움에서 패하는 것은 자명합니다. 물론 절대 복종의 군대라고 개개인의 인권을 무시해도 된다는 말은 아닙니다. 절대 복종의 틀 속에서도 인간적인 권리가 무시당하거나 침해받아서는 안 됩니다. 그렇기 때문에 그 선을 명백히 지키면서 복종의 틀을 유지해야 한다는 이야기입니다.

순종과 복종의 구분은 명확합니다. 우리 사회의 순종적 가치관을 유교적 잔재, 나아가 사회 적폐의 대상으로 삼아 사회의 근간을 무너뜨리려는 변화가 휘몰아치고 있습니다. 우리의 참된 것들은 우리가 분별하고 우리가 지켜 내야 합니다.

2023. 09. 06. 아키타

스마트폰 중독을 넘어
유튜브 중독 사회

무릎 수술 이후 1년 가까이 혼자 자다 보니 넓은 침대에 혼자 누워서 잠들기 전까지 스마트폰을 하게 됩니다. 네이버에 들어가서 콘텐츠를 누르고 스포츠를 검색합니다. 주요 스포츠 정보를 보고 나와서 곧장 유튜브로 들어갑니다. 그렇게 한 20~30분을 보다가 스마트폰을 닫고 침대 머리맡에 올려놓고 잠을 잡니다. 새벽녘에 뒤척이다 깨어나면 자연스럽게 손길이 머리맡에 올려놓은 스마트폰으로 향해서 집어 들고 시간을 확인합니다. 그러다 잠이 오지 않으면 스마트폰을 켜고 다시 유튜브를 봅니다. 최근 몇 년 사이 노안으로 시력이 나빠져서 침대 위 머리맡에는 돋보기안경이 스마트폰과 나란히 놓여 있습니다. 몇 개월째 매일 반복되는 잠자리의 습관입니다.

그런데 이건 약과입니다. 아침에 일어나서는 스마트폰을 찾아서 카톡이나 문자 메시지를 확인하고, 잠이 더 이상 오질 않아서 화장실을 몇 번 들락거릴 때도 스마트폰을 들고 화장실로 향합니다. 화장실에 앉아서도 스마트폰을 꺼내들어야 안정이 됩니다. 회사에 출근해서는 맨 먼저 스마트폰을 충전기에 꽂아 놓은 다음 근무를 시작합니다. 특히 최근에는 스마트폰을 통해 유튜브를 많이 봅니다. 제가 좋아하는 분야의 콘텐츠들이 유튜브에 넘쳐나다 보니 언제든지 골라 볼 수가 있습니다.

무릎 줄기세포 이식 수술을 받은 후 고생하다 보니 그에 관한 내용을 유튜브에 검색해 보았습니다. 관련 영상이 줄줄이 쏟아집니다. 또한 수술 후 무릎 재활 운동을 하면서 정보를 얻고자 찾아보니 그것 또한 수도 없이 많습니다. 각종 취미, 교육, 여행, 정치, 역사 등등 별의별 내용의 유튜브 채널이 존재하다 보니 그야말로 시간 가는 줄 모르고 유튜브를 보게 됩니다. 잠시라도 혼자 있는 시간에는 습관적으로 스마트폰을 꺼내들고 유튜브를 봅니다.

대부분의 사람들도 마찬가지인 듯합니다. 지하철 안이나 버스 안, 아니면 기차역, 공항, 버스 터미널 등에 앉아 있는 사람들 대부분이 고개를 숙이고 자신의 스마트폰을 보느라 여념이 없습니다. 해외에 나가 보면 우리나라 사람보다는 덜하지만 외국 사람들도 그런 것 같더군요. 하여간 저 개인적으로 하루 24시간 동안 거의 모든 시간을 스마트폰을 가지고 있으며 시간만 나면 들여다보고 있는 것 같습니다. 가히 스마트폰, 유튜브 중독입니다. 제 자신이 부인해도 스마트폰, 유튜브 중독에 빠진 듯합니다.

내친김에 인터넷에서 스마트폰 중독 증상 테스트라는 것을 찾아보

왔습니다.

1. 핸드폰 없이는 불안해서 아무것도 못 한다.
2. 핸드폰을 분실하는 것은 가족, 친구를 잃는 느낌이다.
3. 화장실 등 가까운 곳에 가는 것도 스마트폰이 필요하다.
4. 하루에 3시간 이상 스마트폰을 사용한다.
5. 운전 중, 보행 중, 자전거를 타는 등 다소 위험한 상황에서도 휴대폰을 사용한다.
6. 밥을 먹을 때도 핸드폰이 있어야 한다.
7. 내가 가진 것 중에 스마트폰이 가장 귀하다.
8. 스마트폰으로 쇼핑, 학업, SNS 등 매일 하는 활동이 2개 이상이다.
9. 스마트폰을 하느라 잠을 못 잔다.
10. 학업, 업무 등에 대해 스마트폰을 쓰는 일도 지장을 받는다.
11. 가족, 친구 등과 핸드폰 사용에 대한 부분으로 다툼이 있다.
12. 별로 할 것은 없지만 계속 핸드폰을 보고 있다.
13. 중요한 일을 하면서도 핸드폰을 함께 사용한다.

정리해 놓고 보니 두세 가지 빼 놓고는 거의 다 해당되는 것 같습니다. 최근 중독에 대한 개념은 우리가 흔히 알고 있는 술(알코올)이나 마약 등 약물 중독, 즉 물질 중독의 개념을 넘어서 도박, 인터넷, 게임, 스마트폰에 이르는 행위 중독의 개념이 사회 전 계층으로 확산되고 있습니다. 첨단 물질문명의 총아라고 불리는 IT 산업 등과 관련되어 빠르게 발전하는 인터넷, 스마트폰 등의 매체로 인한 새로운 행위 중독이 우리나라뿐만 아니라 전 세계적으로 확산되어 가고 있지요.

특히 그중에서도 우리나라는 IT 분야에서 세계적 수준의 빠른 발전으로 인해 인터넷에 대한 높은 접근성과 스마트폰의 급속한 보급으로 어린아이뿐만 아니라 청소년층에서도 행위 중독의 심각성이 제기되고 있는 것이 사실입니다. 특히 10~20대를 대상으로 한 국내 실태조사에서는 사용자의 상당수가 스마트폰을 과다 사용하고 있는 것으로 드러났으며 60~70대의 중장년층에서도 유튜브 시청 등 스마트폰을 과다하게 사용하고 있는 것으로 밝혀졌습니다.

스마트폰의 하드웨어 및 소프트웨어가 비약적으로 발전하고 있으며 최근에는 스마트폰에서 인공지능, 가상현실 세계 등의 구현까지도 가능하다고 하니 편리성, 오락성, 게다가 경제성까지 갖추게 되어 현대인들의 전폭적인 사랑을 받고 있는 것이지요. 2022년 우리나라 스마트폰 보급률은 97%를 넘어섰습니다. 그야말로 거의 모든 국민이 스마트폰을 보유하고 있는 셈이지요. 그렇다 보니 많은 연구 보고서에서도 밝히고 있듯이 스마트폰 내성 금단 증상이나 일상생활의 어려움 및 충동조절장애 등과 같은 문제가 발생할 가능성이 높은 상황입니다. 이미 우리 사회에서는 스마트폰의 지나친 사용·의존으로 인한 개인적·사회적 문제점들이 속출하고 있습니다.

무엇보다도 두드러진 변화는 스마트폰 확산에 따라 커뮤니케이션 방식, 다시 말해 소통의 방법이 크게 변하고 있다는 것입니다. 그러한 특성이 가장 잘 반영된 것으로 SNS 이용의 증가를 들 수 있지요. 과도한 사이버 미디어의 사용으로 인해 정작 일대일 대면 관계를 통한 소통이나 대인 관계에 어려움을 느끼거나 스마트폰 과다 사용에 의한 다양한 부작용들을 우리 주변에서 쉽게 찾아볼 수 있습니다.

　작은 예로 거리에서 스마트폰으로 영상을 보느라 신호등도 살피지 않고 길을 건너는 위험한 모습을 심심찮게 목격할 수가 있으며, 심지어 운전 중 스마트폰을 보다가 사고를 내는 경우도 허다합니다. 어린 유치원생들부터 입시 스트레스에 시달리는 고등학생들까지 스마트 게임이나 애플리케이션 프로그램에 빠진 모습도 종종 찾아볼 수 있습니다. 그런 이유로 어떤 학교는 학교 내에서 스마트폰 사용을 전면 금지하는 경우도 있지요.

　스마트폰 사용에 따른 경제적 부담도 만만치 않습니다. 카카오의 매출은 2023년 수조 원을 넘어섰으며, 네이버의 매출도 거의 10조 원에 이르고 있습니다. 물론 가구당 스마트폰 사용 요금도 가계 지출의 상당 부분을 차지합니다. 건강에 여러 가지 부정적인 영향도 미칩니다. 저 같은 경우는 우선 시력이 상당히 안 좋아졌습니다. 특히 잠자기 전에 어두운 곳에서 유튜브 등을 보는 습관으로 인해 시력이 많이 나빠진 것과 평소에 지나친 스마트폰을 보게 되어서인지 이제는 가까운 사물이 흔들려 보이는 듯 급격히 시력이 안 좋아져 갑니다.

거북목 증후군, 수면장애 등도 호소하지요. 정신 건강에 대한 우려 또한 심각합니다. 특히 아동이나 청소년을 대상으로 진행된 스마트폰 중독 및 사회적 관계 형성에 대한 부작용 등의 연구들에 따르면 강박, 우울, 불안, 대인기피증, 편집증, 적대감, 공포감 등이 유발된다고 되어 있으며, 특히 스마트폰 중독이 강박과 우울증에 미치는 영향에 대해서도 지속적으로 보고되고 있습니다.

가톨릭대학교 서울성모병원 연구팀에 의해 실시된 스마트폰 중독 척도 개발 관련 연구에 따르면 스마트폰 역시 인터넷과 마찬가지로 중독 현상을 보이고 있으며, 이에 진단을 통해 갈망이나 금단, 내성, 일상생활 장애, 사이버 중심의 관계 지향 등과 관련된 문제가 있음을 확인했습니다. 또한 스마트폰 중독 및 개개인의 스트레스, 불안 및 우울증에 대한 대처 성향이나 충동성 장애, 주의력 결핍 과잉행동 장애 등 공존 질환과의 연관성을 제시하고 있습니다.

스마트폰은 현대인들에게 생활의 편리성과 삶의 다양성을 가져다주는 매우 중요한 동반자적 기기의 하나로서 그 사용을 단순히 억제할 수는 없을 것입니다. 그러나 저 자신을 보더라도 스마트폰의 지나친 사용으로 인해 시간적·경제적·건강적 측면에서 이미 중독에 이르렀으며 제법 많은 문제점을 가지고 있습니다. 아마도 많은 이들이 저와 같을 것입니다. 특히나 부모들은 자녀들의 스마트폰 과다 사용에 대한 위험성에 대해 서로 진지하게 이야기하는 시간을 갖고 스마트폰을 사용하는 시간과 공간을 계획적으로 제한하도록 하고 반복적이거나 강박적인 사용으로 인한 신체상의 위해가 발생하지 않도록 항상 확인해야 할 것입니다.

간혹 주변에서 젊은 부모들이 보채는 어린아이를 달래기 위해 스마트폰이나 태블릿 PC 등을 쥐어 주는 경우를 보게 됩니다. 이것은 젖뗀 아이에게 불량식품을 던져 주는 것과 같으며 절대로 하지 말아야 합니다. 그 아이는 서서히 기기에 중독되어 나중에는 스마트폰이나 태블릿 PC 등을 주지 않으면 더욱 보챌 뿐만 아니라, 책을 읽거나 부모님이 들려주는 옛날이야기, 심지어 좋은 노랫소리까지도 들으려 하지 않을 것입니다. 즉, 보고 느끼고 즐기는 단계를 건너뛰어서 자극적이고 충동적이며 중독성 있는 스마트폰이나 태블릿 PC 단계로 넘어가 버리는 것이지요. 어린아이의 뇌가 그쪽으로 먼저 굳어 가는 것입니다. 무서운 일입니다. 어린 시절부터 단계적으로 듣고 느끼고 생각하고 자라나는 과정이 단번에 생략되어 버리는 것이지요.

예를 들어 스마트폰으로 자극적인 내용의 영상을 많이 시청하게 되면 책을 보지 않게 됩니다. 왜냐하면 책을 보면서 느끼는 것이 훨씬 시시하기 때문입니다. 청소년들이 자극적인 인터넷 게임에 몰두하면 책은 시시해서 읽기가 어려워지듯이, 아이들이 보챈다고 그걸 달래는 임시방편으로 손에 쥐여 준 스마트폰이 점점 그 아이의 뇌를 스마트폰 중독의 늪으로 빠뜨립니다. 무엇보다도 감정도 없고 온기도 없는 차가운 기계에 매몰되어 버립니다.

사람과 사람의 직접적인 교류, 일상적인 관계를 통해 나누는 교감과 대화가 소중합니다. 그것을 알게 하는 것이 스마트폰 중독의 가장 중요한 예방법이기도 합니다. 저는 우선 스마트폰에서 유튜브 앱을 삭제했습니다. 스마트폰을 손에 쥐면 무의식적으로 유튜브 앱을 터치해 하루에도 수십 번씩 들어가 보던 것을 앱을 삭제하는 것으로 조절했습니다. 그리고 의무적으로 하루에 두어 시간 정도 스마트폰을 멀리하려고 합니다. 특히 운동을 할 때는 아예 스마트폰을 집에 두고 가려고 합니다. 스마트폰을 몸에 지니고 있지 않으면 마음이 불안·초조해지는 것에서 차츰 벗어나는 노력을 할 예정입니다.

살아가는 데 둘도 없이 소중하고 편리한 스마트폰이지만 과다 사용으로 인해 오히려 제 삶에 크나큰 독이 될까 싶어 섬뜩합니다.

2024. 03. 19. 현충사

다름이라는 것이…

저는 사업이라고는 해도, 작은 제조업체를 운영하고 있기 때문에 대단한 사업가도 아니고, 그렇다고 사회적 기준으로 보아 사업에 큰 성공을 거둔 사람은 더더욱 아닙니다. 우리 사회에 적게는 수백억 원, 많게는 수조, 수십조 원의 가치가 있는 기업들이 수두룩하니까 말입니다. 기껏해야 연 100억 원 안팎의 매출을 거두는 제조업체 대표인데 만약 제가 뭔가 사회적으로 대단한 성공을 거둔 사람이라고 치면 저희 회사보다도 더 많은 매출을 올리는 큰 기업을 경영하시는 분들은 정말 어마어마한 사람이 되겠지요.

그렇다 보니 대단한 사업가 행세하기도 그렇고, 또 뭔가 성공을 이룬 것처럼 행세한다는 것도 참 웃긴다는 생각이 듭니다. 하지만 한 가지 뽐내고 싶은 것은 한 30년을 한 업종만 파고들어 망하지 않고 꾸준히 해 오고 있고, 수십 명의 직원들에게 나름 최선을 다하면서 살아왔다는 점입니다. 우리는 사회적으로 어떤 성공의 기준이 있지요. 그런 기준으로 봤을 때 저에게 부족한 점이 많은 건 틀림없습니다. 사업을 하면서 금과옥조처럼 기본으로 삼았던 것들이 몇 가지 있지요. 그중

한 가지는 뭐든지 결정을 할 때에는 일반적인 기준이나 생각대로 하지 말고 뭔가 다르게 해보자는 것이었지요.

예를 들어 부품 또는 중간재를 생산하는 것이 아니라 익명의 소비자를 상대로 완제품을 생산하다 보니까 제품에 이름을 짓는 것, 개발 과정, 그리고 생산과 마케팅 과정까지 모든 일을 저희가 혼자서 처리하고 결정해야 하는 상황입니다. 다시 말해서 모든 것을 제 스스로 만들어 내야 하는 거죠. 그렇게 해서 만든 제품들 중 일부는 시장에서 소비자들로부터 선택을 받고 히트 상품으로 자리 잡기도 합니다. 그리고 결국 그런 일련의 과정 속에서 큰 보람을 얻지요.

기존 제품과 뭔가 다르게 하기 위해 정말 고민을 많이 합니다. 뭐, 누구나 그런 생각을 하겠죠. 그런데 제가 선택한 것은 생각을 좀 다르게 해 보자는 거였습니다. 이게 말하기는 굉장히 쉽고 단순한 것 같지만 실제로는 잘 안 되더라고요. 왜냐하면 우리들은 대개 일반적인 생각, 즉 고정관념이라는 것에 빠져 있습니다. 다시 말하면 사고의 틀입니다. 예를 들면 자동차는 네 바퀴로 굴러야 한다. 일종의 고정관념이죠. 자동차는 두 바퀴로 세 바퀴로 여섯 바퀴로 구르면 안 된다는 것이 사고의 틀, 고정관념인 거겠죠. 비유가 적절하진 않지만 우리는 살아가면서 그러한 고정관념들을 많이 가지게 되지요.

그런데 그러한 고정관념은 나쁜 것이 아니고 오랫동안 실패와 성공을 거듭하면서 우리 머릿속에 꽉 자리 잡게 된 것이지요. 그러니까 고정관념이 머릿속에 자리 잡기 전까지는 많은 착오와 실패가 반복된 것이라고 봐야 되겠죠. 그렇기 때문에 고정관념의 틀에서 안주하는 것은 굉장히 나름대로의 일정한 보장이 있다고 봐야 할 겁니다. 그런데 저는 그걸 좀 깨뜨리고 싶어 하는 성향을 가지고 있지요.

하지만 저 자신이 머리가 비상하거나 대단한 천재적인 생각을 갖고 있거나 하면 사회적으로 큰 반향을 불러일으킬 수 있는 혁명가가 될 수 있고 대단한 성공자가 될 수 있을 텐데 너무나 안타깝게도 저 자신은 지극히 평범합니다. 다시 말해서 머리가 아주 좋지는 않지요. 천재성이 전혀 없다는 겁니다. 천재성이 없는 정도가 아니라 보통 사람보다도 머리가 더 안 좋고 영리함도 없습니다.

그런 제가 남들이 안정되게 구축해 놓은 고정관념의 틀을 벗고 뭔가 좀 다른 것을 생각해 내려고 덤벼드니, 그 생각해 낸 것 대부분은 고정관념의 틀보다도 못한, 다시 말해서 실패와 문제점이 반복되는 상황 속에서 허우적댄 정도에 불과한 수준이지요. 그러다 보니 어떤 제품을 개발하거나 만들어 놓으면 열에 아홉은 실패합니다. 왜냐하면 제가 대단한 사람이 아니기 때문이죠. 그러면서 기존에 뭔가 좀 다르게 할 수 있는 부분에 대한 딜레마에 빠지기도 합니다.

그렇게 세월이 흘렀고 돌이켜보면 사업적으로 큰 성공은 거두지 못한 것 같아요. 아마도 제가 대단한 혁신적인 생각을 갖고 좋은 아이디어를 가지고 있었다면 스티브 잡스처럼 세상에 혁신적인 제품들을 만들어 냈겠죠. 근데 불행인지 다행인지 저는 그러지 못하다 보니 지금이 모양, 이 모습 정도의 그릇대로, 또한 사업의 크기대로 살아가고 있는 것 같습니다.

그렇다면 기존의 것과 뭔가 좀 차별성이 있으면 무조건 성공할까요? 아닙니다. 일단은 성공에 대한 보장은 전혀 없습니다. 우리는 흔히 이렇게 말합니다. "뭔가 좀 남들과 다르게 하자." 하지만 다르게 하는 것이 반드시 좋다는 확신은 주지 못합니다. 다르게 한다고 성공이 보장되는 것은 아닙니다. 왜냐하면 남과 차별성만 있을 뿐이지 그것이 성공하거나 뭔가를 이루는 데 있어서 전부가 아니기 때문입니다.

제품 카탈로그가 됐건 제품 이름이 됐건 제품 디자인이 됐건 좀 다르게 하고 싶어도 기존에 일반적인 사고의 틀이 있어요. 정부나 지자체의 지원을 받아서 전문가들로부터 결과물을 납품받을 때도 가끔 있습니다. 언뜻 봐서는 참 산뜻하고 괜찮아 보이죠. 그리고 사람들한테 거부감도 없습니다. 그런데 안타까운 것은 제품이나 카탈로그가 거의 대동소이하다는 거예요. 디자이너 자신도 본인이 가지고 있는 사고의 틀에서 절대 벗어나지 않습니다. 하지만 디자인에 대한 노하우와 전문성이 있다 보니 누가 봐도 언뜻 굉장히 산뜻하고 좋아하는 보입니다. 그런데 저는 그게 싫다는 겁니다.

그걸 좀 벗어나자. 다시 말해서 일반적인 사람들이 생각하는 것에서 벗어나 보자는 것이지요. 그래서 저희 회사 제품들은 디자인이 일반적인 농업회사들과는 조금 다릅니다. 색다릅니다. 그래서 소비자들이 관심 있게 제품을 들여다보면 "이건 FM애그텍 것이네." 하고 단번에 알 수 있지요. 왜냐하면 색감도 다르고 이름도 다르고 디자인의 배열 같은 것들이 좀 다르거든요.

자, 그러면은 아까 말씀드린 것처럼 뭔가 좀 다르게 만들면 무조건 성공할까요? 그렇지 않아요. 그리고 성공을 목적으로 제가 뭔가 다르게 만드는 것은 절대 아닙니다. 성공할지 실패할지는 저도 알 수가 없어요. 그런데 다르게 하고 싶습니다. 그리고 다르게 해야 한다고 생각합니다. 왜냐하면 그렇게 해야 우리 제품이 소비자의 눈에 조금 띄기 때문입니다.

딸아이는 저의 이런 성향을 두고 "아빠, 관종 아니야?" 그럽디다. 처음에는 관종이 뭔지 몰랐어요. 그런데 요즘 젊은 사람들이 자주 쓰는 말이죠. 관종? 그 말뜻이 참으로 충격적입니다. '관심 종자'의 줄임말입니다. 아니, 딸이 아빠한테 어떻게 관심 종자라고 말할 수 있습니까? 그런데 딸의 입장에서는 아빠가 좀 남들로부터 관심을 받으려고 한다고 생각한 거지요. 그게 잘못 보게 되면 건방져 보이고 거만해 보이는 거죠. 그래서 젊은 사람들은 그것을 관종이라고 부른다고 합니다. 저의 그런 마인드는 제 성격 탓이기도 하지만 그보다는 제 심정이 제품을 개발하는 일에서도 고스란히 나타나기 때문인 것 같아요. 살아남아야 한다는 절박한 심정 말입니다.

수십 년간 제품을 만들다 보니 마케팅 경쟁이 심해요. 극심한 경쟁 속에서 어떡하든지 우리 제품을 많이 팔아야 하고 살아남아야 하는데 제품을 잘 팔기 위해서 어떻게 해야 하는가가 참 어려운 부분입니다. 제가 살아남기 위해서 어쩔 수 없이 가야 하는 길이 '좀 다르게 해 보자.'는 겁니다.

2023년도 신제품 종합 카탈로그를 만들기 위해 표지를 디자인하는데 제가 평소 찍어 놨던 사진 네 점을 직원 단톡방에 올려놓고 어느 것이 적당한지 물어봤어요. 그랬더니 70~80%의 직원들이 한 가지 사진을 꼽더라고요. 네 가지 중에서 세 가지는 일반적으로 생각할 수 있는 유(類)의 사진이고 나머지 한 가지는 전혀 엉뚱한 사진이었습니다. 세 가지는 농사짓는 전경을 담았고 한 가지는 사마귀가 감 열매 위에 앉아 있는 사진이었지요. 누가 봐도 전혀 연관성이 없었지요. 저는 이미 마음속으로 사마귀가 앉아 있는 사진을 표지에 사용하려고 결정한 후 직원들에게 물어본 것입니다.

그런데 아니나 다를까 대부분의 직원들은 일반적으로 인정되고 당연한 것처럼 여겨지는 사진을 선택했습니다. 제가 마음속으로 결정해 둔 사진을 선택한 직원은 한 명도 없었지요. '사람들이 가지고 있는 일반적인 생각은 결국 이런 것이구나.' 생각하면서도 저는 이미 마음속에 결정해 둔, 아무도 선택하지 않은 사마귀 사진을 표지에 사용했습니다.

좀 파격적이지요. 결국 이런 겁니다. 그렇다면 사마귀 사진 표지를 보고 사람들이 "와! 이거 정말 좋네." 말할까요? 아닙니다. 남들과 다르게 디자인했다고 해서 대단한 성공을 거두는 건 절대 아닙니다. 그런데 분명한 한 가지는 있습니다. 세상에 내놨을 때 일단 눈에 확 띤다는 겁니다. "이거 봐라." 소리가 분명히 나올 겁니다. 저는 그겁니다. 일단 많은 사람들한테 시선을 끌고 많은 사람들이 눈여겨보게 하는 겁니다. 왜냐하면 시중에는 농업 계통의 제품 카탈로그들이 수십, 수백 가지가 있습니다. 그리고 대부분 비슷비슷합니다.

디자인이 대부분 비슷비슷하기 때문에 제가 그것들과 비슷하게 만들면 차별성이 없고 그 틀에서 벗어나지를 못합니다. 그렇기 때문에 뭔가 눈에 띄는 다른 모습을 선택하게 되는 겁니다. 우리가 경쟁이 심한 사회에서 살아남기 위해서는 선택의 여지가 없습니다. 경쟁도 없이 나 혼자 독점하고 있는 경우에는 굳이 그럴 필요가 없지요. 왜냐하면 경쟁 상대가 없으니까 그냥 일반적인 것으로도 충분히 성과를 얻을 수 있으니까요. 그런데 비슷비슷한 것들이 너무 많고 경쟁이 심한데도 나 역시 남들과 비슷하다면 결국은 그 밥에 그 나물입니다. 그래서 제가 '남들과 다르게' 하려는 것은 성공하기 위해서라기보다 결국은 살아남기 위한 전략이죠. 이게 바로 제품을 만드는 데 있어서 제 나름의 소신 또는 철학인 셈이지요.

쓰다 쓰다 주체 못 하는
지방교육재정교부금을 아시나요?

1958년부터 시행된 지방교육재정교부금은 흔히 우리가 알고 있는 교육교부금이라는 것입니다. 1969년부터 무시험, 흔히 말하는 '뺑뺑이'로 중학교에 진학하게 되면서 중학교 학생 수가 증가하고 교육비 수요가 증가하자 1971년에 의무교육재정교부금법과 지방교육교부세법을 한데 묶어 지방교육제정교부금법이 제정되었고, 이 법에 의거해 기존의 의무교육재정교부금과 지방교육교부세가 지방교육재정교부금이라는 이름으로 통합되었습니다. 내국세의 20%를 교부해 의무교육기관을 비롯해 공립학교의 학교경비 일부를 충당하는 법정 재원으로 사용됩니다. 즉 국가가 시·도교육청에 배정해주는 예산이지요. 그런데 그 예산이 실로 어마어마합니다. 게다가 매년 증액되고 있습니다.

학생 수는 급속히 감소하는데 교육교부금은 매년 증가하는 기현상이 지금 대한민국의 현실입니다. 유아·초등교육 분야의 예산액을 살펴보면 2015년 41조 원, 2016년 43조 원, 2017년 47조 원, 2018년 53조 원, 2019년 59조 원, 드디어 2020년 60조 원, 2023년 65조 원을 넘어섰습니다. 그러나 아이러니하게도 3~17세 학생 수는 2019년 683만 명에서 2023년 546만 명으로 거의 60만 명 가까이 줄어들었습니다. 2030년에는 628만 명으로 예상됩니다.

그러다 보니 우리나라 1인당 공교육비는 2020년 기준으로 1만 4,113달러로 OECD 평균 1만 2,347달러보다 11% 높으며, 그것도 해마다 급속히 증가하고 있습니다. 특히 초등학교 공교육비는 1인당 1만 5,000달러에 이르러 세계 최고 수준의 비용이 들어가고 있습니다.

교육교부금은 내국세수에 연동해 산정되는데 그 산정 방식이 인구가 급속히 늘어나던 1972년도에 도입되었습니다. 지금은 세계 최저 출산율을 연일 갱신하고 있는 마당에 아직까지 50년 넘게 산정 방식이 그대로 유지되고 있다니 놀라울 따름입니다. 그러다 보니 초·중·고 학령 인구는 급속히 감소하고 있는 반면에 그에 대한 재정은 늘어만 가고 있으니 한쪽에는 예산이 부족하고 다른 한쪽에서는 돈 쓸 곳을 찾느라 초등학교 교사들이 골머리를 썩이고 있는 것이 현실입니다.

세입 기반 확충을 통해 추가 재원을 마련하더라도 추가 재원의 20.79%가 초·중·고 학생들의 교육비 지출로 이어지는 현재의 교육교부금 산정 방식은 인구 구조의 변화와 재정 여건을 고려하면 너무나 불합리하다고 할 수 있습니다. 더구나 현재 우리나라는 지방자치

교육제도에 따라 지역 교육감과 교육위원을 선거로 선출하다 보니 이념과 정치색으로 편향된 교육이 이루어지고 있으며, 전체 재정 수입의 96.7%를 중앙정부의 재원으로 채워 주고 있으니 교육행정이 그야말로 꿩 먹고 알 먹는 식으로 방만하게 운영되고 있는 실정입니다.

이 부분은 일본과 미국과 비교해 보아도 큰 차이가 납니다. 일본의 경우 중앙정부는 교육 재정 수요에 근거해 공립 초·중학교 인건비 1/3과 약간의 시설장비 비용을 국고에서 부담합니다. 나머지 지방 교육 재정은 지방정부가 부담하고 지방 행·재정은 일반 행·재정의 일부입니다. 더구나 일본에서도 1980년대부터 학령인구가 감소하는데도 불구하고 중앙정부의 교육비 부담이 증가하는 문제가 있었습니다. 그러나 중앙과 지방의 재정을 보다 효율화하기 위해 '삼위일체 교육'의 일환으로 고이즈미 정부는 중앙정부의 부담을 공립 초·중학교 인건비의 1/2에서 1/3로 축소하기도 했습니다.

소규모 학군 단위로 교육 자치가 이루어져 온 미국의 경우, 초·중등 교육 행·재정이 일반자치 행·재정으로부터 분리되어 있지만, 각 학군은 재산세 등의 과세 권한을 갖고 교육 재원 조달의 책무를 지고 있습니다. 학군은 교육 행정의 자율성을 보장받는 대신 재원 조달의 책무성도 함께 요구되고 있는 것이지요. 재산세의 경우 대다수 학군 주민들이 동의하지 않으면 학군의 교육 재정 확충을 위한 세율 인상은 불가능합니다. 주별로 다르지만 평균적으로 주 정부는 보조금을 통해 전체 지방 교육 재정 수입의 74%를 지원하고 있으며 연방 정부의 지원 비율은 8%에 불과합니다.

인구 축소 사회로의 전환이 빠르게 이루어지면서 학령 인구 감소는 이미 오래전부터 시작되었지요. 그런데도 교육 재정은 매년 늘어나고 신기록을 갱신하고 있습니다. 국가 재정은 교육뿐만 아니라 국방, 복지, 환경, 연구개발, 고용 등 다양한 분야에 합리적으로 배분되어야만 우리 사회가 직면한 다양한 문제들을 완화하면서 지속 가능한 사회를 유지할 수 있는 것입니다.

만약 교육교부금 산정 방식을 계속 현행대로 고수한다면 학령인구는 2023년 628만 명에서 2030년 450만 명으로 급격히 감소하는 반면 1인당 교육교부금은 1,880만 원까지 증가할 것으로 추산됩니다. 아무리 초·중등 교육 투자가 우리나라 인적자본 형성에 중요하다고 하더라도 실질소득 감소와 소비자 물가 상승 속에서 1인당 경상 GDP 증가 수준을 훨씬 뛰어넘는 교육교부금의 증가는 합리적인 국가 재원 배분이라고 볼 수 없습니다.

그냥 단순하게 보더라도 학령인구는 계속 감소하고 있는데도 교육 예산은 꾸준히 증가하고 있는 셈이지요. 그럼에도 불구하고 학생들의 평균 학력 수준은 하락하고 있지요. 더구나 일부 시·도 교육청의 경우 학생은 줄어드는데 넘치는 교육교부금을 주체하지 못해 교직원들이 뮤지컬, 영화 등을 단체로 관람하고 멀쩡한 교육시설들을 뜯어내고 새로 설치하는 학교가 전국에 수십 곳이고 별의별 명목으로 예산을 소진하기에 바쁜 실정입니다. 얼마 전 국무조정실이 정부 합동 부패 예방 추진단과 함께 전국 시·도 교육청을 상대로 교육 재정 운영 실태를 점검한 결과 불법·편법 사용 사례 97건을 적발했는데 부정 사용액이 282억 원에 이른다고 발표했습니다.

어느 학교에서는 교직원들이 바리스타 자격증을 취득하는 데 220만 원을 사용하기도 하고, 심지어 심야 시간대에 치킨 주문 비용으로 사용하기도 했으며 음파전동칫솔 구입 등 별의별 명목으로 수백억 원의 국민 세금을 편법·불법으로 사용하기도 했습니다. 그러나 이것은 그저 정기적인 합동 점검이고 모든 시·군 교육지원청을 대상으로 보다 면밀한 점검을 할 경우에는 훨씬 더 많은 편법·불법 사례들이 적발될 것으로 예견됩니다.

우리나라가 이렇게 돈이 많은 나라이며 국민 세금을 이렇게 헤프게 사용해도 되나 싶을 정도의 의구심이 드는 것들이 한두 가지가 아닙니다. 일선 학교에서는 예산 사용처를 찾지 못해 도리어 골머리를 앓고 있습니다. 학교 시설 설비의 사용 연한이 지나지 않았는데도 바꾸기 일쑤이며 학교 시설물을 새로 설치하기도 하며 어떤 학교는 한겨울에 학교 전체 페인트 도색을 하기도 합니다. 전체 초·중·고생 수가 2,000여 명 정도 되는 어느 지방자치단체는 1년 교육교부금이 300

억 원 가까이 배정되어 학생 1인당 수천만 원꼴로 사용되기도 합니다.

필자의 지인이 교장으로 근무하는 시골의 한 초등학교는 전체 학생 수가 35명인데 교직원 숫자는 34명에 1년 예산이 50억 원 가까이 된다고 합니다. 학습 정서 지원 프로그램, 학교 급식 개선, 훈련 등에 필요한 장비 구입, 체육 교구 확충, 노후 급식기구 교체, 겸임교사 운영, 온풍기 교체, 각종 학교 연수 등에 예산을 사용한답니다.

어떤 학교는 1년에 한 번씩 학생들에게 노트북을 지급하기도 했습니다. 전교생이 고작 10명 안팎인 학교 운동장을 2년 사이에 천연 잔디 운동장으로 공사를 했다가 다시 인조 잔디 운동장으로 바꾸는 등 수천만 원 예산을 사용하기도 했습니다. 이렇듯 연간 수십조 원을 쏟아붓고 있음에도 불구하고 지금 우리나라 공교육의 현실은 처참하기 그지없습니다.

참으로 아이러니함과 동시에 무서운 생각이 들기도 합니다. 교육이라는 이름으로 어린 학생들에게 수십조 원의 막대한 국가 예산을 투입하고 있는데도 합계출산율은 세계 최저 기록을 갈아치우고 있으며 '국가소멸론'이라는 극단적인 기사까지 등장하고 있는 현실에 기가 막힐 따름입니다. 정치색으로 얼룩진 일부 시·도 교육감들이 백년대계의 교육 철학은 고사하고 색깔론에 근거해 편협하고 왜곡된 교육 내용까지 학생들에게 주입시키고 있는 현실에 어안이 벙벙할 뿐입니다.

결국 우리나라 초·중·고 교육은 대학 진학을 위한 도구가 되어가고 있으며 그 피해는 중·고등학생 자녀가 있는 학부모들에게 고스란히 전가되고 있습니다. 결국 사교육은 늘어나고 있으며, 통계에 따르면 중·고등학생 자녀를 둔 고소득 가정은 한 달 평균 학원비로만 114만 원을 지출하고 있는 실정입니다. 우리나라 전체 사교육비 지출이 한 해 26조 원에 이르러 아이슬란드 GDP와 비슷한 수준이라고 합니다. 매년 학령 인구 감소에도 불구하고 사교육 시장의 지출은 가파르게 증가하고 있습니다. 수십조 원의 교육교부금에 수십조 원의 사교육비. 그런데도 학령 인구는 급속히 감소하고 있으니 참으로 어처구니없는 우리나라의 교육 현실입니다.

대부분의 중·고생들이 학교를 그저 대학에 진학하기 위해 거쳐 가는 단계로 인식하고 있으며, 물론 이런 인식은 학부모들이 더 심할 것입니다. 'in seoul' 대학에 입학하기 위한 몸부림, 그리고 무리한 사교육. 대학 진학이 목표가 되어 버린 우리나라 청소년 교육은 결국 자연스레 사교육 의존도가 높아지고 창의적 사고와 목표 의식 부재, 자존감 하락, 교우 관계에 부정적 영향 등 이제는 이중고, 삼중고를 넘어 통제 불능의 나락으로 떨어지고 있는 느낌입니다.

국가 재정의 상당액을 공교육에 쏟아붓고 있는 현실, 그러한 교육 정책이 무용지물이 되어 가고 있어도 시급히 개선될 기미는 보이질 않습니다. 교육 투자의 중요성은 거듭 강조되어도 지나치지 않지요.

그렇지만 국가 재정 상태를 감안하고 인구 구조 변화에 대응하기 위한 사회복지 등 여타 분야 지출과의 조화를 이루는 재원 배분의 틀 속에서 교육 투자도 이루어져야 합니다.

그러나 현재의 교육교부금은 특히 초·중·고 교육에만 사용되도록 제한되어 있어서 고등 교육 지원에는 활용되지 못하고 있습니다. 그러다 보니 1인당 소득 대비 고등 교육 투자는 OECD 회원국 중 하위권 수준인 반면 초·중등 교육 투자는 세계 1위 수준이라는 기형적인 결과가 초래되었습니다. 초·중·고 과정에서는 세계 최고 수준의 투자가 이루어지다가 대학 이상의 과정에서는 세계 최하위 수준의 교육투자로 전락하는 것이 미래 인재 육성의 바람직한 방향이라고 할 수는 없겠지요.

너무나 방만하고 기형적인 교육교부금 산정 방식은 초·중등 학령 인구 변화 추이를 반영하는 방식으로 시급히 개선되어야 합니다. 그리하여 불필요하고 지나친 예산 낭비, 나아가 국격 훼손을 막고 기울어진 운동장을 바로 세워야 합니다. 나아가 이념에 기울어진 시·도 교육 지도자들의 왜곡된 교육관 탓에 미래 세대들이 삐뚤어진 정체성과 가치관을 갖지 않도록 학부모들이 정신 바짝 차리고 선거에서 올바르게 선택해야 합니다. 교육교부금의 올바른 사용에 반대하는 일부 시·도 교육감들의 경우 그들의 그릇된 교육관과 탐욕은 종국적으로 수많은 어린 학생들에게 정신적·교육적 상처만 남길 뿐입니다.

세계 최고 명품 소비국 대한민국

저는 지금까지 흔히 말하는 명품이라는 것을 사 본 적이 없습니다. 물론 제가 몸에 지니거나 걸친 것도 없지요. 그리고 지금껏 사고 싶은 적도 없었습니다. 아! 가짜, 즉 짝퉁 제품은 두 개 정도 있습니다. 10년 전 중국 출장길에 칭다오(青島) 짝퉁시장을 갔다가 500위안을 주고 불가사리 시계를 산 적이 있었는데 지금은 어디 갔는지도 모릅니다. 그리고 언제인가 짝퉁 지갑을 산 기억이 있는데 그것도 아마 지금 집 안 어딘가에 처박혀 있을 것입니다.

원래 시계나 목걸이, 반지 등을 몸에 걸치거나 꾸미는 것을 극도로 싫어하는 성격인지라 흔히 말하는 값비싼 브랜드 제품을 별로 선호하지를 않습니다. 그 이유는 단 한 가지입니다. 돈이 아까워서입니다. 물론 웬만한 명품이라는 것을 살 정도의 돈은 가지고 있습니다. 그리고 다른 곳에 돈을 제법 사용하기도 합니다. 아마도 그동안 마신 술값으로 롤렉스 시계 몇 개는 살 수 있었을 겁니다. 밥 먹고 술 마시는 데 쓰는 돈도 물론 아깝지만 몸에 꾸미는 시계, 가방 등을 비싸게 산다는 게 돈이 아깝다는 생각이 듭니다.

미국 경제 전문 매체 CNBC가 모건 스탠리 분석을 이용해 보도한 내용을 보면 명품 구매가 적지 않은 미국인과 중국인의 2022년 한 해 평균 1인당 명품 구입액은 각각 280달러와 50달러였는데 한국인의 1인당 명품 구매액은 325달러, 연간 총액은 168억 달러(20조 900억 원)로 명품 구매액이 세계에서 가장 많은 나라로 선정되었다고 합니다. 그러다 보니 주요 명품업체들은 한국에서의 판매망을 강화하기도 하고, 중국에서 타격받은 명품 업체들이 한국 덕분에 살아났다는 말까지 나오기도 합니다.

GDP 규모 세계 10위, GNI 규모 역시 세계 10위 정도, 1인당 GDP 규모 세계 34위 수준, 1인당 GNI 규모 세계 33위 정도인 대한민국이 소위 명품 소비에 있어서는 압도적으로 세계 1위라는 사실에 혀를 내두를 수밖에 없습니다. 참으로 기가 막힐 노릇입니다. 이탈리아의 한 매체는 '명품이 한국으로 향한다'라는 제목의 기사에 한국이 명품 시장의 큰 손으로 떠오르고 있다는 내용으로 특집 보도까지 했습니다. 이탈리아의 2022년 한국 수출액의 절반 이상인 51.3%가 명품 브랜드 수출이었다고 합니다.

2023년 1월 20일 일본 후지TV가 보도한 한국 관련 뉴스에서 일본 네티즌들은 한국의 소비 행태를 신랄하게 비꼬며 비난했는데 그 내용이 우리나라 사람들의 명품 구입 열풍을 빗댄 것입니다. "한국은 명품 구입액이 2022년 전 세계 1위일 정도로 뽐내기 욕망이 강하다. 돈이 없어도 외제차부터 사고 경차는 우습게 생각한다. 집도 외모도 자동차도 전부 보이는 것만 중시하는 처세 국민성.", "자기 자신의 수입에 맞지 않은 물건을 사고 허세가 너무 많다. 결국에는 반드시 파탄한다."

추운 날씨에도 불구하고 어느 명품 매장 앞에는 물건을 사려는 사람들로 밤새워 줄을 서기도 합니다. 도대체 왜 우리나라 사람들은 이렇게 명품에 목을 맬까요? 그리고 안달을 할까요? 우선 참고 자료를 좀 찾아보았습니다. 일단 '명품 구매 이유'에 대한 조사 결과를 보겠습니다. 다음은 설문조사기관 두잇서베이가 2022년 7월 26일부터 8월 3일까지 전국의 성인 남녀 4,562명을 대상으로 실시한 '2022년 명품에 관한 소비자 인식' 결과입니다.

▲ 본인의 가치가 올라가는 느낌이 들어서: 46.5%

▲ 디자인 및 품질이 마음에 들어서: 43.3%

▲ 고생한 나에게 보상해주고 싶어서: 41.1%

▲ 주변에 자랑하기 위해서: 22.4%

▲ 없으면 위축되는 느낌이 들어서: 21%

▲ 기타: 1.7%

또한 '선호하는 명품'의 조사 결과는 다음과 같이 집계됐습니다.

▲ 가방: 74.5%

▲ 지갑: 63.3%

▲ 시계: 58.6%

▲ 의류: 57.7%

▲ 신발: 51%

▲ 액세서리: 47.9%

▲ 모자 · 장갑 · 스카프 · 넥타이: 43.6%

▲ 화장품: 41.7%

▲ 기타: 41%

물론 복수 응답이 가능한 조사 결과겠지요. 명품 구매 이유나 구매 제품을 보면 특별한 설명이 필요 없을 만큼 공감하는 부분이 많습니다. 특히 구매 이유 상위 3개 항목으로 볼 때 한국인들은 명품을 착용 또는 소유함으로써 자부심이나 성취감을 높일 수 있다고 믿는 것 같습니다. 만일 명품을 통해 그 같은 심리적 안정감을 가져올 수만 있다면 비싼 가격이 부담스럽다는 느낌도 안 들 것입니다.

그런데 말입니다. 미국 인베스토피디아(Investopedia) 출판사의 인터넷 사이트에 실린 '사람들이 명품을 사는 이유 뒤에 숨은 심리학'이라는 글에는 흥미로운 분석이 있습니다. '일부 소비자는 합리적으로 행동하지 않는다'라는 소제목에서도 알 수 있듯이, 역설적이지만 일부 소비자의 비합리적인 행동이 명품을 구매하는 이유라는 것이지요. 인베스토피디아는 그래머시 연구소(Gramercy Institute)로부터 2022년 금융 콘텐츠 마케팅 상을 수상한 곳입니다. 그들은 한마디로 "소비자는 항상 합리적으로 행동하지 않는다."라고 주장합니다. 비합리적인 판단을 하는 사람들이지요. 반면 완벽하게 합리적인 사람은 항상 이성이나 논리에 따라 행동한다는 것입니다. 똑똑하니까요.

즉 완벽하게 합리적인 사람은 항상 자신의 이익을 위해 최선의 선택과 행동을 한다는 것이지요. 자신이 머리 굴려 추구하는 재정적 이익을 포함해서 말입니다. 수많은 현대 행동심리학 연구를 통해 인간이 항상 이성적으로만 행동하는 것은 아니라는 사실이 밝혀진 것입니다. 만일 합리적인 소비를 한다면 적어도 똑똑하다는 사람들은 명품을 사지 않아야 정답입니다. 가격 대비 성능, 즉 가성비 차원에서는 더더욱 이지요.

그런데 미국 유학까지 가서 박사 학위를 딴 조카 녀석이 1,650만 원짜리 롤렉스 시계를 구입했답니다. 시계의 용도는 간단합니다. 시간이나 시각을 체크하는 것입니다. 명품 시계가 아니어도 조금도 어려움 없이 살 수 있습니다. 인베스토피디아는 또 하나의 역설을 제시합니다. "명품을 구매하는 많은 소비자들은 명품을 살 여유가 있는 재정적인 상황에 있지 않다."라는 것입니다. 그 증거는 많은 미국인들의 높은 부채 비율로 설명될 수 있습니다. 이는 많은 미국인들이 항상 최선의 재정적 이익을 위해 행동하지 않는다는 증거가 되기도 합니다.

똑똑한 사람이라면 고품질의 내구성이 뛰어난 핸드백을 100달러에 구입할 수 있는데 일부 사람들은 동일한 기능과 동일한 품질의 고급 브랜드 핸드백에 왜 수천 달러를 지불하는 것일까요? 흔히 우리나라 사람들은 비쌀수록 더 품질이 좋다는 생각을 가지고 있습니다. 저렴하고도 품질이 우수하다는 증거가 있더라도 돈을 많이 지불한 만큼 좋은 물건을 얻는다고 믿는 경향이 있습니다. 그렇기 때문에 품질이 더 좋다거나 나쁘다거나 또는 저렴하다는 것은 무의미합니다.

명품 구입 이유는 사람마다 다릅니다. 우선 일반적인 이유를 살펴보면 오랜 기간 동안 쌓인 브랜드와 품질에 대한 신뢰 때문입니다. 단기적으로는 많은 비용이 들 수 있겠지만 장기적인 측면에서는 저렴한 제품을 구입해서 자주 교체하는 것보다 고가의 고품질 명품을 구입하면 경제적인 이득이 있다고 보는 것이지요. 그리고 럭셔리 브랜드가 대표하는 스타일 감각과 화려함 때문에 명품 브랜드를 선호합니다. 두 번째는 타인에게 인정받기 위해, 즉 자랑하기 위해 명품을 구입합니다. 아마도 대다수의 여성 구매자들이 이 부류에 속할 것입니다. 친구나 직장 동료, 그리고 주변인들과의 비교 등을 통해 자신을 내세우고 돋보이게 하기 위해 명품을 구입하는 것입니다.

이런 부류의 사람들은 명품이 명성과 자신의 지위를 나타낸다고 생각합니다. 때문에 다른 사람에게 깊은 인상을 남기는 수단으로 명품 브랜드를 선호합니다. 명품을 가지고 있음으로써 자신의 부, 명성, 지위를 과시하고 다른 사람에게 인정을 받고 선망의 대상이 될 수 있다고 믿는 것이지요. 반대로 그것을 바라보는 입장에서 사람 됨됨이나 깊이를 보지 않고 외형적인 치장과 꾸며진 모습으로 그 사람의 인격, 지위, 부와 명성을 인정하는 우리 사회의 그늘진 단면을 명품을 통해서 볼 수 있습니다.

최근에 수많은 명품을 휘두르고 다니면서 수백억 원을 사기 친 사례에서 보듯이 사기꾼에게 투자 명목으로 돈을 건넨 많은 피해자들은 사기꾼의 값비싼 명품으로 치장한 모습을 보고 홀딱 넘어갑니다. "돈 많고 대단히 성공한 사람으로 믿고 투자하고 돈을 건넸다."는 기사 내용을 보면서 실소를 금치 못했습니다. 심하게 말하면 '사기당해도 싸다.'는 생각이 들기도 합니다.

세 번째로는 낮은 자존감에 직면한 사람일수록 보기 좋고 관심을 끄는 물질적인 물건의 형태로 인정받기를 원합니다. 즉 명품 착용을 통해 소속감과 안정감을 느끼게 되는 것이지요.

네 번째로는 성취감과 보상 심리입니다. 분명 재정적으로는 명품을 구입하는 것이 무리가 되어도 성취감을 위해서 무리하게 명품을 구입합니다. 200여만 원 조금 넘는 급여를 몇 달씩 모아서 수천만 원짜리 샤넬 백을 구입하는 20대 젊은 여성들이 이 부류라고 할 것입니다. 이런 사람들은 사치품을 삶의 목표, 즉 달성하고자 하는 목표로 삼습니다. 우리 주변에서 상당히 많은 사람들이 이런 생각을 갖고 있고 실제로 명품을 구매합니다. 명품을 자신의 성공과 노력을 보여 주는 상징물로 여기고 명품 구입을 통해 스스로에게 보상하고 성취감을 느낍니다.

그 외에도 대량 생산되는 제품들이 가득한 세상에서 독점적이고 희귀하며 품질이 좋은 특별한 물건을 소유하고 싶은 욕구로 인해 명품을 구입하기도 합니다. 명품이라는 것이 대부분 마케팅 전략의 한 수단으로서 제작 수량이 제한되어 있고 고가이기 때문에 희소성이 높지요. 결국 이런 명품을 착용함으로써 스스로가 남들과 다른 특별한 사람이라고 느끼고 싶기 때문에 명품 소비를 하게 됩니다.

또한 일부는 투자를 목적으로 명품을 구입하기도 합니다. 명품은 중고가 되더라고 그 가치가 크게 떨어지지 않고 어느 정도 인정받기 때문에, 그리고 오히려 어떤 것들은 가치가 증가하기 때문에 투자 차원에서 명품을 구입하는 것입니다.

사람마다 명품을 구입하는 이유는 다르지만 대부분의 사람들이 명품을 하나쯤 갖고 싶어 하는 것은 틀림없는 것 같습니다. 물론 명품은 우아하고 고급스럽습니다. 그러나 그런 동시에 사치품인 것도 틀림없습니다. 우리나라 젊은 세대들 상당수는 유명인이나 연예인이 구입하고 착용하는 명품을 구입하려고 혈안입니다. 어느 유명 연예인이 착용한 명품 가방이 출시 30분 만에 매진되었다는 뉴스가 나옵니다. 유명인이나 부자들이 구입한 명품을 나도 구입하면 내 자신이 그들과 비슷한 상황이 되니 사회적으로 성공한 것 같은 느낌이 들 것입니다.

그러나 겉으로 보이는 것만 생각하고 자신의 경제적 능력이나 처지를 도외시한 소비 형태의 대가는 분명 치르게 되어 있습니다. 명품을 구입할 때 본인의 재정 상태를 고려해서 구입 계획을 세우는 것이 바람직하지만 우리나라 사람들은 유난히도 남들과 비교하고 무리를 해서라도 그들과 같게 되려고 합니다. 결국 행복도 만족도 내 자신이 아니라 다른 사람과 비교해서 결정되는 게 우리의 현실입니다. 이런 비극적인 사회 풍토가 결국은 한국을 세계 최고의 명품 소비국으로 만들지 않았나 싶습니다.

결국에는 사치품일 뿐인 명품 소비가 만연되고 사회 분위기상 그런 것이 중요해진다면 우리나라의 앞날은 참혹할 뿐입니다. 명품을 들고 다니고 입고 다니고 차고 다님으로써 안정감을 찾고 성공한 사람으로 인식되는 것 대신 그 누구와도 비교할 수 없는 내 내면의 진짜 명품을 인식하고 살아가는 것이 최고의 현명함이 아닐까 생각해 봅니다.

2024. 02. 23. 델피노

놀아도 놀아도
너무 많이 노는 한국 사람들

 오늘 아침 받아 본 《매일경제》 기사 중 한 가지입니다. 일본 재무성이 2024년 2월 8일 발표한 2023년도 일본의 경상수지 흑자가 무려 20조 6,295억 엔(약 185조 원)에 이른다는 내용이었습니다. 그중에서 특히 일본을 찾은 관광객이 급증하면서 여행수지 흑자가 확대되어 전년 대비 서비스 수지 폭이 42.1% 늘었다고 하네요.

 일본을 찾은 외국인의 숫자가 엔데믹 효과와 엔저 현상으로 1년 사이 6배 이상 늘어난 2,506만 명이며 무려 3조 4,037억 엔(약 30조 원)이 넘는 여행수지 흑자를 기록했답니다. 그런데 그중에서 1/3이 한국인이라고 합니다. 즉 세 명의 외국인 방문객 중 한 명이 한국인이라는 것이지요. 어마어마하네요. 2023년 700만 명 가까운 한국인이 일본을 방문했고 현지에서 지출한 금액만도 거의 7조 원에 이릅니다. 여행수지 흑자의 1/4을 한국인이 채워 준 꼴입니다.

 참고로 2023년 우리나라를 찾은 외국인 수는 약 1,120만 명 정도입니다. 그중에서 일본인이 250여만 명으로 나타났습니다. 우리나라 사람들이 일본을 찾은 숫자보다 일본인이 한국을 찾은 숫자가 거의 1/3 수준에 불과합니다. 물론 인구 대비(2023년 일본 인구는 약 1억 2,400만 명, 한국 인구는 5,200만 명 정도)로 따지자면 더 큰 차이가 납니다. 다 죽어 가던 일본 경제를 우리 한국인이 상당 부분 먹여 살리고 있는 것 같아 씁쓰레한 기분이 듭니다.

우리나라 사람들은 일본의 예에서도 보았지만 정말 여행을 많이 다니는 것 같습니다. 특히나 해외여행을 많이 다니는데 아마도 인구 대비 해외여행 비율을 따지자면 우리나라가 단연코 세계 최고가 아닌가 싶네요. 2023년 해외로 출국한 한국인이 2,271만 명에 이릅니다. 전체 인구의 절반 가까이, 즉 국민 두 명 중에 한 명이 외국을 나간 것이지요.

대부분의 해외 출국자들은 여행을 목적으로 합니다. 일본을 필두로 베트남, 필리핀, 태국, 대만, 호주, 미국, 유럽 등 전 세계 곳곳에 한국인 여행자들이 넘쳐납니다. 남녀노소를 불문하고 인천공항을 중심으로 국내 주요 공항들에는 해외여행자들이 장사진을 이루고 있지요. 베트남, 태국, 필리핀 등지에는 한국인 골퍼들이 엄청납니다. 심지어 동남아 어느 골프장의 1일 내장객 80~90%가 한국인 골퍼들이라는 소리가 들립니다.

현지 외국인들은 "도대체 한국 사람들은 돈이 얼마나 많기에 겨우내 저렇게 많은 사람들이 이곳에 골프를 치러 오는 건지 불가사의하다."

라며 혀를 내두르기도 합니다. 태국, 필리핀 등의 환락가에는 수많은 한국의 유튜버 관광객이 밤거리를 헤매고 있습니다. 코로나 팬데믹으로 인한 보상 여행이라는 명목이 있다고 하더라도 한국 사람들 정말로 해외여행을 많이도 떠납니다. 이제 대부분의 회사들은 주 5일 근무를 하고 있습니다. 게다가 연차 휴가 제도가 있어서 1년에 16일의 연차 휴일을 보장받습니다.

한 달 30일 중 토·일요일, 그리고 1개월당 평균 1일 정도의 국경일이나 법정 공휴일이 있으니 공식적인 휴무일은 한 달 평균 9~11일이 됩니다. 게다가 연차 휴가 1일 정도 포함시키면 한 달에 대략 10~12일 정도 휴무합니다. 즉 회사 출근일은 18~20일 정도 되겠지요. 따지고 보면 이틀 출근하고 하루 쉬는 꼴이 됩니다. 1일 8시간 기준으로 주 5일 40시간 근무에 휴일 등을 적용해 보면 많은 직장인들이 주 35~40시간 정도 근무합니다.

아마도 세계적으로 일을 제일 적게 하는 편에 들 것입니다. 물론 이러한 정상적인 구조의 직장과는 다르게 교대 근무라든지 특수 업무 등으로 인해 아직도 법정 근로 시간과 휴무일 이상으로 근무하고 있는 직장인들도 분명 있습니다. 그러나 대부분의 직장은 큰 차이가 없습니다. 그런데도 일부 시민단체 또는 노동조합 등에서는 우리나라 근로자들이 과도한 노동, 근무 시간으로 인해 열악한 환경에 놓여 있다고 목소리를 높이고 때론 선동질을 합니다.

본인들은 주 5일 근무, 40시간 이하 근무에 각종 휴가, 수당 등으로 어느 경우에는 직장에 있는 시간보다 다른 볼일 보고 여행 다니고 취미 생활하면서 노는 시간이 많은데도 불구하고 우기기까지 하지요. 아예 어느 자료에는 한국의 노동 시간이 2019년 OECD 36개 회원국 중에서 네 번째로 많다고 합니다. 도대체 어떤 직업, 어떤 직종의 근로자들까지 포함되었는지는 몰라도 지나가는 개가 웃을 일이지요.

공공기관에서 지역 지사장으로 근무하는 친구가 설 명절 앞뒤 1주일은 사무실이 휑해 거의 혼자서 점심을 먹는다고 합니다.

"직원들은?"
"젊은 여직원들은 앞뒤로 며칠씩 연차 내고 명절 연휴 합쳐서 짧게는 1주일, 어떤 직원은 보름 이상 여행 간다고 출근 안 해."

그런 직원들이 전체 2/3 이상이라고 합니다.

저는 취미 생활로 산에 다니면서 사진을 찍는데 가끔 산에서 비슷한 취미의 사람들을 만나게 됩니다.

"아무도 안 계신 줄 알았는데. 오늘 평일인데 일 안 하시고 어떻게 여기 계시나요?"

물어보면 휴가 내고 며칠째 다닌다고 합니다. 웬만한 관공서에 업무 차 방문해 보면 '담당자 휴가 중'이라며 자리에 없는 경우가 비일비재하지요. 실제로 요즘 우리나라 사람들은 분명히 일하는 것보다 놀고 여행 다니고 먹고 마시고 즐기는 것이 훨씬 많습니다. 상대적으로 수많은 자영업자들은 한 달에 한 번 정도만 문을 닫을 뿐 한 달 내내 문을 열고 장사합니다. 직장인들처럼 주 5일만 문을 열거나 하루 8시간만 장사했다가는 금세 망하기 일쑤입니다. 자신이 일하고 자신이 책임지지 않으면 끝장이기 때문이지요.

과거 경제 발전 시기에 수많은 근로자들이 겪었던 열악한 처우와 불공정한 인식이 여전히 강하며 남아 있어서 대부분의 정책들은 근로자, 노동자의 입장과 권리 보호에 역점을 두고 있습니다. 최근에 제정된 노란봉투법, 중대 재해 처벌법 등이 대표적인 경우입니다. 그러나 상대적으로 수백만 명의 영세 자영업자, 그리고 중소기업 대표들은 많은 근로 시간, 과중한 업무에 시달리고 있으며 대부분 특별한 보호도 받지 못하고 있는 실정입니다. 그런데도 아직까지 우리나라 사람들의 인식에는 직장인들이 과중한 업무에, 그리고 세계적으로도 많은 시간을 일하고 있다고 생각합니다.

그러나 이는 대단한 착각일 뿐 실제는 근로 시간뿐만 아니라 처우 등도 세계적 수준에 이르고 있습니다. 실제로 일본의 근로자들과 한국의 비슷한 업종 근로자 간의 근로 조건, 급여 복지 등의 수준을 비교해 보면 우리나라 근로자들의 처우는 놀라울 정도로 높고 우수한 상황입니다. 최근에는 도리어 일을 열심히 하는 사람이 이상한 사람 취급을 받는 것 같습니다. 사회 곳곳에서 조금만 힘들거나 불편한 일은 아예 하려는 사람이 없습니다.

'근면 성실한 한국인.' 이제 이 말은 한때 회자되었던 먼 과거의 추억 속 문구처럼 되어 버렸습니다. 특히 산업 전반적으로 전통적인 업종이나 생산 직종에는 그나마 젊은 세대가 40대이며 대부분 50~60대만 남아 있습니다. 젊은 세대들은 일을 하려고 하지 않을 뿐만 아니라 일을 하는 그 자체를 꺼려 합니다. 대부분 서비스업 또는 겉보기에 그럴싸한 직업·직장만 선호합니다. 대기업, 공기업, 공무원에 몰리지요. 어찌 보면 지극히 당연한 이치이기도 합니다. 누군들 힘들고 어렵고 위험한 일을 하고 싶겠습니까?

그러나 사회 분위기, 나아가 우리나라 사람들의 가치관이 건전하고 다소 올바르게 흐르는 것이 아닌, 일확천금 또는 노력 없는 대가만을 생각하며, 씨 뿌리는 수고 없이 좋고 달콤한 열매만을 바라는 것이 아닌가 하는 생각이 듭니다.

다소 교과서처럼 들리겠지만 열심히 일하는 국민은 사회와 나라에 많은 긍정적인 역할을 합니다. 국민 개개인의 노력과 헌신이 결국 경제 성장과 혁신을 촉진하며, 이것은 결국 국가 경쟁력의 강화로 이어집니다. 또한 책임감 있는 근로 태도는 사회적 유대와 공동체 의식을 강화하는 데 기여하며 사회적 안정과 질서 유지에 중요한 근간이 됩니다. 따라서 열심히 일하는 사회적 분위기는 우리나라의 경제·사회 발전에 꼭 필요한 요소라고 할 수 있지요.

반면 사회가 일하는 분위기보다 여가 생활, 취미, 여행 등의 활동에 많은 중점을 두고 그쪽으로 흐르게 되면 당연히 경제 성장과 국가 경쟁력, 나아가 개인의 경제력 향상에 많은 부정적 영향을 미칩니다. 일하고 창조하고 미래를 개혁하고 준비하는 시설이나 산업은 갈수록 줄어들고 사방천지 홀짝홀짝 한가로이 마셔대는 키페들이 무수히 들어서고 사회 전반적으로 소비하고 향락하고 소모하는 업종, 산업만 늘어나게 되어 그 국가는 결코 미래의 희망과 보장이 없을 것입니다.

놀고 즐기는 문화가 확산되면 근면 성실하게 살아가는 문화로 되돌아오기는 거의 불가능합니다. 사람은 고통 뒤에, 인내 뒤에 오는 즐거움과 행복을 받아들이기는 쉬워도 즐거움 뒤에 오는 고통은 쉽게 받아들이기도 적응하기도 쉽지 않습니다. 내일의 희망이 있기에 오늘의 힘듦과 인내는 결코 힘들지 않거니와 고통스럽지도 않습니다. 희망은 우리를 견디게 해 주는 특효약이기 때문이지요. 그러나 지금 마시는 달콤한 샴페인은 결국 언젠가는 쓰디쓴 독약이 될지도 모릅니다.

현재 우리 사회 전반에 퍼져 있는 놀고 즐기고 여행 가고 맛집 찾아

다니는 '놀고먹는' 분위기는 경제·사회적으로 큰 위기에 직면할 것입니다. 그리고 그 대가를 치를 것입니다. 자신이 처한 입장과 도를 넘어선 달콤한 사치의 유리잔은 결국 깨지고 날카로운 유리 조각이 되어 우리의 폐부를 찌를 것입니다. 생산성이 크게 감소될 것이며 그에 따라 경제 성장 둔화, 국가 경쟁력 약화로 이어질 것입니다. 그리고 개인은 부채의 늪과 소비형 생활이 몸에 밴 습성으로 인해 경제적 고통과 정신적 좌절감을 겪게 될 것입니다. 결국 개인과 국가의 지속 가능한 발전에 큰 저해가 될 것이며 국가 경제와 사회의 연쇄적인 무너짐 현상이 나타날 것입니다.

자신의 처지에 맞는 건강하고 아름다운 근면 성실이 바람직한 사회 분위기 회복의 지름길입니다. 모든 구성원이 자신의 역할과 책임을 성실히 이행하면서 타인과의 비교에 너무 내몰리지 않은 채 정당하고 올바른 가치관을 가져야 합니다. 이러한 분위기는 상호 존중, 열정, 협력을 바탕으로 하며 사회가 반드시 공정하고 정의로워야 합니다. 결국 이러한 것들은 개인의 성장과 사회 전체의 발전을 동시에 추구합니다. 또한 성실과 노력을 인정하고 보상하며 때론 부러워하고 인정해 주는 문화를 만들어야 하겠지요.

결국 이것이 개인의 만족감, 나아가 자존감을 높여 주고 소속감을 심어 주며 사회 전반의 긍정적인 에너지와 진취적인 정신을 촉진해 국가 경쟁력을 강화하는 계기가 될 것이라고 확신합니다. 새로운 변화의 소용돌이가 트렌드라고 보기에는 지나칠 정도로 지금 우리 사회는 많은 부분이 마치 '기울어진 운동장'처럼 변해 가고 있으며, 열심히 일하고 근면 성실한 사람들까지 허탈감을 느낄 정도입니다.

증오 사회,
그리고 지독한 이기주의 사회

　우리 사회가 맞고 있는 위기는 단순히 경제적 불확실성이나 남북 간 대치 상황이 아니라 우리들 내부에서 일어나고 있는 자중지란의 모습이 아닌가 싶습니다. 지금 우리의 일상은 증오와 분열의 그림자에 뒤덮여 있습니다.

　2024년 초에 열린 아시안컵 축구대회에서 볼 수 있듯이 경기 중에 실수를 한 특정 선수에 대해 신랄한 비판과 욕설이 쏟아졌습니다. 4강전 요르단과의 경기에서는 2:0으로 패한 선수단과 클린스만 감독에 대한 일부 국민들과 축구 팬들의 비방, 혐오 수준은 극에 달했습니다. 그 후 4월 10일 총선을 앞두고 주요 도로 곳곳에 상대 후보를 비방하는 플래카드가 걸렸습니다. 어느 현수막에는 차마 입에 담기 어려운 문구, 그림 등으로 현직 대통령을 비방 단계를 넘어서 증오 수준으로 표현하기까지 했습니다.

　얼마 전에는 현역 국회의원이 백주대로에서 안면 폭행 테러를 당하기도 했으며 야당 대표를 향한 테러가 벌어지기도 했지요. 이제 이러한 것은 개인을 넘어 우리 사회 전체에 퍼져 있는 증오의 깊이를 보여 줍니다. 2023년 우리를 깜짝 놀라게 한 서울 신림역 인근과 분당 서현역에서 무차별 살인 사건도 이와 무관치 않습니다. 사회적 연대감 붕괴와 집단 이기주의에 따른 개인의 고립이 얼마나 참담한 결과를 초래할 수 있는지 여실히 보여 주고 있습니다.

지금 우리 사회는 지독한 내로남불식 이기주의와 타인을 향한 증오가 사회 전반에 뿌리 깊게 내려 있습니다. 개인이나 집단이 자신들만의 이익을 타인이나 사회 전체의 이익보다 우선시하는 망국적인 행태들이 쌓이고 쌓여 결국에는 심각한 증오를 낳게 되었습니다. 사람은 누구나 자기중심적인 가치관, 그리고 행동을 합니다. 그리고 자기 편의주의식 사고를 갖기도 합니다. 우리 사회에서 지난 긴 시간 회자되어 온 '팔이 안으로 굽는다.', '우리가 남이가?', '사촌이 땅을 사면 배가 아프다.', '내 코가 석 자.' 등은 일상적인 자기중심적 사고를 나타내는 대표적 표현들입니다.

우리나라뿐만 아니라 세계 어느 나라를 가도 대개가 끼리끼리의 사회적 가치관이 예부터 이어져 내려오고 있는 것 같습니다. 그러나 그러한 자기중심적인 사회도 결국에는 구성원들이 대의를 위해 소를 희생하는 시민의식을 통해 그 사회, 그 나라의 기틀을 유지해 나갑니다. 그리고 그러한 단합된 힘은 한 시대를 아우르는 큰 힘이 되어 부국강병을 이루는 원동력이 되기도 하지요.

우리 민족의 역사를 보더라도 결국에는 모든 백성이 똘똘 뭉쳐서 사회 갈등을 최소화하고 자신의 이기심을 내어던지고 희생하면서 '나라'라는 큰 대의를 위해 뭉쳤을 때 위기를 극복할 수 있었습니다. 반대로 서로가 자신들만의 이익을 취하기 위해 극도의 이기심으로 상대를 대응하고 처단했을 때에는 나라의 위기가 끊임없이 이어지고 절체절명의 나락으로 떨어졌던 사례들이 수없이 많습니다.

집단 이기주의 대표적인 사례인 조선 중·후기의 붕당 정치는 결국 조선의 멸망을 가져온 대표적인 경우입니다. 다양한 정치적 파벌이 등장해 치열한 경쟁을 벌이면서 결국에는 나라의 번영과 백성의 안위보다는 자신들의 정치적 입지, 그리고 권력 다툼이라는 지독한 이기적인 싸움을 펼칩니다.

이들의 이기적 정치 싸움, 즉 붕당정치는 조선 중기인 16세기 초부터 시작되어 결국 조선이 정치적·사회적·경제적으로 무너져 내리는 19세기까지 이어졌습니다. 16세기에 사림파라는 신진사대부 출신과 기존 권력층인 훈구파의 대립을 시작으로 17세기에는 사림파 내부의 분열로 인한 각기 다른 정치적 입장, 이해관계의 대립으로 동인과 서인이라는 파벌로 나뉘어 대립하다가 18세기에 들어와서는 동인과 서인의 분열에서 발전한 노론과 서론의 대립으로 결국 조선 후기 정치·사회적 갈등을 유발시켰습니다.

이러한 갈등이 조선 왕조의 멸망에 직접적인 원인이었다고 단정 지을 수는 없지만 이러한 집단이기주의적인 내부 갈등이 결국에는 조선의 안정성을 약화시키고 결국 외부 위협에 취약하게 만든 여러 요인들 중 하나였다는 것은 틀림없는 사실이지요. 조선의 멸망과 일제에 의한 침략은 결국 이러한 내부적 갈등과 외부적 압력이 복합적으로 작용한 결과입니다. 자기중심적이고 이기적이며 내로남불식의 집단과 권력층은 결국 조선 사회가 외부 위협에 효과적으로 대응하는 데 필요한 정치적 결속력과 사회·경제적 안정을 저해했으며 동시에 외부적인 요인, 특히 국제 정세의 변화와 외세의 침략 압력은 조선의 취약성을 노출시켰고 결국 1910년 일본에 의한 강제합병으로 나라가 멸망하게 된 것이지요.

자기 집단의 이익만을 추구하던 붕당 정치가 조선의 멸망이라는 참혹한 결과를 가져왔음에도 불구하고 일제강점기에는 또 다른 일부 친일 조선인들이 자신들만의 이익을 위해 일본 제국과 협력하는 극단적으로 이기적인 행동을 서슴지 않았습니다. 이들은 일제의 식민지 정책을 지지하고 동포들을 억압했습니다. 결국 이러한 친일 행위는 광복 후에도 우리 사회에 큰 분열과 갈등을 유발시켰습니다.

광복 후 이어진 우리 사회의 정치적 이기주의는 다양한 형태로 나타났으며, 이러한 상황은 국가의 안정성과 발전, 그리고 사회 통합에 중대한 영향을 미쳤습니다. 이기적인 정치 행태란 개인이나 특정 집단의 권력과 이익을 추구하는 반면 공공의 이익이나 국가의 장기적 발전은 소홀히 하는 것을 말합니다. 결국 광복 이후 이러한 이기적 정치 행태는 남북 분단과 이념 대립으로 치달았고 이 과정에서 남북의 각 정부는 자신의 체제를 유지하고 강하하기 위해 내적으로 극도의 이기적인 정치 행태를 견지했습니다. 이는 국내외적으로 이념적 대립을 심화시키고 결국 한국전쟁이라는 비극적이고 극단적인 갈등을 초래했습니다.

그 이후 등장한 권위주의 정권은 자신의 권력을 강화하고 반대 세력을 억압하는 이기적인 정치 행태를 계승해 사회 갈등의 원인이 되었지요. 현재도 마찬가지입니다. 1980년대 민주화 운동 기간 동안 일부 정치인들은 민주화 운동을 자신들의 정치적 이익을 위한 도구로 이용했으며 지금까지도 흔히 말하는 386, 486세대의 정치인들이 지독한 내로남불, 집단 이기주의적인 정치 행태를 보이고 있습니다.

결국 지금의 대한민국 사회의 깊은 증오와 이기적인 사회 분위기는 긴 역사와 함께 우리 사회에 뿌리 깊게 뻗어 있음을 알 수 있습니다. 그런데 최근에는 그러한 사회 분위기가 점점 더 심화되고 고착화되어 가는 상황으로 전개되는 것 같아 큰 위기감을 느낍니다. 특히나 작금의 정치 현상은 각 정치 세력이 자신의 이익만을 최우선으로 삼으며 상대방을 비난·혐오하는 수준을 넘어서 이제는 죽임의 대상이라는 표현까지도 서슴지 않고 있는 실정입니다. 이 과정에서 최근 몇 년 사이에 사회적 갈등은 증폭되고 국민 분열은 심화되어 가고 있습니다. 특히 이념적 정치 분열은 광복 전후보다도 더한 극한 상태에 접어들어 국민 간의 편 가르기, 혐오 정치가 극에 달해 사회 정체성이 송두리째 무너져 가고 있습니다.

그 와중에 북한 김정은 정권은 핵을 포함한 군비 강화에 열중하면서 호시탐탐 우리의 빈 곳을 노리고 있으며 중국, 일본, 러시아 등도 하나같이 군비 확장, 국수주의로 치닫고 있어 구한말 한반도에 몰아친 위기감이 우리 사회를 억누르고 있습니다. 이런 위기 상황임에도 불구하고 우리 사회는 정치적 갈등은 물론이고 자신의 의견과 뜻이 다른 타인 또는 타 집단에 대한 증오심이 더욱 깊어지고 있습니다. 온갖 비방과 욕설, 저주를 쏟아냅니다. 정치권의 흑색선전과 비방, 그리고 상대에 대한 저주·증오가 이제는 일반 국민 개개인에게까지 깊숙이 스며든 듯한 느낌입니다.

국민 전체를 통합하고 아울러야 할 대통령은 자신과 정치적 사상이 맞지 않는 정치인들뿐만 아니라 일반 대다수의 국민들까지 적폐, 나아가 나와 다르다는 이유로 타도의 대상으로 삼는 상당수의 정치적 실험을 감행하기도 했습니다. 그렇게 몇 년이 지난 지금의 우리 사회는 그 후유증으로 개인 간, 집단 간 증오와 갈등이 뿌리 깊게 박혀 버렸습니다. 오랫동안 잘 보존되어 왔던 우수한 전통적 가치관, 즉 아름다운 '인간 존중 정신'과 '상호 부조', 그리고 잘 유지되어 왔던 사회 질서는 송두리째 뿌리 뽑혀 버렸습니다.

개인의 인권을 보호한다는 명목하에 동성애자 등 성 소수자들의 축제를 묵인하는가 하면 감정 근로자의 인격을 보호한다는 그럴듯한 허울을 씌워 대한민국 모든 국민들을 잠재적 인격 파괴자로 만들기도 했습니다. 사회적 이슈나 사건·사고가 발생하면 그 드러난 현상만 놓고 그럴듯하게 포장해 번갯불에 콩 구워 먹듯 졸속으로 법을 만들어 놓고 온 국민에 그 법의 올가미를 씌우는 등 사회적 갈등과 증오심의 씨앗을 뿌려 놓았습니다.

이러한 모순적이고 찰나적인 정치 행태는 차마 열거하기 힘들 정도로 많거니와 많은 사람들은 그 이면의 참된 본질, 나아가 현상 뒤에 숨어 있는 인과성이나 인과관계는 알려고도 하지 않고 관심조차 없습니다.

이러한 사회적 증오의 뿌리에는 여러 요인이 얽혀 있지만 그 중에서 정치인들의 분열을 조장하는 언어와 행동이 큰 영향을 미치고 있습니다. 선동적인 발언과 증오를 조장하는 정치적 마케팅은 단기적인 정치적 이득을 위해 사용되곤 하지만 그 여파는 사회 전체에 장기적인 상처를 남기고 있습니다. 특정 집단이나 국가에 대한 혐오를 조장하는 여야 정치인들의 행동이 사회적 갈등을 증폭시키고 있습니다. 이는 정치적 분열에 그치지 않고 일상생활에서도 증오와 불신으로 이어집니다.

이제 우리 사회는 이러한 분열과 증오를 넘어서는 새로운 패러다임이 필요합니다. 우리 스스로가 분열이 아닌 대화와 이해를 통해 개인이 아닌 공동의 미래를 모색하는 정치인들을 선택하고 사회적 연대감을 회복하며 증오의 연쇄를 끊어 내야 합니다. 진정한 리더십이라는 것은 지지자들을 결집시키는 것을 넘어서 사회적 갈등을 치유하고 다양한 목소리를 조화롭게 아우를 수 있는 능력에서 나옵니다. 헛되고 망상적인 유튜버들을 퇴출하고 SNS상의 증오·적대 행위를 멈추어야 합니다. 이 사회 공동체를 이끄는 것은 상호 존중과 이해를 바탕으로 한 건설적인 대화입니다.

나 먼저 이기적이고 자기중심적 사고에서 벗어나기 위해 노력해야 합니다. 김수한 추기경님의 '내 탓이요.'라는 자성적 되새김이 새삼 필요한 시대입니다. 지금 지독히 이기적이고 분노가 넘치는 우리 사회에서 조금씩 상대방의 입장에서 생각하고 깊이 사유하며 자신을 절제하는 사회적 풍토가 조속히 조성되어야 합니다. 증오와 갈등을 해소하기 위해서는 국민들에게 비판적 사고와 정보 판별 능력을 길러 주는 교육을 강화하고 다양성과 포용성에 대한 인식을 제고할 필요가 있지요. 또한 정치적 대화와 협력의 문화를 장려하며 서로 다른 이념과 견해를 가진 사람들이 서로를 존중하고 이해하는 기반을 마련해야 합니다.

무엇보다도 그런 부류의 사람들을 철저히 가려내고 선거에서 탈락

시키는 심미안이 필요합니다. 또한 SNS상에 증오 발언과 가짜 뉴스가 확산되는 것을 막기 위한 적극적인 조치를 강화해야 합니다. 이를 위해서는 투명한 정보 제공, 사용자 교육, 콘텐츠 모니터링 강화 등이 필요합니다. 증오 정치, 분열, 이기적 파벌 정치 극복은 단기간에 이루어질 수 있는 과제가 아닙니다. 지속적인 교육과 사회적 소통, 올바른 정치적 리더십 함양이 필요합니다. 그리고 그러한 준비와 노력에 나 자신부터 시작해 사회적 구성원 모두가 적극적으로 관심을 갖고 동참해야 할 것입니다. 서로 사랑하며 배려하는 성숙한 사회로 하루빨리 회복되기를 희망합니다.

장사나 사업을 하는
마음가짐이라는 것이…

많은 사람들은 사업이나 장사의 주된 목적이 이익을 많이 남기는 것이라고 생각합니다. 그리고 그런 목적에 따라 자신의 이익을 우선하고 자신의 마진을 먼저 생각하면서 사업이나 장사를 합니다. 그런데 여기서 깊이 생각해 봐야 할 문제가 있습니다. 내가 어떤 제품을 만들고 또 장사를 하게 되면 반드시 상대방이 있죠. 예를 들면 손님이라든지 구매자 혹은 거래처입니다.

사업을 하고 장사를 하는 목적은 돈을 벌기 위한 것임에는 틀림이 없어요. 저도 물론 그랬고요. 자선사업 하자고 장사하고 사업하는 거는 분명히 아닙니다. 그런데 내가 내 이익, 내 마진, 내 수익만을 생각해서 장사하고 돈 버는 것만을 목적으로 한다면 상대방은 어떻게 될까요? 이 질문에 대한 해답을 찾기 위해서 그 돈 버는 목적의 폭을 좀 넓혀 보기로 하죠. 돈 벌 목적으로 장사나 사업을 하는 것이 아니라 고객 또는 소비자들의 이익이 얼마나 많고 또 그게 얼마나 중요한가를 생각하면서 사업을 하고 장사를 해 보자는 겁니다. 무슨 뚱딴지같은 소리냐고요?

그런데 말입니다. 이게 정말 중요하다고 생각합니다. 고객이나 소비자는 내가 만든 제품, 내가 만든 음식, 내가 판매하는 상품에 대해서 만족감을 느껴야 하지요. 다시 말해서 고객이나 소비자한테 이익이 되어야 합니다. 먹어서 배가 부르거나 돈을 지불한 만큼 이상의 제품의 가치를 느낀다면 저는 그 물건을 만들거나 파는 사람, 또는 그 음식을 만들어 파는 식당은 성공한다고 봅니다.

이게 당연한 것처럼 들리지만 실제로 우리는 장사나 사업을 하는 데 있어서 무조건 내 입장만 생각을 하지요. 그렇기 때문에 예를 들어 유명 관광지에 바가지요금 문제가 불거져 나오고 그 바가지요금 때문에 손님들이 가네, 안 가네 하면서 유튜브가 들끓지 않습니까? 문제는 장사나 사업을 하는 사람들이 무조건 팔기만 하면 되고 고객이나 소비자들에게 돈을 쓰게 하는 데에만 골몰한다는 거예요. 그리고 내 이익만 추구합니다.

그렇게 내 이익만 추구하게 되면 우선 단기적으로는 분명히 이익이 되고 돈을 벌게 되지요. 하지만 조금 더 시간을 두고 봤을 때는 결국은 내가 더 많이 벌고 더 많은 영역으로 확대할 수 있는 장사나 사업을 급격히 나 스스로 줄이고 갉아먹는 꼴이 되고 말지요. 내가 판매하고 있는 제품이나 내가 만든 음식을 손님들이 만족하지 않으면, 즉 손님들한테 이익이 되지 않으면 나한테 마진이 얼마간 남더라도 결국은 내가 손해를 보게 되는 겁니다.

그렇기 때문에 이것은 장사하는 마음, 사업하는 마음에서 너무나 중요합니다. 아주 기본 중의 기본인데도 아쉽게도 우리 사회는 이러한 기본적인 마인드가 부족합니다. 어떤 제품이나 음식을 놓고 나한테 이익이 얼마나 되고 마진이 얼마나 남는지에 집착하게 되면 내가 자유롭지 못하지요. 다시 말해서 내 자신이 나 스스로를 옭아매게 됩니다.

남한테 베푸는 것이 아니고 결국은 나를 위해서 가야 하는 길입니다. 돈이 들더라도, 지금 당장은 어느 정도 손해가 나더라도 고객이나 소비자들한테 모든 기준을 맞춰서 그들이 만족하고 돈을 지불할 수 있는 마음을 갖게 하는 그런 사업과 장사가 되어야 합니다. 지금 내가 얼마를 버는지 많은 신경을 쓰고 노력을 바쳐야 하지만 손님의 입장을 헤아리는 마인드를 가지고 장사나 사업을 해야 성공할 수 있다는 이야기입니다.

그런데 이렇게 하려면 시간이 좀 걸리지요. 그리고 처음에는 힘듭니다. 그리고 이렇게 시간이 걸리고 힘들기 때문에 장사나 사업하는 분들 대부분이 이것을 외면하고 당장 들어가는 돈과 마진을 따지고 내 수익이 되는 쪽으로만 계산해서 장사나 사업을 합니다. 그렇게 되면 어느 순간 내 제품을 찾고 내 식당을 찾는 사람들이 줄어들게 됩니다.

그렇게 되면 장사나 사업하는 사람들 대부분은 외부 환경을 탓하지요. 그 대표적인 게 바로 IMF, 그리고 코로나19 사태였지요. IMF 시절에 너무나 많은 회사들이 부도가 나고 식당, 가게들이 폐업했습니다. 물론 다는 아니지만 그분들은 대부분 나중에 망하고 나서 IMF 탓을 했습니다. IMF 탓에 부도를 맞았고 문을 닫았다고 말합니다. IMF는 외부에서 밀어닥친 높은 파도이자 태풍 같은 것이지요. 그런데 바닷가에 가 보십시오. 파도는 늘 옵니다. 파도가 잔잔한 날은 없어요. 잔잔하다는 거는 파도의 높이가 작은 것일 뿐 파도가 안 치는 경우는 한 번도 없습니다. 고난도 마찬가지입니다. 강도가 다를 뿐 고난은 고난인 거예요.

그런데 제 스스로 의아하게 생각하는 게 뭐냐 하면 어떻게 그런 환란과 어려움이 전혀 안 온다고 생각할 수 있냐는 거죠. IMF, 코로나19보다도 더 어려운 환란도 올 수도 있어요. 그리고 그런 환란이 왔을 때 꿋꿋이 견뎌 낼 수 있게 사업과 장사를 해야죠. 그런 구조를 만들어야죠. 예를 들어 IMF나 코로나19 같은 환란이 없이 늘 일상이 평안하기만 하다면 세상에 누가 장사를 못 하겠습니까? 장사나 사업을 하려면 그런 어려움과 환란에 대해 항상 대비하고 준비해야 한다는 이야기입니다.

고객과 소비자들의 입장을 생각하고 그들이 나를 통해서 만족감을 느끼고 아깝지 않다는 생각으로 돈을 쓰도록 만드는 게 바로 대비이고 준비입니다. 그리고 그러한 대비나 준비를 평상시에 해 두면 장사나 사업을 하는 데 있어서 불필요하게 과시하거나 사치하는 쪽에 투자를 하거나 마음을 쓰지 않게 됩니다. 왜냐하면 사치하거나 치장할 여유도 없고 돈도 없기 때문이지요.

지인의 개업식에 갔습니다. 직원 두 명을 데리고 사무실을 차렸는데 20평 사무실에 그 절반 정도를 사장실로 만들어 놨더라고요. 돌아오는 길에 아내한테 말했습니다.

"저 회사 3년 넘기면 내 손에 장을 지진다."

아내는 핀잔을 주며 말했습니다.

"사업 막 시작한 사람한테 그렇게 악담을 하면 어떡해요. 그런데 뭘 보고 그런 얘기를 해요?"

"사업하는 사람이 사장실을, 그것도 사무실 절반을 사장실을 으리번쩍하게 차려 놓은 사람이 정상적으로 사업을 하겠어? 사기꾼이겠지. 남한테 보이기 위해서 하는 사업은 사업이 아니야. 그러니까 사업을 시작하는 정신 상태가 잘못된 거여. 사업을 한답시고 좋은 차 뽑고 사장실 꾸미고 하는 그런 정신 상태이면 망할 수밖에 없고, 그렇게 사업해서 성공하는 그런 사회는 사기꾼만 있는 사회여. 대한민국은 아직까지 그런 사회는 아니야. 내가 봤을 때는 저 친구 3년 안에 문 닫을 거야."

나중에 소식을 들어보니 석 달 만에 문 닫았다고 하더군요. 그런 겁니다. 사업과 장사는 나를 위해서 하는 게 아닙니다. 물론 내가 돈을 벌고 내 이익을 위해서 하는 건 분명하지만 그건 밑바탕에 있는 것이고 내가 발바닥에 땀이 나도록 뛰고 일해야 하는 거지요. 나와 관계된 사람들, 고객들, 거래처들, 그리고 직원들이 나를 통해서, 내 회사나 가게를 통해서 만족감을 느끼고 행복해야만 결국 내가 성공하는 겁니다. 그게 사업입니다. 장사고 사업이고 가장 기본적인 밑바탕과 마음가짐이 우리 사회에 넓게 퍼져 있는 그런 아름다운 사회가 됐으면 하는 마음입니다.

이념(理念)과 신념(信念)

우리는 누구나 살아가면서 모든 존재를 인식하고 그 실체를 나타내거나 개념을 갖게 될 때 자신이 믿는, 또 믿게 되는 강한 생각이나 견해를 가지게 됩니다. 때론 생활에서 자주 겪는 사소한 것들로부터도 자신만의 생각과 견해를 가지게 됩니다. 특히 사람들과의 관계 속에서 행동적 의식이나 사상 등으로부터 자신의 견해를 구하기도 합니다. 그때 그 생각과 견해를 우리는 이념(理念)이라고 합니다. 그리고 때론 신념(信念)이라고도 하지요.

일반적으로 이념이라 하면 이상적으로 여겨지는 생각이나 견해를 말하는데 이데올로기적 관점에서 이념은 인간이 감각하는 현실적 사물의 원형으로서 모든 존재와 인식의 근거가 되는 것입니다. 즉 플라톤에게 이데아(idea)의 이념은 영원불변한 실체를 뜻하고 근세의 데카르트나 영국의 경험론에서는 인간의 주관적인 의식 내용, 칸트 철학에서는 경험을 초월한 선험적 이데아 또는 순수 이성의 개념을 의미합니다. (『고려대 한국어대사전』 '이념'의 정의 참고)

철학적 의미로는 인간이 거행하는 가장 완전한 상태나 모습을 말합니다. 이념은 어느 시대, 그리고 전 세계 어느 나라에서도 늘 존재했습니다. 인간은 생각하고 행동하는 실체적 존재로서 어느 개인이나 단체, 사회, 국가도 어떠한 행동과 결과 뒤에는 그것에 대한 실체를 경험하게 됩니다. 늘 영원불멸의 실체인 이데아를 꿈꾸는 인간의 본성에는 이념적 의식이 자리 잡고 있습니다. 이념은 늘 종교와 쌍벽을 이루고 있습니다.

이념의 궁극적 종착점인 이데아의 본질을 지향하는 가장 완전한 형태는 ▲ 초인간적 세계와 관련된 인간의 신념인 '종교'와, ▲ 절대성과 궁극성 측면에서 보면 그 막바지에 나타나는 '행동적 신념'입니다. 인간이 목숨을 내던지는 행위는 바로 종교와 이념에 대한 신념에서 비롯되는 것입니다. 물론 인간은 때로는 사랑이나 어떤 신념에 따라 자신의 생명을 내던지기도 합니다. 그러나 이러한 경우는 극히 제한된 경우일 뿐이고, 극단적 한계에서 수많은 인간들이 주저 없이 자신의 절대성에 목숨을 내던지는 것은 바로 종교와 이데올로기적 이념주의 때문임을 인류 역사는 잘 보여 주고 있습니다. 인류가 저지른 전쟁의 대부분은 종교 전쟁과 이데올로기적인 이념 전쟁이라고 볼 수 있습니다.

과거에 수많은 종교적 신본주의자들이 자신이 믿는 종교의 절대성과 신본주의적 사고와 신념에 의거해 순교의 길을 걸었습니다. 생명을 내거는 정도의 이념과 종교적 신념은 절대성이 있습니다. 절대성이 있는 곳에 모든 것을 걸게 됩니다.

인간이 믿는 종교는 어차피 인간이 갖지 못하는 것에 대한 신념입니다. 종교는 신을 숭배하는 삶을 목표로 삼기도 하지만 인간의 죽음 후의 세계에 대해서도 갈구합니다. 즉 무한 절대의 초인간적인 신을 숭배하고 신성하게 여겨 악을 견제하고 행복을 얻는 삶을 꿈꾸기도 하지만 영원한 생명, 영원한 삶을 얻기 위한 종교적 믿음을 바탕으로 삼는 종교가 대부분입니다. 인류가 믿는 수많은 종교 대부분은 인간의 삶과 기본 의식을 초월한 신계(神界)의 의식과 삶을 그리는 행위를 의미합니다.

특히 유한한 인간의 삶을 벗어나 종교적 행위, 즉 믿음을 통해 영원한 생명, 즉 영생(永生)을 얻을 수 있다는 신앙적 믿음이 확실하다면 우리는 생명을 내어놓을 수도 있을 것입니다. 순간의 희생과 대가로 영원한 참 행복을 얻을 수 있음을 확실히 믿는다면 사람들은 상황에 따라서는 죽음을 받아들일 수 있는 것입니다. 인류 역사에서 수많은 순교자들이 그 길을 간 것입니다. 죽음을 내어던지는 종교의 절대성, 신앙의 믿음성은 바로 죽음을 초월하는 종교 의식이자 정신인 것입니다.

이념은 종교와는 다르지만 때론 생명을 내어던지면서 자신의 이념적 이데올로기를 고집합니다. 자신이 믿고 절대성을 부여하게 되면 결국에는 목숨까지도 내어던지면서 자신의 이념적 사고를 사수합니다.

종교적 신본주의자들과 이데올로기적 이념주의자들은 극한의 상황에서 생명까지도 내어던진다는 공통점이 있으나 본질적으로는 종교와 이념 사이에 분명 뚜렷한 차이가 있습니다. 특히나 영원불멸의 생명을 믿음적 교리로 내건 신앙도 그 뒤에 분명한 대가와 보상이 있다는 전제가 있습니다. 육체적 죽음 뒤에 오는 영생의 믿음이 있기에 순교자의 길을 웃음과 기쁨으로 받아들입니다. 하지만 이념주의적 죽음에는 절대적 행위 뒤에 남는 것이 없습니다. 결국 자신을 내어 버린 것뿐입니다.

자신의 이념과 신념을 죽음으로써 나타낸 것이라고 하는 것은 자신이 이미 사라진 뒤에 그 이념과 신념이 변화되고 어떤 형태로 자리 잡더라도 이미 자신에게는 아무것도 없는 것이 되고 맙니다. 이렇듯 인간이 가지고 있는 수많은 의식과 문화와 형상 속에서 종교적·이념적 절대성은 극단적인 경우에는 생명을 내어던질 수도 있으나 그 가치의 본질은 전혀 다른 성향을 띠고 있습니다.

지금 우리 사회는 최근 이념적 사고에 의한 사회 분열이 가속화되고 있습니다. 한 민족, 한 국가 안에서 나와 다른 생각과 사상을 가지고 있다는 이유로 때론 차마 입에 담지 못할 욕설과 저주로 상대방을 비방하고 헐뜯습니다. 특히 일부 정치 세력들이 지난날 자행해 오던 이념적인 적대감과 증오심, 반감 등이 이제는 특정 계층을 넘어 국민 대다수 계층으로 스며드는 분위기입니다.

너무나 안타까운 것은 사회를 통합하고 계층 간 위화감 완화, 지역 간 화합을 위해 모든 것을 바쳐야 하는 사회 지도자들의 지독한 이념 적 행동과 부추김, 그리고 침묵이 우리 사회를 급속히 병들게 하고 있습니다. 심지어 그에 더해 분열과 혼란이 더욱 가중되고 있습니다. 그 혼란과 분열 속에서 자신들의 이념적 절대성으로 무장한 채 상대를 배척하는 이념주의자들이 여기저기 넘쳐나고 있습니다.

우리는 지난 수백 년간 진저리 나는 이념적 권력 투쟁의 중심에서 살아왔습니다. 수많은 집권자들의 이념적 권력 투쟁은 말할 수 없는 역사적 폐해를 초래했습니다. 임진왜란, 병자호란을 거치는 동안 조선 팔도는 쑥대밭이 되었고 수많은 민초들이 비참한 죽임을 당했습니다. 외국으로, 북방으로 끌려가서 차마 입에 담지 못할 고초와 죽임을 당했습니다. 그 후유증은 수백 년이 지난 아직까지도 남아 있습니다. 36년간 나라를 잃은 아픔을 겪었으며 남과 북의 전쟁으로 인해 수많은 민초들이 찢김을 당해 지금까지도 그 한을 풀지 못하고 있습니다.

조선의 역사는 그야말로 권력을 차지하기 위한 이념적 투쟁의 세월들이었습니다. 조선 선조 때부터 시작된 소위 '붕당 정치'는 수백 년 동안 수많은 당파 싸움으로 이어졌고, 급기야 그 후유증으로 나라까지 망해 버리는 참담한 결과를 낳았습니다. 기축옥사, 인조반정, 정신환국, 갑술환국, 기사환국, 무오사화, 갑자사화, 기묘사화, 을사사화 등등 자신들과 뜻을 달리하는 정파들을 죽이고 귀양을 보냈으며, 반대로 자신들이 상대방으로부터 죽임을 당하는 등 나라가 늘 아슬아슬한 상태에 놓여 있었습니다.

조선의 멸망의 원인은 결국 권력자들이 일심동체로 부국강병의 나라를 만드는 데 주력했어야 함에도 불구하고 이를 등한시한 채 자신들의 권력욕을 충족시키기 위해 명분 없는 이념적 신념만 지키고자 했던 데 있습니다. 그리고 후세들은 그 대가로 일제 강점 36년을 겪었고, 그 후 또다시 사회주의 이념과 자본주의 이념 사이에서 크나큰 비극을 맞이했습니다.

그럼에도 불구하고 오늘날 우리의 현실은 또다시 대한민국이라는 하나의 울타리 안에서 이념적 갈등이 곳곳에서 자행되고 있어 너무나 참담할 뿐입니다. 지난 역사의 이념적 과오가 너무나 크고 잔혹한데다 지금까지도 그 상처를 안고 살아가고 있음에도 또다시 그 이념적인 혼란과 갈등이 발생하고 있습니다. 자신의 생명까지 내놓고서라도 자신들의 이념을 고수하려고 하며, 다른 사람이나 사회를 적대시하면서 그 생명까지도 빼앗으려는 지극히 변질되고 참혹한 이념주의적 신념에 빠져 있습니다. 아무리 상대가 다름을 말하고 사회가 잘못을 말해도 그것에 전혀 귀를 기울이지 않습니다.

다름은 내가 인정하면 동의가 되지만 틀린 것에는 동의가 있을 수 없습니다. "너는 틀렸다. 내가 옳으니 네가 바꿔라." 이것이 절대적 이념주의자들의 주장입니다. 자신들의 사고방식이나 행동에는 절대적 믿음만이 존재합니다. 특히 우리의 대표를 뽑는 선거 등의 경우 이 분별을 잘하지 못해 맹목적 이념주의자를 지도자로 뽑게 되면 그들은 자신만의 이념적 사고, 다른 것을 용인치 못하는 태도, 그리고 무서울 정도로 왜곡된 가치관을 가지고 정치를 펼칠 것이고, 그에 따른 혹독한 대가는 결국 우리 스스로 치르게 될 것입니다.

얼핏 보면 이념주의와 신념주의는 비슷해 보입니다. 정통 종교와 사이비 종교가 언뜻 보아 잘 분간이 안 되는 것처럼요. 어찌 보면 사이비 종교의 교리와 대응이 더 그럴싸합니다. 그래서 수많은 사람들이 어처구니없이 거기에 홀리고 빠져듭니다.

이념이나 신념은 인간이 살아가는 데 당연히 가져야 할 것들 중 하나입니다. 인간은 누구나 자신의 확고한 신념과 이념을 가지고 자신의 삶을 실천적 의지로 살아갈 자유가 있습니다. 또한 그러한 것은 인간의 삶에 있어 중요한 가치관의 하나이기도 합니다. 하지만 신의 영역을 찾는 종교의 참 가치인 절대적 맹목성이 제거될 경우 그 종교는 자칫 인간 세상의 준엄한 순리 등을 부정하고 죄악시해서 그것을 깨뜨리려는 시도까지도 자행하게 됩니다. 특히 사람이 살아가는 데 가장 중요한 기본 구성 요소인 가정까지도 부정하고 파괴하면서 자신들의 종교적 절대성을 강제로 주입시킵니다. 이것이 바로 사이비가 되는 길입니다. 어떠한 종교도 가정을 깨뜨리면서까지 신봉해야 할 이유는 없습니다. 인간의 존엄성, 특히 가정을 깨뜨리는 신은 더 이상 신으로의 가치가 없습니다.

이념은 더합니다. 누구나 가질 수 있고 추구할 수 있는 그 이념이 절대적으로 바뀌는 순간, 다른 사람들의 이념과 생각은 다른 것이 아닌 틀린 것으로 간주됩니다. 특히 나와 우리가 가지고 있는 이념이 절대적 신념으로 맹목성을 가지게 될 때 그 개인과 조직은 변질된 광적인 집단 이기주의자들이 될 뿐입니다. 다름을 인정하지 않고 타협과 대화를 인정하지 않는 자신들만의 장막을 두른 이념주의는 사이비 광신도일 뿐입니다.

우리 사회의 정치도 그렇습니다. 이념주의자들, 특히 절대적 맹목성으로 무장한 무서운 사이비 이념주의자들은 정치적 힘을 갖게 되면 그들과 다른 이념적 사고를 가진 상대를 배척과 척결의 대상으로 삼습니다.

우리는 지난 수많은 세월 동안 적대적 이념에 함몰된 권력자들 탓에 큰 고초를 겪으며 살아왔습니다. 지금 이 시대에 과거의 잘못된 역사와 처절한 민족의 한을 다시 겪지 않기 위해서는 국민 한 사람 한 사람이 올바른 가치관을 갖고 현상을 분석하고 대처해야 합니다. 이념주의자와 신념주의자를 분별할 줄 알고, 사회를 옹위하고 상대의 다름을 인정하고 자신들의 과오와 실책을 인정하면서 분열보다는 사회 통합을 이끌어 낼 수 있는 인물들을 가려내는 혜안을 가져야 합니다.

이 세상에 절대적인 것은 거의 없습니다. 무엇이든지 절대적이라고 말하는 순간 그것은 사이비입니다. 이념에 절대성이 끼어들면 그때부터 아무리 좋은 이념주의자라도 우리는 그를 경계해야 할 것입니다. 왜냐하면 그들은 우리와 생각이 다르다고 우리를 배척의 대상으로 삼기 때문입니다.

선순환과 악순환

'복리' 하면 우선 돈부터 떠오릅니다. 언젠가 『72 마법의 법칙 복리』라는 책이 많은 인기를 끌기도 했습니다.

'복리' 하면 떠오르는 우리의 전래동화가 있습니다. '구두쇠 영감과 지혜로운 머슴' 이야기지요. 그 내용은 간단합니다. 옛날 어느 마을에 지독한 부자 구두쇠 영감이 살고 있었습니다. 얼마나 지독한 구두쇠인지 아무도 구두쇠 영감 집에서 일을 하려고 하지 않았지요. 머슴에게 일만 시키고 종국에는 이 핑계 저 핑계, 오만 가지 생트집으로 새경을 주지 않았지요. 그런데 한 청년이 찾아와서 열심히 일을 할 테니 그 대가로 돈 대신에 첫째 날에는 콩 한 알, 둘째 날에는 콩 두 알, 이렇게 매일 그 전날의 곱으로 달라고 했습니다. 구두쇠 영감은 콩 한 알, 두 알 달라는 말에 이게 웬 떡이냐 하고 콩 몇 알을 새경으로 줄 생각에 신이 나서 실컷 부려먹었습니다. 새경 달라던 말을 하지 않은 청년은 3년이 되던 날 밤을 새워 계산을 끝낸 끝에 창고에 쌓여 있던 곡식을 몽땅 가지고 갔습니다. 콩 한 알의 소중함과 복리의 주요함을 일깨워주는 우리 조상들의 지혜가 담긴 전래동화입니다.

예전에 퇴사한 직원이 회식 중에 저에게 웃으면서 질문을 던졌습니다.

"사장님, 부자가 되는 비법이 뭐예요?"

저는 웃으면서 말해 주었습니다.

"부자가 되는 비법? 그거 간단해. 수입보다 지출을 줄이고 그것을 잘 이용하면 무조건 부자가 되지."

대답이 워낙 간단하고 비법이 아니라는 생각을 했는지, 아니면 그냥 다들 아는 평범한 이야기라고 생각해서인지 몰라도, 혹시나 하고 귀를 솔깃하고 듣던 몇몇 직원들이 "에이~." 하면서 웃고 말더군요. 다들 부자 되는 방법에 대단한 비결이나 비법이 있는 줄 알았나 봅니다. 많은 사람들은 부자는 특별해서 되는 것으로 생각하지요. 그러나 부자가 되는 가장 기본적인 방법은 실로 간단명료합니다. 그것은 수입보다 지출을 줄여 무조건 돈이 남아야 한다는 기본 전제가 필요합니다.

한 달에 1억 원을 벌더라도 1억 100만 원을 지출하면 100만 원의 빚이 생깁니다. 누군가에게 자신은 한 달에 1억 원을 버는 부자인 것처럼 보일지라도 실상은 헛껍데기 부자인 것이지요. 즉 그 사람은 절대 부자가 아닙니다. 우리 사회에 이런 부류들이 넘쳐날 것입니다. 단지 부자로 보일 뿐인 허깨비들입니다. 아무리 수입이 많더라도 지출이 그보다 많으면 그것은 무조건 적자 인생입니다.

부자는 처음도 끝도 흑자를 내는 것입니다. 액수가 적더라도 지출보다 수입이 많으면 그 사람은 언젠가는 부자가 될 것입니다. 왜냐하면 부자가 되는 길에 들어서 있기 때문입니다. 부자가 되는 대단한 비법은 바로 이것입니다. 흑자가 난 것을 잘 활용하면 부자가 될 수 있는 것이지요.

희한하게도 돈은 어느 정도까지는 모으는 것이 참 어렵습니다. 하얀 눈을 뭉치는 것을 생각해 보세요. 주먹만 한 눈뭉치는 뭉치는 과정에서 부서지기도 하고 조금만 힘을 주어도 금세 뭉그러집니다. 그런데 눈뭉치가 어느 정도 커지면 그때부터는 부서지지 않고 슬슬 굴리기만 해도 눈이 눈뭉치에 쉽게 달라붙어 더 큰 눈덩이가 됩니다. 마찬가지로 돈도 어느 정도 모았다 싶으면 쓸 곳이 생기고 빠져나가기를 반복합니다. 그러나 어느 정도 액수가 되면 여유가 생기고 조금만 움직여도 그 언저리에 또 다른 돈이 붙습니다.

돈의 원리에도 선순환과 악순환이 있습니다. 어느 정도 궤도에 오르면 그때부터는 순조롭게 돌아갑니다. 그러나 그 궤도에 오르는 것이 쉽지 않습니다. 선순환 궤도에 오르는 많은 요소 중에서 중요한 한 가지가 복리의 원리입니다. 선순환 궤도, 즉 돈에 크게 구애받지 않고 불편함을 느끼지 않는 수준에 오르는 것이 마치 큰 부자이고 많은 돈을 가지고 있어야만 가능한 것으로 알고 있습니다. 하지만 살아가면서 일상에서 돈에 크게 구애받지 않고 불편함을 겪지 않을 정도라면 실은 많은 돈이 필요한 게 아닙니다.

그저 막연히 돈이 많아야만 돈에서 자유롭다고 생각하기 십상인데, 이는 돈 때문에 끊임없이 곤란을 겪고 어려움에 처해 악순환에 빠져 있을 때 막연히 드는 생각일 뿐입니다. 늘 돈이 부족하고 수입보다 지출이 많은 생활에서는 돈에 치이고, 하나의 어려움을 해결하면 금세 또 다른 어려움이 찾아옵니다. 계속되는 악순환 궤도에서 탈출하지 못하기 때문이지요. 그러한 환경에서는 돈으로부터의 자유로운 선순환 구조가 그저 높고 멀게만 느껴집니다. 그러나 의외로 선순환·악순환의 구조는 서로가 연결되어 있고 한순간에 상황이 역전되기도 합니다.

돈의 선순환 구조에서 중요한 것 중 하나는 바로 복리의 원리입니다. 즉 선순환 구조는 기존의 틀로부터 단절되는 것이 아니라 그 기본 토대 위에서 연결되는 구조입니다. 성경 복음서에 나오는 씨 뿌리는 비유는 이러한 선순환·악순환의 좋은 비유입니다. 밭은 스스로 옥토를 만들 능력이 없기 때문에 자기 힘으로 돌이나 가시덤불을 제거할 수 없습니다. 밭은 농부가 거름을 주어야 좋은 땅으로 만들 수 있습니다. 또 밭은 씨를 뿌리고 잡초를 제거해야 열매를 맺습니다. 씨를 뿌리지 않고 김을 매지 않으면 얼마 지나지 않아서 가시덤불과 잡초로

뒤덮일 것입니다.

현 시대에서 돈은 씨를 대신하는 역할을 합니다. 가시밭, 돌짝밭이라도 씨앗을 뿌리고 열매를 맺는 과정이 반복되면서 기름진 밭으로 바뀌는 선순환의 궤도로 올라섭니다. 물론 옥토밭도 때로는 가라지가 뿌려지고 언제든지 황무지로 전락하는 악순환의 궤도로 떨어질 수 있습니다. 하지만 그런 가시밭, 돌짝밭 같은 고난이 밀려와도 옥토밭 수준에 이르면 그것을 얼마든지 견디고 이겨 낼 수 있는 터전이 됩니다. 이것이 대표적인 선순환 구조입니다.

어차피 인생은 누구에게나 순탄하지 않습니다. 정도의 차이가 있을 뿐 누구나 크고 작은 어려움을 맞이하지요. 그러나 그 고난과 역경 속에서도 전혀 흔들림 없이 꿋꿋이 버틸 수 있는 것은 나를 둘러싼 보호막 덕분입니다. 따라서 흔들림 없는 선순환의 옥토밭을 만드는 것이 인생 성공의 길입니다. 선택받은 사람들만 올라탈 수 있는 것이 아니라 나의 노력과 차근차근 쌓아 올리는 과정을 통해 결국에는 선순환 궤도에 올라탈 수 있는 것입니다.

2024, 04, 12, 갈기산

자기 성찰 없는 군중 심리

    며칠 전, 회사에서 신제품에 대한 회의를 전국 사업소(총판) 대표들과 함께 진행했습니다. 이 자리에서 제품 박스를 코팅할 것인지 말 것인지에 대한 의견이 제기되었는데, 쉽게 결론이 나지 않아서 추후에 단톡방에서 의견을 물었습니다.

    제품 박스에 코팅을 하면 아무래도 눈에 더 잘 띌 뿐만 아니라 보존 시 습기 등을 잘 막아 주는 장점이 있습니다. 하지만 코팅을 하면 재활용하기 위해 폐종이로 분류할 때 코팅된 비닐을 떼어 내야 하므로 수거하시는 분들이 꺼려 하고 불편해합니다. 그러다 보니 코팅을 하느냐 마느냐에 대한 의견이 갈리게 되었지요.

    본사 입장에서는 아무래도 제품을 좀 더 고급스럽게 보이고 좋은 이미지를 구현하기 위해서 다소 비용이 들더라도 흔한 일반 박스보다는 색다르게 컬러 박스를 제작하고, 더 나아가 박스 겉면에 코팅을 하자는 입장입니다. 따라서 컬러 코팅 박스로 계속 갈 것인가, 아니면 재활용하는 데 불편하니 일반 박스로 만들 것인가 둘 중 한 가지로 결정해서 의견을 제시해 달라는 것이었습니다. 그런데 다들 선뜻 의견을 올리지 않았습니다.

일반적으로 대부분의 사람들은 사소한 결정을 앞에 두면 자기 의견을 정확히 표시하지를 않습니다. 제일 두드러지는 상황은 전체적인 흐름이 어디로 가느냐를 좀 지켜보는 것입니다. 대세가 나타나지 않은 상황에서는 자신의 의견을 쉽게 드러내지 않습니다. 특히 의견이 팽팽한 상황에서는 더더욱 그렇지요.

세계적으로 높은 학력 수준을 가지고 있고 경제적 여유, 적당한 취미 생활, 수많은 문명적 혜택을 풍족하게 누리고 있는 21세기 이 시대의 대한민국에서, 많은 사람들이 작은 모임에서조차 자신의 정확한 입장 표명을 주저합니다. 심지어는 취미 생활 동호회에서 사소한 것을 결정할 때도 대부분 선뜻 의견 제시에 나서지를 않습니다. 특히나 정의롭지 못하고 공정하지 못한 것에 대해서는 더욱 침묵하기 일쑤이지요. 그러다가 어느 순간 여론의 대세가 뚜렷이 나타나거나 어느 한쪽으로 쏠리면 그제야 너나 할 것 없이 기다렸다는 듯 의견을 내기 바빠집니다.

이처럼 수많은 사람들이 여론의 대세 또는 집단적 판단에 자신의 결정을 조용히 묻어 버립니다. 심하면 정확하지 않은 자신의 주관적 원칙을 보편적인 요구사항인 것처럼 이용합니다. 군중 심리(Mob mentality)가 발동합니다. 어디에서든지, 즉 작은 모임이나 조직뿐 아니라 사회 구성원으로서 여럿이 모인 자리에서는 전혀 뜻밖의 말과 행동으로 자신을 드러냅니다. 평소 말없이 조용하고 몸가짐이 조신했던 사람도 예비군 훈련에 들어가면 걸음걸이, 말투, 행동 등이 돌변합니다. 오죽하면 이를 두고 '예비군 근성'이라고 했을까요?

군중 심리라는 말을 고안해낸 사회학자 귀스타브 르봉은 "인간에게는 군중이라고 불리는 또 다른 인격이 있다."라고 했습니다. 군중 속으로 들어간 개인은 자신의 원칙과 의견은 뒤로한 채 내 모습이나 내 의견·소신이 타인에게, 특히 여론이나 대세에 어떤 모습으로 비치고 나타내어지는가에 대해서 두려움을 가지고 있습니다. 특히 집단의 대세가 명확해질 수밖에 없는 소규모 조직·단체 등에서 이런 현상은 더욱 두드러집니다. 자신이 속한 집단에서 소외되는 것을 두려워하는 인간의 본성이 있기 때문이지요.

독야청청(獨也靑靑)하기보다는 자신의 본 모습을 드러내지 않고 때론 적당히 타협하고 흐름을 지켜보다가 슬쩍 자신을 여론에 던져서 함께 흘러가려고 합니다. 아이러니하게도 이러한 현상은 수많은 정보가 넘쳐나고 미디어가 발달한 현 시대에 더욱 두드러지고 있습니다. 타인 지향형 사회, 군중 심리적인 사람은 늘어가고 그 행태의 위력은 점점 강해지고 있습니다. 사람들은 그가 속한 조직의 흐름을 시시각각 관찰하다가 그 안에 일종의 여론 구조가 형성되면 다수 의견에 편

승함으로써 심리적 안정을 찾으려고 합니다. 그런 과정에서 점점 자신의 의견이나 본 감정 등을 계속 내려놓게 되면서 악순환으로 인해 그 깊이만큼 타인 의존적인 삶이 지속됩니다.

하지만 타인으로부터의 비난을 모면하고 심리적 안정을 찾고자 군중 심리에 편승했던 타인 의존적 사람들은 시간이 지나면 아이러니하게도 가장 고독해집니다. 결국, 고도의 타인 지향적 사회의 가장 큰 폐해는 사람들이 고독해진다는 것입니다. 조직 내부에서 자신을 피력하지 못하는 사람은 결국 자신의 행복을 찾는 능력을 상실하고 마는 것입니다. 이런 사람은 늘 불안하고 고독할 수밖에 없습니다.

저는 늘 20여 명의 회사 직원과 12명의 사업소 대표들을 상대하고 있습니다. 숫자가 많지는 않지만, 저에게 그들은 하나의 집단이자 군중입니다. 그들에게서도 수많은 여론과 군중 몰이가 형성됩니다. 참으로 아이러니한 것은, 대개의 여론과 군중 몰이가 긍정적이며 화합 차원의 내용보다는 갈등의 소지, 분열의 소지, 더 나아가 대적해야 하는 소지가 있는 사안들에 대해서는 훨씬 흡입력이 높고 여론 형성의 강도가 높다는 점입니다. 이것이 인간의 본성인지 어쩐지는 몰라도 분명한 것은 긴 시간 동안 제 자신이 여러 번 겪었던 일이라는 것입니다.

사상가 니체는 군중을 '가축 떼'에 비유했습니다. 사실 많은 사상가들은 군중을 좋아하지 않았습니다. 인류의 위대한 사상 대부분은 군중으로부터 도출된 것이 아니라 개인의 깊은 통찰과 판단으로부터 이루어진 것이기 때문일 것입니다. 현명하고 합리적인 개인도 군중 속에 들어가는 순간 추악한 모습을 보입니다. 이를 군중 행동이라고 합니다.

미국의 사회학자였던 에버렛 딘 마틴은 군중 행동(mass behavior)이라는 개념을 제시하면서 "군중은 자신들의 원칙을 상식적이며 보편적인 요구사항처럼 이용한다. 군중은 그런 식으로 거짓 우월감을 얻는다. 보수주의자든 자본주의자든 그들은 군중이 되는 순간 광신도 집단으로 전락한다."라고 했습니다.

이 시대 대한민국의 모습을 너무나 정확히 꿰뚫어 본 통찰이 아닌가 싶습니다. 수천, 수만 명이 시도 때도 없이 광화문, 서울시청 앞에 집단적으로 모여서 광분의 군중 행동을 펼치고 있습니다. 그들 상당수는 광신도 집단으로 전락한 지 오래입니다. 그리고 그들은 때로는 영웅 숭배를 만들어 냅니다. 자기의 욕망을 영웅에 투사하기 때문이지요. 그러다 보니 거기에는 조화로운 성찰이나 통찰력이 설 자리가 없습니다. 즉 믿고 싶은 것만 믿고 동의하지 않는 사람은 무조건 적으로 간주하는 광신도적인 극단 이기주의만 존재합니다. 민주주의와 정의를 부르짖는 그들이 내 편이냐 아니냐에 따라서 선과 악으로 편 가르기를 하고 민주주의를 무자비하게 걷어찹니다.

물론 역사적으로 군중은 무엇인가를 이루기도 했습니다. 그러나 작은 모임에서조차도 자신의 소신을 제대로 표현하지 못하는 게 현재 우리의 현실입니다. 타인을 의식하는 생활 습관과 감정 군중이라는 강박관념에서 벗어나지 못하고 있는 상황이지요. 결국, 우리의 이런 모습이 그릇된 위정자들, 지도자들에게 종교적·정치적·사회적 편향을 갖게 하는 기회만 제공하고 있을 뿐입니다.

우리가 깊은 성찰과 독서, 그에 따른 올바르고 정의로운 정체성을 확립해 타인과 군중으로부터의 강박관념에서 벗어나서 독립적이고 건전한 개인이 될 때 조직과 사회, 나아가 대한민국이 올바른 민주주의를 향해 나아갈 수 있을 것입니다. 결국 개인의 차이를 인정·수용하고 조화를 모색하는 것이 기업과 사회, 나라를 살리는 길이겠지요.

본질은
현상 너머에 있건만……

ⓒ 정현석, 2024

초판 1쇄 발행 2024년 6월 16일

지은이   정현석
펴낸이   이기봉
편집   좋은땅 편집팀
펴낸곳   도서출판 좋은땅
주소   서울특별시 마포구 양화로12길 26 지월드빌딩 (서교동 395-7)
전화   02)374-8616~7
팩스   02)374-8614
이메일   gworldbook@naver.com
홈페이지   www.g-world.co.kr

ISBN   979-11-388-3195-6 (03810)